Belleza mortal

Linda Howard

Belleza mortal

Titania Editores

ARGENTINA – CHILE – COLOMBIA – ESPAÑA
ESTADOS UNIDOS – MÉXICO – URUGUAY – VENEZUELA

Título original: *Drop Dead Gorgeous*
Editor original: Ballantine Books, An Imprint of The Random House Publishing Group, a division of Random House, Inc., New York
Traducción: Rosa Arruti Illaramendi

Aribau, 142, pral. – 08036 Barcelona
www.titania.org
atencion@titania.org

ISBN: 978-84-96711-69-3
Depósito legal: B - 29.601 - 2009

Fotocomposición: Ediciones Urano, S.A.
Impreso por Romanyà Valls, S.A. – Verdaguer, 1 – 08786 Capellades (Barcelona)

Impreso en España – *Printed in Spain*

Capítulo 1

Me llamo Blair Mallory e intento celebrar mi boda, pero las diosas de la fortuna no quieren cooperar... Me caen fatal esas estúpidas diosas, sean quienes sean las muy zorras. ¿A ti también?

Me senté a la mesa del comedor y me quedé mirando el calendario, estudiando fechas disponibles que se adaptaran a las innumerables agendas esparcidas sobre la mesa. Mi agenda, la agenda de Wyatt, las agendas de mamá y papá, las agendas de mis hermanas, la agenda de la madre de Wyatt, la agenda de la hermana de Wyatt, las agendas de los niños y los maridos de la hermana de Wyatt... era interminable. Hasta el día siguiente a Navidad no quedaba ningún hueco adecuado para todo el mundo, y por supuesto no iba a celebrar mi boda ese día. Si nos casáramos justo el día posterior a Navidad, mis aniversarios de boda serían siempre un asco, porque para esa fecha Wyatt ya habría agotado todas las ideas de regalos buenos para hacerme. Ni hablar. No me hago sabotaje a mí misma.

—Estás muy enfurruñada —comentó Wyatt sin levantar la vista del informe que estaba leyendo. Supuse que se trataba de alguna clase de informe policial pues Wyatt es teniente en nuestra policía local, pero no pregunté; esperaría a que saliera de la habitación para leerlo, sólo por ver si tenía que ver con algún conocido. Es impresionante lo que llega hacer la gente, gente que ni en un millón de años imaginaríais que fuera a meterse en tales fregados. Sin duda, se me habían abierto los ojos desde que salía con Wyatt... bueno, desde que leía sus informes, lo cual, pensándolo bien, en realidad es previo a que empezáramos a salir juntos, es decir, al menos esta segunda vez. Salir con un poli tiene sus ventajas, sobre todo si está bien situado en la cadena alimentaria. Mi cupo de cotilleos estaba a tope.

—Tú también estarías enfurruñado si tuvieras que aclararte con todas estas agendas en vez de estar ahí sentado leyendo.

—Estoy trabajando —replicó, confirmando que, sí, estaba leyendo un informe de algún tipo; sólo confiaba en que fuera jugoso y que lo dejara ahí encima cuando se levantara para ir al baño o algo parecido—. Y no tendrías ningún problema con el calendario si hubieras hecho caso de mi sugerencia.

Lo que él había sugerido era casarnos en Gatlinburg, la capital de las bodas, en alguna de sus chabacanas capillas, donde no podría rodearme de las cosas que me gustan. Podía superar lo de la capilla nupcial, pero en otra ocasión ya intenté hacer la maleta para celebrar un acontecimiento especial lejos de casa y aprendí una dura lección: siempre olvidas algo. No quería pasar el día de mi boda yendo a toda prisa de un lado a otro, intentando encontrar algo con lo que reemplazar lo que me había olvidado.

—O podemos casarnos aquí en el juzgado —comentó.

Este hombre no tiene un pelo de romántico, algo que en realidad me parece bien, porque yo tampoco tengo mucho de romántica, y demasiada sensiblería me pondría de los nervios. Pero, por otro lado, yo sé Cómo-Se-Hacen-Las-Cosas, y quiero tener fotografías para demostrárselo a mis hijos.

Y ésa era otra de las cuestiones que me tenían estresada. Una vez celebrado mi trigésimo primer cumpleaños, me encontraba mucho más cerca de la amniocentesis. Tuviera los hijos que tuviera, quería tenerlos antes de llegar a esa edad en que cualquier tocólogo con un mínimo instinto de supervivencia y un temor saludable a las querellas ordena de forma automática una amniocentesis. No quiero que me claven una larga aguja en la tripa. ¿Y si le da al bebé en el ojo o algo así? ¿Y si esa larga ventosa pasa de largo y perfora mi columna vertebral? Sabéis lo que pasa en *Peter Pan*, ¿no? ¿Cuando el cocodrilo se ha tragado un reloj y queda claro que el bicho está acercándose porque el tic tac suena cada vez más fuerte? Mi reloj biológico marcaba los segundos como ese puñetero cocodrilo. O tal vez fuera un caimán. Qué más da. En vez de «tic tac» decía «*Am-nio*» (la palabra entera no se ajustaría al ritmo del tic tac) y aquello era algo que me provocaba pesadillas.

Tenía que casarme, deprisa, para poder deshacerme de una vez de las píldoras anticonceptivas.

Y Wyatt estaba ahí sentado tan campante leyendo su maldito informe mientras yo me ponía cada vez más tensa, hasta el punto de casi empezar a chillar. Él ni siquiera intentaba animarme contándome qué había en ese informe, para que yo me hiciera una idea de si necesitaba leerlo más tarde y enterarme de todos los detalles... bueno, tampoco es que me lo contara otras veces. Era de lo más acaparador en lo que a asuntos policiales se refería; se lo guardaba todo para él.

—Estoy empezando a pensar que nunca va a suceder, nunca vamos a casarnos —dije con desánimo, arrojando el boli sobre la mesa.

Wyatt, sin cambiar su postura, siguió despatarrado y relajado, y me dedicó una mirada irónica.

—Si es demasiado para ti, puedo ocuparme yo de los detalles —manifestó. Podía apreciarse cierta brusquedad en su tono, porque empezaba a impacientarse con lo que parecía un desfile interminable de retrasos e impedimentos, ni más ni menos. Quería casarse conmigo y no le hacía gracia la inconveniencia de quedarse a dormir cada noche en mi casa, por no mencionar que no entendía los motivos de que yo siguiera viviendo aquí en vez de vivir con él. Había aceptado que yo me ocupara de todas esas cosas de chicas que él consideraba los detalles de la boda para así poder ocuparse él de todos los asuntos de hombres—. Y antes de que acabe la semana, serás Blair Bloodsworth.

—Teniendo en cuenta que estamos a miércoles, eso...

Entonces me detuve, con el cerebro literalmente paralizado mientras las palabras de Wyatt calaban hondo. No. *¡No!* ¿Cómo se me había pasado por alto algo tan patente, algo que saltaba a la vista con tal descaro? Sencillamente no era posible, a menos que la lujuria me tuviera tan enloquecida que me impediera pensar con claridad. Puestos a buscar excusas, ésa serviría en mi caso. No obstante, aquel descuido no iba a borrarse por más que buscara explicaciones. Cogí el boli y garabateé las palabras ofensivas y las volví a escribir una vez más sólo para asegurarme de que no había sufrido un cortocircuito en la sinapsis. No iba a tener esa suerte.

—¡Oh, no! —Me quedé mirando lo que había escrito, que por supuesto atrajo toda la atención de Wyatt, y que por supuesto era lo que yo pretendía. No es que yo planee estos pequeños episodios, pero cuando se presenta la oportunidad… Le dediqué una mirada trágica y pronuncié—: No puedo casarme contigo.

Wyatt Bloodsworth, teniente de policía, personalidad alfa, tipo duro donde los haya y el hombre a quien adoro, se inclinó sobre la mesa para darse lentamente con la cabeza en la madera.

—¿Por qué a mí? —gimió. *Pum*—. ¿Es por algo que hice en una vida anterior? —*Pum*—. ¿Durante cuánto tiempo tendré que pagar? —*Pum*.

Lo normal sería esperar que preguntara por qué yo no podía casarme con él, pero no, tenía que actuar como un listillo. De hecho, creo que intentaba superarme en dramatismo, siguiendo el razonamiento de pagar con la misma moneda. Me costaba decidir qué me ofendía más, la idea de que pensara que yo era una peliculera o que pensara que podía superarme en teatralidad. No existe un hombre que pueda… pero, es igual, mejor no entrar en según qué cuestiones.

Crucé los brazos bajo el pecho y le dediqué una mirada iracunda. No fue culpa mía que al cruzar los brazos mis pechos se levantaran y juntaran, ni es culpa mía que Wyatt sea el tipo de tío al que los pechos le ponen a cien —y los culos y las piernas, y cualquier otra parte de la mujer que se te ocurra mencionar—, por lo tanto no fue culpa mía que, cuando volvió a levantar la cabeza para darse otro golpe, su mirada digamos que se quedó pegada a mi escote, y olvidó lo que iba a decir. Yo acababa de darme una ducha y sólo llevaba una bata y unas bragas, de modo que también era lógico que la bata hiciera lo que siempre hacen las batas —como que se desatan ¿no?—, lo cual significaba que tampoco era culpa mía que se viera algo más que el mero escote.

Siempre me asombra el efecto que un atisbo de pezón tiene sobre un hombre normalmente lúcido… alabado sea Dios.

Tampoco dejo de dar gracias por esa realidad de la vida. Alabado sea Dios otra vez.

Pero Wyatt está hecho de una pasta más resistente que la del hombre medio; algo que él nunca para de repetir, normalmente cuando intenta dejar claro que se casa conmigo porque el susodicho hombre medio le inspira una gran lástima, es por eso que me retira del mercado. De algún modo ha llegado a la conclusión de que siempre estoy intentando llevar la voz cantante en nuestra relación, lo cual os demuestra lo listo que es. Dios, detesto que tenga razón.

Wyatt observó mi pezón, y su rostro adoptó esa mirada inflexible que se les pone a los hombres cuando quieren tener relaciones sexuales y tienen bastante claro que lo van a conseguir. Luego entrecerró los ojos y volvió a mirarme al rostro.

Primero permitidme que os diga que la mirada de Wyatt puede ser muy intensa. Sus ojos son de ese verde claro que llega a resultar hiriente. Además, es un poli, como creo que ya he mencionado dos o tres veces, por lo tanto, cuando alza esa dura mirada de poli para observarte puedes sentirte algo así como inmovilizada. Pero yo también estoy hecha de una pasta resistente, y le devolví la mejor de mis miradas. Una décima de segundo después bajé la vista para estudiarme, como si no tuviera idea de lo que él estaba observando, y volví a ponerme la bata en su sitio con un estirón antes de retomar mi gesto desafiante.

—Has hecho eso a posta —me acusó.

—Es la bata —comenté. Me encanta recalcar lo obvio, sobre todo cuando hablo con Wyatt. Le saca de sus casillas—. Nunca he visto una bata que aguante en su sitio.

—Así que no lo niegas.

No sé de dónde ha sacado la idea de que si no contesto directamente a sus preguntas, estoy admitiendo la acusación que va implícita, sea cual fuere. En este caso, sin embargo, me sentía perfectamente justificada a negarlo de plano, porque todo lo del pezón había sido una coincidencia, y cualquier mujer que se precie de ello aprovecha cualquier oportunidad al vuelo.

—Lo niego —dije con un deje de desafío en mi tono—. Estoy intentando mantener una conversación seria, y lo único en lo que puedes pensar es en el sexo.

Por supuesto que ahora tenía que demostrar que yo estaba equivocada, y entonces arrojó el informe encima de la mesa.

—De acuerdo, pues mantengamos esa conversación tan seria.

—Yo ya la he iniciado. La pelota está en tu terreno.

Por la manera en que entrecerraba los ojos, advertí que necesitaba retroceder mentalmente. Pero Wyatt es sagaz, sólo tardó un par de segundos.

—De acuerdo, ¿por qué no puedes casarte conmigo? Pero antes de que empieces, déjame señalar que vamos a casarnos y que te estoy dando una semana más para fijar la fecha porque, si no, vamos a hacerlo a mi manera, aunque tenga que secuestrarte y empujar tu culo hasta Las Vegas.

—¿Las Vegas? —farfullé—. ¿*Las Vegas*? Ni hablar. Britney puso Las Vegas en lo alto de la lista de lo hortera al casarse ahí. Desprecio el concepto de una boda en Las Vegas.

Me miró como si quisiera golpear la mesa con la cabeza otra vez.

—¿De quién diablos hablas? ¿Qué Britney?

—No importa, señor negado. Tú sácate Las Vegas de la cabeza de forma permanente como lugar para celebrar bodas.

—No me importa si nos casamos en medio de la autopista —dijo con impaciencia.

—Yo quiero casarme en el jardín de tu madre, pero ahora eso sigue siendo discutible porque no puedo casarme contigo. Y punto.

—Retrocedamos un poco y volvamos a intentarlo. ¿Por qué no?

—¡Porque mi nombre sería *Blair Bloodsworth*! —gemí—. ¡Tú mismo lo has dicho! —¿Cómo podía ser tan olvidadizo?

—Bien… sí —respondió con gesto de perplejidad.

No lo pillaba. De verdad, no lo pillaba.

—No puedo hacerlo. Es demasiado cursi, así de simple. Para el caso, igual podrías llamarme Buffy. —Sí, sé que no tenía que adoptar obligatoriamente su apellido, pero cuando inicias negociaciones siempre marcas alto, para darte cierto margen de maniobra. Estaba iniciando negociaciones, aunque no hacía falta explicarle eso a él.

Su frustración alcanzó un punto crítico, y rugió:

—¿*Quién puñetas es Buffy*? ¿Por qué tienes que meter a esa gente en esto?

Ahora era yo la que quería darse con la cabeza en la mesa. ¿Nunca leía una revista? ¿Miraba algo aparte de los partidos de fútbol americano y los canales de noticias de la tele? Daba miedo percatarse de que vivíamos en dos culturas tan diferentes, y que aparte de los partidos de fútbol, que me encantan, nunca seríamos capaces de ver la tele juntos, nunca podríamos pasar una noche amigable y agradable juntos delante del brillo romántico de la pantalla. Me vería obligada a matarle, y ninguna mujer del jurado votaría a favor de enviarme a prisión, desde luego que no.

Por un instante fugaz vi cómo tendría que ser nuestra vida juntos: necesitaría tener mi propia televisión, lo que significaba tener mi propio cuarto para ver la televisión… lo que significaba reformar la casa de Wyatt o al menos reconfigurarla… Acogí aquella idea con enorme alegría, porque me había estado preguntando cómo podía comunicárselo a él: su casa me gusta de verdad, o al menos la disposición básica, pero la decoración es rigurosamente la de un hombre que vive solo, lo cual la hace apenas habitable. Necesitaba poner mi sello.

—¿No sabes quién es Buffy? —le pregunté susurrando, con los ojos muy abiertos y horrorizados. Gesticulé con todas mis fuerzas.

Wyatt casi gimotea:

—*Por favor*, dime sólo por qué has decidido que no puedes casarte conmigo.

Me invadió una sensación de bienestar. Hay algo satisfactorio en oír a un hombre crecido gimotear. Y aunque Wyatt no hiciera exactamente aquel sonido, se parecía mucho, y para mí eso ya era bastante, porque, creedme, no es el tipo de hombre lloricón.

—¡Porque *Blair Bloodsworth* suena demasiado baboso! —Oh, Dios, estaba rodeada de palabras que empezaban por *be*—. La gente oiría ese nombre y pensaría, vale, tiene que ser una boba rubia, una de esas personas que hace ruido con el chicle y se retuerce el pelo con el dedo. ¡Nadie me tomaría en serio!

Se frotó la frente como si estuviera empezando a dolerle la cabeza.

—O sea, ¿que todo esto es porque Blair y Bloodsworth empiezan por *be*?

Alcé la mirada al techo.

—Se hace la luz.

—Eso no es más que un montón de bobadas.

—Y se ha fundido la bombilla. —¡Aaagh! ¿Cuándo parará la avalancha de palabras que empiezan por *be*? Siempre me sucede lo mismo. Cuando algo me resulta una bronca (¡aaagh, otra vez!) no puedo salir de la aliteración.

—Bloddsworth no es un apellido ñoño, sea cual sea el nombre de pila —dijo mirándome con el ceño fruncido—. Lleva *blood** al principio, por el amor de Dios. Como las pelis de matanzas sangrientas. Eso no es nada ñoño.

—¡Y tú qué sabes! Si ni siquiera sabes quiénes son Britney y Buffy.

—Y no me importa, porque no voy a casarme con ellas. Voy a casarme contigo. Pronto. Aunque creo que tendrían que examinarme la cabeza.

Me entraron ganas de darle una patada. Hacía que sonara como si fuera una cruz, cuando en realidad es superfácil llevarse bien conmigo; sólo tenéis que preguntar a alguno de mis empleados. Soy propietaria de un centro de fitness que yo misma gestiono, Great Bods,

* *Blood* : sangre en inglés. *(N. de la T.)*

y mis empleados creen que soy genial porque les pago bien y les trato como es debido. La única persona con la que tengo problemas a la hora de congeniar —excepto la actual esposa de mi anterior marido, que intentó matarme— es Wyatt, y eso es sólo porque todavía estamos disputándonos nuestro sitio, me refiero a Wyatt y a mí. El problema es que los dos somos personalidades alfa, así que tenemos que marcar el territorio en nuestra relación.

Vale, y tampoco me llevaba bien con Nicole Goodwin, una zorra psicópata copiona a quien asesinaron en el aparcamiento de Great Bods, pero ella está muerta, o sea, que no cuenta. A veces, casi le perdono ser una zorra psicópata, porque su asesinato fue lo que devolvió a Wyatt a mi vida después de una ausencia de dos años —no me hagáis empezar a contar eso—, pero luego recuerdo lo coñazo que era Nicole incluso una vez muerta y supero ese desliz mental al instante.

—Déjame que te ahorre la cuenta del psiquiatra —dije entrecerrando los ojos, fijos en él—. La boda queda cancelada.

—La boda sigue en pie. Sea como sea.

—No puedo ir por la vida como Blair Bloodsworth. Aunque... —Me di unos golpecitos en la barbilla y me quedé mirando mi patio ensombrecido de noche; los perales Bradford, al final del patio, estaban iluminados con sartas de luces blancas que daban un toque especial a mi diminuto patio trasero. Era una visión bonita, que echaría de menos cuando me trasladara a casa de Wyatt, de modo que tenía que compensarme de alguna manera—. Podría mantener Mallory como apellido.

—De ninguna de las maneras —contestó rotundo.

—Las mujeres mantienen su nombre, es muy habitual.

—No me importa lo que hagan las otras mujeres. Tú vas a llevar mi apellido.

—Ya estoy establecida en el mundo de los negocios como Blair Mallory. Y me gusta ese nombre.

—Vamos a tener el mismo apellido. Y punto.

Le sonreí con dulzura.

—Oh, que amable por tu parte, cambiar tu apellido por Mallory.

Gracias. Es una solución tan perfecta, y sólo un hombre realmente seguro de su masculinidad podría hacer eso…

—Blair. —Se puso en pie, elevándose sobre mí, con las cejas oscuras formando una *uve* sobre la nariz. Mide metro ochenta y ocho, de modo que cuando se eleva por encima de alguien, lo hace muy bien.

Para no quedarme por debajo, me levanté también, devolviéndole una mirada ceñuda. Vale, todavía quedan esos… centímetros de diferencia, pero me puse de puntillas y empujé la barbilla hacia arriba hasta que casi quedamos con las narices pegadas:

—Que esperes que yo cambie mi nombre mientras tú conservas el tuyo es arcaico…

Wyatt mantenía la mirada entrecerrada y la mandíbula apretada, y sus labios formaban una línea delgada y dura que apenas se movió cuando escupió las palabras como si fueran balas:

—En el reino animal, el macho marca su territorio con una meada. Yo, en cambio, lo único que te pido es que cambies tu apellido para ponerte el mío. *Tú-eliges*.

Casi se me ponen los pelos de punta, lo cual es una expresión de verdad estúpida, porque ¿cómo podrían erizarse si no? No es que puedan formar bucles.

—¡No te atrevas a mearte encima de mí! —grité llena de furia. Wyatt puede sacarme de quicio más deprisa que cualquier otra persona, lo cual supongo que nivela un poco las cosas. Ése fue el motivo de que la imagen mental tardara unos pocos segundos en calar, antes de que mi chillido se convirtiera de forma abrupta en una risotada.

Él estaba tan furioso y frustrado que tardó un segundo más que yo, pero cuando estalló en carcajadas, su mirada fue a parar a donde la bata ya se había soltado por completo, y su expresión cambió mientras estiraba el brazo para alcanzarme.

—No te molestes —gruñó cuando yo busqué el cinturón para volver a atarlo.

El sexo con Wyatt tiende a ser apasionado. La química nos sale por todos los poros, o por donde sea que salga la química. Me gusta un montón, porque significa que puedo contar casi seguro con un orgasmo o dos, pero además significa que, aunque llevemos ya un par de meses con nuestra relación, la urgencia no ha aflojado para nada, y él es capaz de darme un revolcón donde quiera que estemos, a menos que sea en público, por supuesto.

No me despojó de la bata ya que no se interponía en su camino, sólo me arrancó las bragas. La bata me libró de que la alfombra me marcara el trasero, porque me tumbó sobre el suelo del comedor, me separó las piernas y se colocó entre ellas. Su ojos verdes relucían llenos de lujuria, de actitud posesiva, deleite triunfal y algunas otras cosas masculinas indefinibles mientras cargaba todo su peso sobre mí.

—Blair Bloodsworth —dijo en tono agresivo, mientras bajaba la mano para posicionar su pene—. No hay negociación.

Contuve la respiración mientras me penetraba, con su miembro duro y grueso, de un modo tan excitante que yo casi no podía aguantarlo. Clavé mis uñas en sus hombros y ceñí mis piernas a sus caderas, intentando mantenerle quieto pese a que mis pulsaciones iban a trompicones y los ojos se me cerraban. Enganchó su mano izquierda a mi rodilla y me separó todavía más la pierna, para poder penetrar hasta el fondo. Se estremeció con una respiración entrecortada y áspera. Por demoledor que fuera un polvo con Wyatt, él siempre estaba ahí conmigo.

—De acuerdo —dije con voz entrecortada y con mi última fibra de cordura—. ¡Pero serás mi dueño! Para el resto de nuestras vidas, vas a ser mi dueño. —¿Y decía que nada de negociaciones? Vaya imbécil. ¿Qué se pensaba que habíamos estado haciendo?

Gruñó algo ininteligible, balanceándose contra mí mientras inclinaba la cabeza para besarme el cuello, y vi literalmente las estrellas.

Los dos estábamos sudorosos, agotados y muy contentos veinte minutos después cuando levantó la cabeza y me apartó un mechón de pelo de la cara.

—Un mes —dijo—. Te daré exactamente un mes a partir de hoy. O estamos casados para entonces o lo hacemos a mi manera, tanto da dónde sea o quién pueda venir. ¿Entendido?

¡Ja! Reconozco un desafío nada más escucharlo. Además, sé que no estaba de broma. Tenía que espabilarme y pasar a la acción.

Capítulo 2

Lo primero que hice a la mañana siguiente fue llamar a mi madre.

—He tenido una discusión con Wyatt y, como he perdido, nos casamos antes de un mes.

—Blair Elizabeth, ¿cómo ha sucedido algo así? —preguntó tras una pausa llena de consternación, y supe que su pregunta hacía referencia a la primera parte de mi frase.

—Una batalla estratégica —contesté—. Hasta anoche no me había percatado, seré estúpida, de que mi nombre de casada va a ser Blair Bloodsworth, de modo que le dije que quería mantener Mallory como apellido, y él se subió por las paredes. Y la cosa quedó en que o bien él me mea encima, marcándome así como territorio suyo, o bien yo me pongo su apellido.

Mamá paró de reírse lo suficiente como para decir:

—De manera que ahora él es tu dueño. —Antes de sucumbir de nuevo a las risas. Adoro a mi madre. No tengo que explicarle nada, me entiende de inmediato, tal vez por lo mucho que nos parecemos. Conociendo lo obstinado que es Wyatt y su tortuosidad mental, junto a otras características como su actitud posesiva, etc., el resultado de nuestra discusión de la noche anterior nunca había estado en duda, a menos que quisiera romper con él, lo cual no quería, por lo tanto había tenido que ingeniármelas para conseguir las mejores condiciones posibles. Era mi dueño. Una deuda eterna estaba bien.

—Pero... me dio un ultimátum. O nos casamos en el plazo de un mes o lo hacemos en las condiciones que ponga él.

—Y ¿cuáles serían?

—Con suerte, una boda en el juzgado. Si no, Las Vegas.

—¡Puaj! Después de Britney, no. Es una horterada.

¿Lo veis? Como si yo fuera su clon.

—Eso dije yo, pero lo convirtió en un desafío. Tengo que acelerar los planes.

—Primero de todo hay que tener planes. «Casarse» no es exactamente un plan. Es un resultado final.

—Lo sé. Yo intentaba ser considerada con las agendas de todo el mundo, pero ha quedado descartado. Nos casamos dentro de veintinueve días, puesto que este desafío comenzó oficialmente anoche, y la gente tendrá que reprogramar lo que sea que tenga programado o se lo perderá.

—¿Por qué veintinueve y no treinta? ¿O treinta y uno?

—Alegará que puesto que hay cuatro meses con treinta días, eso ya lo constituye en un mes legal.

—Febrero tiene veintiocho.

—O veintinueve, pero es un mes que no se aclara, o sea, que no cuenta.

—Lo capto. Vale, de aquí a veintinueve días. Significa que vas a casarte el trigésimo día. ¿Lo contará así?

—Tiene que concederme los treinta días completos, por lo tanto, sí. —Cogí la libreta y el boli que había estado usando la noche anterior y empecé a escribir unas notas—. Vestido, flores, pastel, adornos, invitaciones. Sin damas de honor. Sin esmoquin para él, sólo un traje. Es factible. —Una boda no tiene que ser lujosa para ser memorable. Yo podía pasar sin lujos, pero me negaba a que no fuera bonita. En un principio, había pensado en una dama de honor para mí y tal vez algún amigo para acompañar al novio, pero estaba recortando cuanto podía.

—La tarta será el problema; el resto del refrigerio se puede conseguir en cualquier sitio, pero la tarta...

—Lo sé —dije. Las dos respiramos hondo. Una tarta nupcial es una obra de arte, lleva tiempo. Y la gente que hace buenas tartas nupciales por lo general está comprometida con meses de antelación.

—Yo me ocuparé de eso —dijo mamá—. Pediré refuerzos, hablaré también con Sally para que nos ayude; necesita una distracción ahora, para dejar de pensar en Jazz.

Qué tema tan triste. Sally y Jazz Arledge estaban a punto de ver cómo se iba al garete su matrimonio de treinta y cinco años si no conseguían superar sus problemas. Sally era la mejor amiga de mamá, de modo que la apoyábamos unánimemente, pese a sentir lástima por Jazz, por lo perdido que se le veía. Sally había intentado atropellar a Jazz con el coche, con la intención tal vez de romperle las piernas; y la verdad, él tendría que haberle dejado hacer, en vez de apartarse de un brinco, porque entonces ella habría considerado que estaban en paz y que podía perdonarle por deshacerse de las inestimables antigüedades de su dormitorio, pero supongo que el instinto de supervivencia le hizo meter la pata y finalmente él saltó y se quitó de en medio, con lo cual Sally chocó contra la casa en vez de contra él, y el airbag se desplegó y le rompió la nariz, empeorando aún más la situación. Jazz tenía problemas muy, pero que muy serios.

—Hoy me toca abrir, de modo que a Lynn le toca cerrar —Lynn Hill es mi ayudante de dirección en Great Bods—, así que me voy a ir de compras esta misma tarde —le dije a mamá—. Compras en plan serio. ¿Alguna sugerencia?

Mencionó unas pocas tiendas y colgamos. Imaginé que hablaríamos varias veces durante el transcurso del día y que me tendría informada de cómo iba el reclutamiento. Mis hermanas, Siana y Jenni, tendrían que entrar en combate, eso seguro.

Mi objetivo inmediato era simple: encontrar volando un vestido, y así disponer de tiempo suficiente para hacer cualquier modificación, en caso necesario. No estoy hablando de un vestido de novia de cuento de hadas; ya usé uno de esos cuando me casé la primera vez, y no funcionó: no fue un cuento de hadas. Lo que quería esta vez era algo sencillo y clásico que aparentara valer un millón de pavos y que dejara a Wyatt casi ciego de deseo. Eh, sólo el hecho de que durmiéramos juntos no era motivo para renunciar a una noche de bodas memorable, ¿de acuerdo?

Tenía que haber una manera de mantener a Wyatt a raya durante el próximo mes, para asegurarme de que el deseo le cegaba por completo. Hasta ahora, de todos modos, en lo relativo a Wyatt, yo no podía decir que saliera muy airosa en el apartado de mantenerle alejado. Sabe cómo vencer mis pocas y penosas defensas, sobre todo porque a mí sí que me ciega el deseo por él.

Pensé en la posibilidad de que se fuera a vivir con su madre durante este tiempo. Eso representaría un obstáculo en sus expectativas sexuales, aunque era perfectamente capaz de secuestrarme y llevarme a su guarida para una noche de desenfreno extasiado. Dios, me encanta este hombre.

Se me ocurrió pensar entonces que si él no podía mantener relaciones, yo tampoco. Pasar un mes entero sin él… tal vez fuera capaz de conseguir que me secuestrara más de una vez.

¿Lo veis? Soy lamentable, de verdad, algo de lo que él se ha aprovechado más de una vez.

Oh, Dios, parecía que las próximas semanas iban a ser divertidas.

Wyatt me llamó al móvil a primera hora de la tarde. Yo estaba en medio de una tanda intensiva de ejercicios —como dueña de Great Bods tengo que mantenerme en forma o la gente pensaría que no es un sitio demasiado recomendable—, pero paré para atender la llamada, no porque supiera que se trataba de Wyatt, porque no lo supe hasta que vi su número identificado en la pantalla, sino porque mamá podría estar llamando, con toda la actividad que se había iniciado esa mañana.

—Creo que podré salir a la hora, por una vez —dijo—. ¿Quieres que vayamos a cenar?

—No puedo, tengo que ir de compras —contesté mientras entraba en la oficina y cerraba la puerta.

Wyatt sentía por las compras el respeto habitual en un hombre, es decir, cero patatero.

—Puedes hacer eso después, ¿verdad que sí?

—No, porque no hay después.

Se hizo un silencio, porque cada vez que suelto frases de ese tipo, él hace una pausa, como si buscara significados o ardides ocultos. Da gusto ver la atención que me ha prestado, a mí y a mis métodos.

Finalmente dijo:

—Si el final está próximo, ¿por qué molestarse en ir de compras?

Entorné los ojos pese a que no podía verme. Que me perdonen, pero si el final está próximo, ¿qué otra cosa harías aparte de ir de compras? ¿Esos zapatos fabulosos que has estado mirando pero no ibas a comprar porque no sabías cuándo ponértelos y porque de todos modos valen un dineral? A por ellos, encanto. No es que tengas que preocuparte de la cuenta de la tarjeta de crédito, con el final próximo y todo eso. Vale, tal vez sea verdad que no puedas llevártelos contigo al otro barrio, pero ¿vas a arriesgarte? ¿Y si puedes llevártelos y te enteras demasiado tarde? Ahí estarás con cara de tonta, sin todas esas cosas que de verdad querías pero no te compraste porque no estabas convencida de la utilidad de almacenarlas.

Me libré de aquellos pensamientos y regresé de la eternidad a Wyatt.

—No he dicho que el mundo se esté acabando. Todo esto tiene que ver contigo y con tu estimadísima fecha límite.

—Ah. Ya capto. Mi fecha límite. —Sonaba muy complacido con su fecha límite; había logrado exactamente lo que pretendía, que era hacerme pasar a la acción sin tener en consideración las agendas incompatibles de los demás. Le conocía lo suficiente como para saber que hablaba muy en serio, por supuesto, de otro modo sus técnicas incentivas no hubieran funcionado.

—Por tu fecha límite —continué con dulzura—, lo más probable es que no tenga tiempo para comer durante el próximo mes, y mucho menos salir a disfrutar de una cena sin prisas. Tengo que encontrar un vestido de novia esta noche para disponer de plazo suficiente para hacerle arreglos. Tú tienes un traje negro, ¿verdad?

—Por supuesto.

—Eso es lo que llevarás a la boda entonces, a menos que tenga los puños raídos, en cuyo caso mejor te vas de compras también, porque si apareces en nuestra boda con los puños raídos, ninguno de nosotros te lo perdonará jamás, y juro que te haré la vida muy desgraciada.

—Siempre podría divorciarme de ti en caso de que lo intentaras. —En su tono de voz ahora había una diversión perezosa. Podía imaginarme el destello en sus ojos verdes.

—Puedes intentar divorciarte de mí siempre que quieras, porque yo me dejaré la piel en impedirlo y te perseguiré hasta el fin de la tierra. Siana te acosará también. Y mamá convencerá a todas las estudiantes de su hermandad universitaria para que te hagan la vida imposible. —Siana es abogada y eso tal vez le diera que pensar, pero Wyatt se pasa el día entre abogados y por lo tanto no le impresionan demasiado. Por otro lado, siente un respeto saludable por mi madre, basado en un temor real. Ella sí convencería a todas las estudiantes de su hermandad para que le acosaran.

—¿De modo que pones la vida en ello?

—Ya puedes apostar el culo a que sí. —Esperé un instante y añadí—. Tu vida, al fin y al cabo.

Resultaba de verdad fastidioso cuando se reía de algo que yo había dicho para hacerle reflexionar un poco.

—Comprobaré esos puños —dijo—. La camisa, ¿de qué color?

Vale, había estado tomando notas después de todo.

—Blanca o gris. Ya te lo haré saber. —No me parecía nada bien que el novio acaparara la atención en vez de la novia. Sí, sé que también iba a ser su boda, pero lo único que a él le importaba era legalizar nuestra relación para que finalmente yo accediera a vivir bajo el mismo techo y tener hijos suyos, aunque estoy casi convencida de que el apartado de los niños no era su preocupación inmediata.

—Pónmelo fácil. Ya tengo camisas blancas.

—¿Que te lo ponga fácil? ¿Después de lo que me has hecho con tu estúpida fecha límite?

—Aparte de tener que ir de compras esta noche, ¿exactamente que te he hecho?

—¿Crees que las invitaciones se encargan solas? ¿O que se envían solas? ¿O que los refrigerios aparecen por arte de magia?

—Pues contrata a una empresa de *catering*.

—No puedo —dije, aún con más dulzura que antes—. Las empresas de *catering* ya están comprometidas con meses de antelación. Y yo no tengo todo ese tiempo. Ídem para la tarta nupcial. Tengo que encontrar a alguien que pueda hacer una tarta de un momento a otro.

—Compra una en la pastelería.

Aparté el móvil de mi oreja y me lo quedé mirando, preguntándome si estaba comunicándome con un alienígena. Cuando me lo volví a acercar, pregunté:

—¿Hiciste algo para tu primera boda?

—Me presenté y permanecí en pie donde me dijeron.

—Esta vez tendrás que hacer algo más que eso: te encargarás de las flores. Pídele ayuda a tu madre. Te quiero, tengo que irme ahora. Adiós.

—¡Eh! —Le oí dar un grito mientras yo ponía fin a la llamada.

Me entretuve el resto de la tarde imaginando su estado de pánico. Si fuera listo, llamaría a su madre al instante, pero pese a ser un hombre muy listo, ante todo es un Hombre, por lo tanto supuse que como mucho preguntaría a los sargentos y agentes casados por si de hecho recordaban algo de sus bodas, y en tal caso, ¿a qué tipo de flores me refería? Al final del día habría llegado a la conclusión de que las flores en cuestión no eran de esas que se plantan en macetas. Tal vez se le ocurriera pensar que me refería a mi ramo de novia, y tampoco era eso; de ninguna manera dejaría aquella cuestión en manos de un hombre, por mucho que le quisiera. En algún momento, al día siguiente, uno de ellos recordaría algo así como un arco con cosas en él, tal vez rosas, y en algún otro momento Wyatt también descubriría que tampoco mañana por la noche yo iba a estar libre, y empezaría a ver clara la horrorosa verdad: su vida sexual había quedado aniquilada para el próximo mes, y todo por su comportamiento.

Me encanta cuando los planes cuadran, ¿a vosotros no?

No es que dejara algo tan importante como las flores totalmente al azar. Llamé a su madre, una mujer tan maja que me cuesta creer la suerte de tenerla como suegra, y le facilité todos los detalles.

—No dejaré que se duerma en los laureles —prometió—. Habrá todo tipo de emergencias y retrasos, pero no te preocupes, me aseguraré de que todo sea como tú quieres.

Una vez resuelto eso, acabé la tanda de ejercicios, me duché y me sequé el pelo, me di unos rápidos toques de máscara y barra de labios y me cambié de ropa. Lynn lo tenía todo controlado, como era habitual, de modo que me escapé antes de lo normal y me fui en coche al mejor de nuestros dos centros comerciales. Aunque en la ciudad había varias tiendas de ropa de etiqueta, era posible que encontrara lo que quería en una de las tiendas de categoría del centro comercial. Las habituales que vendían ropa de etiqueta tardaban siglos en hacer cualquier arreglo.

En el centro comercial había un aparcamiento cubierto, además de otro más amplio al aire libre. Todo el mundo intentaba aparcar en el cubierto, por supuesto, lo cual dejaba algunas excelentes plazas libres afuera. Di unas vueltas con mi pequeño Mercedes negro, doblando las esquinas como un enérgico gato, y localicé uno de esos espacios excelentes justo fuera de una de las tiendas que me interesaban. Me metí a toda prisa en la plaza, sonriendo un poco con la maniobra. Nada como un Mercedes para conducir.

Iba casi dando brincos al entrar en la tienda; nada como un desafío para acelerarme, y además tenía una misión que implicaba probarme ropa. A veces algunos planetas están alineados o algo parecido, y se dan estas pequeñas ventajas adicionales, así de sencillo. Y ya estoy contenta. Ni siquiera me enfadó especialmente que la primera tienda no tuviera lo que quería, porque iba preparada para una larga búsqueda. Encontré un par de zapatos que eran justo lo que tenía en mente, con tiras y cómodos, con un tacón de cinco centímetros que pudiera llevar durante horas. Y lo mejor de todo: relumbraban con lentejuelas y cristales. Me van los zapatos con un toque especial, y además necesitaba tener cuanto antes el zapato que me pondría en la boda para así saber si el largo del vestido, una vez consiguiera encontrarlo, era el correcto.

Buscaba un vestido de color champaña claro. Nada de blanco, ni siquiera color hueso o crema, porque, seamos realistas, ¿venía al caso? El blanco sigue transmitiendo el mensaje tradicional, que en un segundo matrimonio resulta de verdad tonto. Aparte, el champaña me queda realmente bien, y ya que toda la idea era dejar a Wyatt ciego de deseo...

Lo intenté a la antigua usanza. Me recorrí de arriba abajo todas las tiendas, parando sólo para cenar una rápida ensalada en la zona de restaurantes. Durante el recorrido encontré algunos conjuntos de ropa interior fabulosos, algunos pendientes que tuve que quedarme, así de claro, otro par de zapatos —esta vez, unos zapatos de salón negros que cortaban la respiración—, una fantástica falda tubo que me iba como un guante, e incluso unos pocos regalos de Navidad, ya que este año las compras de regalos navideños iban a ser el doble de los años anteriores, con la familia de Wyatt sumada a la mía, por lo que tenía que empezar pronto.

Lo que no encontré fue el vestido color champán.

A eso de las nueve, renuncié a conseguir nada más por aquella noche. Tendría que empezar mañana a recorrer los comercios de ropa de etiqueta y, a menos que hubieran cambiado desde mis días del baile de la facultad —vale, sí, de eso hace ya quince años, más o menos, y es posible que haya habido cambios—, aunque encontrara un vestido que me gustara, seguro que se lo habría probado tanta gente que tendría que encargar uno nuevo, lo cual llevaba su tiempo, y tiempo era lo que no tenía.

Mientras salía del centro comercial, mis pensamientos iban a cien por hora. Una modista. Necesitaba una modista. Mañana intentaría otra vez encontrar un vestido confeccionado, que sería la solución más sencilla, pero si no aparecía algo mañana por la noche, volvería a mi plan *be*, que era comprar la tela y encargar el traje. Eso aún requería más tiempo, pero era factible.

No prestaba atención a mi entorno, lo admito, tenía cosas importantes en la cabeza. Al salir de la tienda, advertí que no quedaban muchos coches en el aparcamiento, pero había aparcado el mío cerca, había buena luz, ningún desconocido del que desconfiar merodeaba cerca de mi coche, y en ese mismo momento salía más gente del centro comercial, etcétera.

Hice malabarismos con mis paquetes para poder sacar la llave del bolsillo y di al botón del control remoto mientras bajaba del bordillo. Había una furgoneta aparcada en la plaza de minusválidos, que por supuesto era la primera de la fila, y yo había aparcado justo en la segunda plaza. Mi precioso cochecito me hizo una señal de bienvenida con sus faros.

Oí el sonido fluido de un coche acelerando y me detuve, todavía cerca del bordillo. Tras un rápido vistazo, creí disponer de tiempo suficiente para cruzar sin problemas antes de que el coche se acercara, así que reanudé mi caminata sobre el asfalto.

Todo parecía normal. No presté mucha atención al coche que se acercaba; empezaba a dolerme la mano izquierda de lo que pesaban todas las bolsas de plástico que llevaba, y las distribuí mejor. De todos modos, algo —un susurro del instinto diciéndome que el sonido de aquel coche estaba demasiado próximo— me hizo alzar la vista en el momento en que pareció abalanzarse sobre mí, como si el conductor hubiera pisado a fondo el acelerador.

Me pareció un coche gigante al verlo venir directo hacia mi persona, deslumbrándome con sus faros, que me cegaron. Sólo capté la vaga impresión de una forma oscura tras el volante, gracias únicamente a las luces del aparcamiento. Había mucho espacio para que el coche me esquivara, pues no tenía necesidad de acercarse, pero lo hizo.

Me apresuré a dar un salto para apartarme y, en la milésima de segundo que vino a continuación, juro que el conductor pareció rectificar la dirección también, e ir por mí.

El pánico explotó en mi cerebro. Lo único que pude pensar —y no fue un pensamiento coherente, completo; más bien fue darse cuenta con un «¡*Oh Dios mío*!»— era que si el coche me daba, acabaría empotrada entre él y la furgoneta.

Adiós boda. Qué demonios. Adiós Blair.

Di un brinco. De hecho, me abalancé hacia delante. Y fue un esfuerzo heroico, digno de una campeona, permitidme que lo diga. No hay nada como pensar que estás a punto de acabar hecha puré para tener muelles en las piernas. Ni siquiera en mis tiempos de animadora en la universidad había sido capaz de un salto así.

Con un estruendo, el coche pasó tan cerca de mí que noté el calor del tubo de escape; aún estaba en el aire en ese momento, así de cerca estuve de que me atropellara. Oí el chirrido de los neumáticos, luego caí sobre el asfalto detrás de la furgoneta, y fue como si las luces se apagaran, o algo así.

Capítulo 3

No perdí el conocimiento, o al menos no por completo. El mundo no era más que una mancha oscura dando tumbos. Recuerdo la sensación abrasadora al rodar por el asfalto como si derrapara. Recuerdo pensar «¡Mis zapatos!», mientras intentaba seguir agarrando los paquetes con desesperación. Recuerdo el pitido en los oídos y el repentino sabor caliente a sangre en la boca. Y recuerdo lo que parecía una onda expansiva de dolor golpeando todo mi ser.

Luego cesó todo movimiento y me encontré echada sobre el asfalto, que seguía caliente pese a ser ya de noche, aunque no demasiado segura de dónde me encontraba o qué había sucedido. Oía sonidos, pero no distinguía qué eran o de dónde venían. Lo único que quería hacer era seguir allí tirada e intentar contener la furia de mi cuerpo al encontrarse herido. Me había hecho daño. Mi cabeza palpitaba con un horrible dolor punzante, punzante, punzante, al compás de mis latidos. Sentía calor, luego frío, y ganas de vomitar. Notaba los dolores agudos, las quemaduras, los pinchazos y punzadas; no podía aislar todas las sensaciones y darles sentido, no podía determinar la ubicación o gravedad, ni hacer nada al respecto.

Al menos no estaba muerta. Eso era un punto a favor.

Luego un pensamiento muy claro ardió en mi cerebro: «¡Esa zorra ha intentado atropellarme!»

El segundo pensamiento fue: «¡Oh, mierda, otra vez, no!»

Incluso lo dije en voz alta, y el sonido de mi voz me sorprendió; digamos que volvió a meterme bruscamente en mi cuerpo, un lugar donde, por cierto, no me apetecía estar. Casi deseé regresar a aquel estado desconectado, si no fuera porque me asustaba la idea de que el coche diera marcha atrás y regresara para darme otra pasada. Y si estaba tirada ahí en medio, tan visible, moriría atropellada. Literalmente.

Acicateada por el subidón de adrenalina provocado por el pánico, me senté y miré apresuradamente a mi alrededor. No es que fuera el mejor de mis movimientos. Bueno, tal vez lo fuera, porque tenía que asegurarme de que no iba a acabar hecha una masa grasienta en medio del pavimento, pero mi cuerpo protestó de inmediato: mi cabeza pulsó con otra enorme punzada de dolor, se me revolvió el estómago, entorné los ojos y volví a desplomarme sobre el asfalto.

Esta vez me quedé allí tumbada sin oponer resistencia, porque lo de los globos oculares entornándose era algo extraño. Seguro que alguien venía corriendo en mi ayuda en cualquier instante.

Con franqueza, empezaba a estar harta de que la gente intentara matarme. Lee mi libro anterior si no sabes de qué hablo. Me han tiroteado (la actual esposa de mi ex marido), me han cortado la guarnición del freno (mi ex marido), con el resultado de un accidente múltiple, y ahora esto. Estaba harta del dolor, estaba harta del desbarajuste que significaba para mi agenda, estaba harta, jolín, de no tener un aspecto irresistible.

Notaba el áspero pavimento bajo la mejilla. Los diversos chillidos de dolor que llegaban de las terminaciones nerviosas por todo mi cuerpo me hicieron pensar que debía de haberme dejado buenas cantidades de piel sobre el asfalto. Gracias al cielo llevaba pantalones largos, pero, la verdad, sólo el cuero consigue proteger bien la piel, de modo que sospeché que los pantalones no habrían sido de gran ayuda. Los rasponazos de un accidente de carretera son algo muy feo. Empecé a preocuparme, ¿qué aspecto tendría para la boda? ¿Cuatro semanas era tiempo suficiente para curar las heridas o tendría que invertir en algún poderoso maquillaje corporal, algo pringoso que acabaría manchando el vestido? Tal vez tuviera que renunciar a la columna de seda, sexy y sin mangas, que había imaginado, y en vez de eso llevar algo que tapara más, como un burka o una tienda; y no es que haya mucha diferencia entre ambas cosas.

Bien, por el amor de Dios, ¿dónde se había metido la gente? ¿Iban a quedarse todos en el puñetero centro comercial hasta medianoche? ¿Cuánto tendría que permanecer aquí tirada hasta que alguien me viera y viniera en mi ayuda? ¡Casi había quedado hecha papilla! Necesitaba que me prestaran de una vez un poco de interés, un poco de *algo*.

Me estaba indignando mucho. Hola... un cuerpo tirado en el aparcamiento, ¿y nadie se entera? Sí, era de noche, pero el aparcamiento estaba iluminado con aquellas enormes luces de sodio, y no estaba oculta entre dos coches ni nada por el estilo. Estaba... abrí los ojos e intenté orientarme.

Mi visión era borrosa, lo único que conseguía ver eran sombras negras y parches de luz que nadaban y corrían al unísono. Intenté de forma automática frotarme los ojos, pero al hacerlo sólo descubrí que mis brazos no querían obedecer, ninguno de los dos. Al final se movieron, a su pesar, pero no muy bien... estaba claro que no respondían lo bastante bien como para meterme los dedos en los ojos: podía dejarme ciega, como si ya no tuviera bastante con mi situación.

Vale, o sea, que no podía ver con exactitud dónde me encontraba. No obstante, debía de estar tirada en el extremo de la hilera de coches más próxima a las galerías, donde alguien acabaría por darse cuenta. Finalmente.

Oí el débil sonido de un motor arrancando en algún lugar; mientras no fuera un coche que pudiera atropellarme al dar marcha atrás, no era importante, pero imaginé que para darse esa circunstancia el conductor tendría que haber pasado sobre mi cuerpo para llegar hasta dicho coche, por lo tanto la perspectiva no era demasiado factible. Por otro lado, en ocasiones yo llevaba tal prisa que, de haber pisado un cuerpo mientras caminaba tal vez hubiera pensado «ya comprobaré más tarde qué era eso».

Ya tenía otra cosa de la que me preocuparme ahora: que alguien como yo me atropellara dando marcha atrás.

¿Por qué no había ningún tipo de registro del tiempo que alguien puede estar tirado en medio de un aparcamiento sin que nadie se dé cuenta? ¿Y si tenía —¡puaj!— hormigas y cosas raras andando sobre mí? Estaba sangrando. Seguro que toda clase de bichitos acudían en estos momentos arrastrándose a toda velocidad hacia mí, ansiosos por darse un festín.

Esta idea era tan desagradable que, si no me hubiera dolido tanto la cabeza, me habría levantado disparada. No, no me gustan los insectos. No es que me den miedo, pero me parecen desagradables y repugnantes, y no los quiero cerca de mí, para nada.

Pensándolo bien, el aparcamiento ya era bastante desagradable y asqueroso de por sí. La gente hortera, sin clase, escupe sobre el pavimento, y a veces escupe algo más que simples escupitajos. Todo tipo de porquería aterriza ahí, incluida, bien, la mierda.

Oh, Dios, tenía que levantarme antes de morir de una sobredosis de sorpresas desagradables. Nadie acudiría en mi ayuda, o al menos no a tiempo, AHORA, para entendernos. Tendría que hacerlo por mí misma. Tendría que encontrar mi bolso, rebuscar hasta encontrar el móvil —confié en que esa maldita cosa siguiera funcionando, que la batería no hubiera saltado por los aires a causa del golpe o algo así, porque encontrar una batería y volver a ponerla era algo que me superaba en ese momento— y llamar al 911. Además, tenía que sentarme, para apartar de ese desagradable pavimento buena parte de mi cuerpo, o pronto mi estado mental estaría tan fatal como el físico.

Contaré hasta tres, pensé, y me sentaré. *Uno. Dos. Tres.* No pasó nada. Mi mente sabía lo que yo quería hacer, pero mi cuerpo decía, ah, no. Ya había intentado antes lo de incorporarse.

Eso acabó de cabrearme, casi tanto como lo de estar tirada sin que nadie se enterara. Vale, no exactamente. Estar ahí tirada sin que nadie se diera cuenta estaba casi en el primer puesto de mi lista. Si tuviera que clasificar las cosas que en aquel momento me cabreaban, que alguien intentara matarme —¡otra vez!— obtendría diez puntos.

Que nadie me prestara atención se llevaba nueve. Un cuerpo desobediente ocupaba el tercer lugar, a cierta distancia, tal vez con tan sólo cinco puntos.

De todos modos, durante años había sido animadora, desde el instituto a la facultad. Había obligado a mi cuerpo a hacer cosas dolorosas muchas veces, y en la mayoría de ocasiones había obedecido. No me cuadraba que no obedeciera ahora que había mucho más en juego que dar una voltereta o algo parecido. ¡Mi vida podía estar pendiente de un hilo en este caso! No sólo eso, sentía que algo se deslizaba por mi cara. No cabía duda, tenía que levantarme. Necesitaba obtener ayuda.

Tal vez pretendía hacer demasiado, tal vez incorporarme de golpe, sin el acicate del pánico, era más de lo que podía hacer. Tal vez debiera intentar otra vez mover el brazo.

Resultó bastante bien. El brazo derecho me dolía, pero hizo justo lo que mi cerebro le dijo que hiciera, es decir, que levantara la mano laboriosamente (no le di tantos detalles, era sólo la manera en que funcionaba) para poder dar un manotazo a lo que se arrastraba por mi rostro, fuera lo que fuera.

Pensaba que iba a encontrar un bicho, estaba preparada para palpar un bicho gigante. Lo que noté, en vez de eso, era húmedo y pegajoso.

Vale, estaba sangrando. Me sorprendió un poco, aunque no debiera haberlo hecho. No es que me sorprendiera estar sangrando, sino el hecho de que me sangrara la cabeza o la cara, o ambas cosas. Sabía que me había dado un golpe en la cabeza, de ahí el dolor y la náusea que probablemente significaban una conmoción cerebral, pero la situación iba empeorando por minutos, como suele decirse. ¿Y si me había cortado la cara? ¿Significaría eso que tendrían que darme puntos? Tal y como pintaba la cosa, cuando Wyatt y yo nos casáramos finalmente, yo iba a parecer la Novia de Frankenstein.

Al caer en la cuenta, eso ocupó el puesto siete de mi Cabreómetro, tal vez el ocho: mis planes con Wyatt se iban al traste si quedaban cicatrices en mi cara o si me quedaba despellejada tras el rasponazo. Porque, ¿cómo iba a cegarle la lujuria con una pinta así?

Al menos no estaba conmigo esta vez. En las otras dos ocasiones en que intentaron matarme había estado a mi lado, y aquello había hecho estragos en él. Como poli, se había puesto hecho una furia. Como hombre, se había indignado. Como hombre que me amaba, se había aterrorizado. Naturalmente, había expresado todo esto volviéndose más arrogante y autoritario; y considerando su nivel medio en ambas características, podéis imaginar lo inaguantable que se puso. Suerte que para entonces ya le amaba o hubiera tenido que matarle.

Pensar en Wyatt no iba a hacer que la ayuda llegara más deprisa. Se me daba bien de verdad posponer las cosas desagradables, pero esto ya no podía ignorarlo más. Iba a doler, pero tendría que obligarme a moverme.

Estaba tumbada sobre mi costado izquierdo y tenía el brazo atrapado debajo. Planté la mano derecha a la altura del hombro e hice fuerza como pude para incorporarme y conseguir apoyarme en el codo izquierdo. Luego hice un descanso, conteniendo la náusea y el horrible dolor de cabeza, y esperando a que pasara lo peor antes de hacer el esfuerzo final de ponerme en pie.

Vale. No había nada roto. Como ya había pasado por la experiencia de tener un hueso roto, al menos eso lo tenía claro. Rasguños, magulladuras, desquicie, conmoción, pero nada roto. Si hubiera temido por mi vida, probablemente en este momento habría sido capaz de levantarme de un brinco y salir corriendo, pero era evidente que la zorra que casi me atropella no iba a provocar más accidentes, al menos por aquí. Al no sentir esa necesidad acuciante, me quedé allí sentada y utilicé el dobladillo de la blusa para limpiarme la sangre de los ojos y así poder ver. También aproveché ese rato para asegurarme de que mi cabeza no iba a explotar o saltar por los aires, aunque bien podría suceder, cualquiera de las dos cosas, por como me dolía.

Con la vista menos borrosa, encontré mi bolso. Colgaba del ángulo que formaba mi brazo doblado y estaba enredado con algunas de las bolsas de plástico que tampoco había dejado caer. Las tiras enredadas habían dificultado mis esfuerzos de mover el brazo, las propias bolsas estaban liadas debajo de mis piernas. ¿Qué os parece? Tal vez mis compras habían aportado a mi piel un poco de protección adicional. Lo tomé como una señal de que Dios quería que yo comprara.

Animada por este apoyo espiritual, rebusqué con torpeza el móvil en mi bolsito y lo abrí. La bendita pantallita se iluminó, de modo que marqué el número de emergencias. Había llamado con anterioridad al 911, cuando Nicole Goodwin fue asesinada y pensé que los disparos se efectuaban contra mí, de modo que ya sabía de qué iba. Cuando la voz desapasionada preguntó la naturaleza de la emergencia, yo ya estaba preparada.

—He resultado herida. Estoy en el aparcamiento del centro comercial... —Le dije qué centro, qué tienda y fuera de qué entrada me encontraba tirada, aunque técnicamente ahora ya estaba sentada.

—¿De qué naturaleza son sus heridas? —preguntó la voz sin el menor indicio de urgencia o incluso de preocupación. Supongo que el operador del 911 se imaginaba que si estaba llamando, no podía estar tan mal herida, y supongo que tenía razón.

—Una herida en la cabeza, creo que tengo una conmoción cerebral. Magulladuras, arañazos, un palizón general. Alguien ha intentado atropellarme, pero la muy zorra ya se ha ido.

—¿Se trata de una pelea doméstica?

—No, soy heterosexual.

—¿Disculpe? —Por primera vez, la voz del operador mostraba cierta expresión. Por desgracia, esa expresión significaba confusión.

—He dicho que la zorra ya se ha ido, y me ha preguntado si se trataba de una pelea doméstica, he dicho que no, que soy heterosexual —expliqué pacientemente, lo cual, considerando que estaba sangrando, sentada sobre el asqueroso pavimento, era un ejemplo de mi autocontrol. Me tomaba en serio lo de no cabrear a la gente que podía venir en mi rescate. Digo que «podía» porque por el momento el rescate no se había producido.

—Ya veo. ¿Conoce la identidad de esa persona?

—No. —Sólo sabía que era una zorra psicópata que no debería empujar ni una carretilla, qué decir de un Buick.

—Enviaré un coche policía y asistencia médica a su ubicación

—dijo el operador tras recuperar su distanciamiento profesional—. Necesito más información, de modo que no cuelgue.

No colgué. Cuando me preguntó, le di el nombre y la dirección, el número de casa y el del móvil, que supuse que ya tenía, gracias al servicio 911 digital, porque además mi móvil es uno de ésos con localizador GPS incorporado. Lo más probable era que me tuvieran triangulada, localizada y verificada. Di un respingo por dentro. Sin duda mi nombre ya corría de una radio de la policía a otra, lo que significaba que un tal teniente J.W. Bloodsworth lo oiría y probablemente ya estaría metiéndose de un salto en el coche y encendiendo las luces azules. Confié en que los servicios de asistencia médica pudieran llegar aquí antes que él y me limpiaran un poco la sangre de la cara. Ya me ha visto antes ensangrentada, pero de cualquier modo... es cuestión de vanidad.

La puerta automática de la tienda se abrió y aparecieron dos mujeres, charlando felizmente mientras salían con su botín y empezaban a andar por el pasillo de coches aparcados. La primera que me vio chilló y se paró en seco.

—No se preocupe por ese ruido —le dije al operador—. Alguien se ha asustado.

—¡Oh Dios mío! ¡Oh Dios mío! —La segunda mujer se apresuró corriendo hacia mí—. ¿La han atacado? ¿Se encuentra bien? ¿Qué ha sucedido?

Si se me permite el comentario, es un verdadero fastidio que aparezca ayuda justo cuando ya no la necesitas.

El aparcamiento estaba lleno de luces intermitentes, coches aparcados formando ángulos poco habituales y hombres uniformados, casi todos ellos charlando de pie. Nadie había muerto, por lo tanto no había ninguna sensación de urgencia. Uno de los vehículos con luces intermitentes pertenecía a los médicos; se llamaban Dwight y Dwayne. Hay cosas que no están preparadas. No me gusta el apellido «Dwayne» porque así se llamaba el hombre que mató a Nicole Goodwin, pero no podía decírselo a este Dwayne porque era un hombre agradable de verdad que se comportaba con calma y amabilidad mientras me limpiaba la sangre y me vendaba la herida del cuero cabelludo. Tenía rasguños en la frente, pero no había señales en la cara, lo cual significaba, supongo, que había aterrizado con la cabeza agachada o así. Buenas noticias para mi cara, malas noticias para mi cabeza.

Estuvieron de acuerdo con el diagnóstico de conmoción cerebral, lo que en cierto sentido era satisfactorio —me gusta tener razón— y por otro lado era desalentador, porque una conmoción afectaría de forma seria a mi agenda, ya bastante apretada sin este tipo de impedimento añadido a la mezcla.

Uno de los patrulleros era el agente Spangler; le conocía de cuando asesinaron a Nicole. Yo estaba tendida en una camilla con el respaldo levantado y él me tomaba declaración mientras los médicos me limpiaban y vendaban con eficiencia y me preparaban para el traslado, cuando Wyatt llegó en su coche. Supe que se trataba de él sin tan siquiera mirar, por la manera en que chirriaron los neumáticos y por cómo sonó el portazo con que remató su llegada.

—Ahí está Wyatt —dije al agente Spangler. No volví la cabeza porque estaba poniendo gran empeño en no moverme. Él dirigió una ojeada en dirección al recién llegado y apretó un poco los labios para contener una sonrisa.

—Sí, señora, ahí está —dijo—. Ha estado en contacto en todo momento por radio.

La rápida promoción de Wyatt en el departamento había provocado cierto conflicto entre él y algunos de los polis mayores, que veían como pasaba por delante de ellos. El agente Spangler era relativamente nuevo, y joven, por lo tanto no compartía ese resentimiento, de modo que se levantó e hizo un ademán respetuoso con la cabeza cuando Wyatt se acercó y se quedó mirándome con los brazos en jarras. Iba vestido con vaqueros y una camisa de manga larga, con los puños remangados sobre el antebrazo. Llevaba el arma reglamentaria en la funda, pegada al riñón derecho, y la placa enganchada al cinturón. En la mano tenía una radio, o tal vez un móvil, y su expresión era adusta.

—Estoy bien —dije a Wyatt, pues detestaba esa mirada en su rostro. Ya la había visto antes—. Más o menos.

Desplazó de inmediato el enfoque láser de su mirada a Dwayne. Dwight estaba enredando en sus maletines, guardando otra vez las cosas, de modo que Dwayne fue el objetivo.

—¿Cómo está? —preguntó, como si yo no hubiera abierto la boca.

—Probable conmoción cerebral —contestó Dwayne, quien casi seguro se estaba saltando algún punto del reglamento, pero supuse que los médicos y los polis se conocen bien, y tal vez los polis pueden conseguir todo tipo de información supuestamente privada—. Un cuero cabelludo lacerado, algunas contusiones.

—Rasponazo en accidente de carretera —dije con desánimo.

Dwayne bajó la vista y me sonrió.

—También eso.

Wyatt se agachó al lado de la camilla. La brillante luz que los médicos habían dispuesto para hacer su trabajo creó unas sombras marcadas en su rostro. Parecía duro y cruel, pero me cogió la mano con dulzura.

—Iré justo detrás de la ambulancia —prometió—. Llamaré a tu madre y a tu padre de camino. —Dirigió una mirada a Spangler—. Puedes acabar de tomarle declaración en el hospital.

—Sí, señor —dijo el agente Spangler cerrando la libreta.

Me metieron en la parte trasera de la ambulancia; para ser precisos, metieron la camilla en la ambulancia, pero ya que yo estaba tumbada en ella, el resultado fue el mismo. Luego cerraron las puertas dobles, y cuando vi a Wyatt por última vez, estaba ahí de pie con aspecto al mismo tiempo frío y feroz.

Luego salimos del aparcamiento con las luces intermitentes pero sin el aullido de la sirena, algo que agradecí porque el dolor de cabeza era atroz.

Bien, esto me resultaba familiar. Y en este caso, estar tan familiarizada con ello era un verdadero asco.

Capítulo 4

Wyatt fue la última cosa que vi antes de que se cerraran las puertas de la ambulancia, y la primera cuando se abrieron.

Su expresión era tan seria, fría y furiosa, todo al mismo tiempo, que busqué otra vez su mano mientras me sacaban de la parte trasera del vehículo.

—De verdad que estoy bien —dije. A excepción de la conmoción, lo estaba. Hecha polvo, pero bien. Quería sonar valiente, para convencerle de que me encontraba bien y que estaba mostrando una fachada falsa a todo el mundo para cosechar sus simpatías, pero me dolía demasiado la cabeza como para juntar la energía necesaria, de manera que en vez de eso soné sincera, y por lo tanto no me creyó.

El tema de la supremacía hombre/mujer disputándose-el-sitio era demasiado complicado para mí en aquel instante. Alguno podrá pensar que para él eso fue un alivio, pero no, notaba por la manera en que apretaba la mandíbula que en vez de ello estaba de lo más preocupado. Los hombres son así de perversos.

Reuní fuerzas.

—Es todo culpa tuya —le dije con toda la indignación que pude.

Él andaba junto a la camilla sosteniéndome la mano y me miró entrecerrando los ojos.

—¿Culpa mía?

—Estaba haciendo compras esta noche por culpa de tu estúpida fecha límite. Si me hubieras hecho caso, podría haber salido a comprar durante el día, como la gente civilizada, pero no, tenías que darme un ultimátum, que me ha obligado a estar en el aparcamiento con una zorra psicópata enloquecida al volante de un Buick.

Entrecerró aún más los ojos. Para alivio mío, el gesto adusto se había relajado un poco. Se estaba imaginando que si yo me sentía con fuerzas de empezar a dar la lata, de verdad estaba bien.

—Si hubieras conseguido planificar algo tan sencillo como una boda —dijo con un exasperante desprecio por los millones de detalles que implica una boda— yo no habría tenido que intervenir.

—¿Sencillo? —farfullé—. ¿Sencillo? ¿Te parece sencilla una boda? El lanzamiento de un trasbordador es sencillo. La física cuántica es sencilla. Planificar una boda es como planificar una guerra…

—Una comparación apropiada —refunfuñó en voz baja, pero le oí de todos modos.

Le solté la mano. A veces sencillamente me entraban ganas de darle una bofetada.

Dwight se rió mientras empujaba la camilla. Dwayne era mucho más simpático que Dwight. Dije:

—No quiero que tú empujes mi camilla. Quiero a Dwayne. ¿Dónde está Dwayne?

—Se está ocupando del papeleo, de recoger tus objetos personales, ese tipo de cosas —dijo Dwight afable y sin dejar de empujar la camilla.

La noche se me estaba torciendo, pero me reanimé cuanto pude con las noticias de que Dwayne traía mis cosas. Era un claro indicador de cuánto me dolía la cabeza el hecho de que hasta ahora no hubiera pensado ni una sola vez en mis compras, especialmente en mis zapatos nuevos.

—¿Tiene mis zapatos?

—Los llevas puestos —dijo Wyatt dedicando una mirada rápida e interrogadora a Dwight por encima de mi cabeza, preguntando en silencio si podía haber alguna lesión cerebral.

—No me estoy volviendo majareta, me refiero a los zapatos nuevos, los que he comprado esta noche. —Como ya he explicado, Dwight me empujaba hasta dentro del cubículo. Dwayne apareció unos treinta segundos después, con las manos llenas de tablillas sujetapapeles, mi bolso y varias bolsas de plástico. Inspeccioné la bolsa de la tienda donde había comprado los zapatos y di un suspiro de alivio. No habían desaparecido. Luego un eficiente equipo de enfermeras tomó el mando; echaron a Wyatt, Dwayne y Dwight dieron el parte sobre mi estado, que coincidía en gran medida con lo que yo había imaginado, y, después de que ellos también desaparecieran, corrieron la cortina y me arrancaron las ropas con rapidez. Detesto de verdad la forma en que el personal de urgencias trata la ropa, pese a que entiendo la necesidad de hacerlo: incluso alguien que está consciente puede no ser capaz de evaluar con precisión su propio estado médico, y lo fundamental es la rapidez y la eficiencia.

A pesar de eso, cuánto, cuánto detesto que me corten el sujetador con un tajo insensible de esas grandes hojas de las tijeras. Adoro mis conjuntos de ropa interior. Este sujetador en concreto era de un precioso color moca, con florecitas en el tejido de satén y diminutas perlas cosidas en medio. Ahora se había echado a perder. Suspiré al verlo, porque de todos modos ya se había echado a perder con la sangre.

Pensándolo un poco, casi todas las prendas que llevaba puestas habían quedado hechas polvo, bien por los desgarros o la sangre o por ambas cosas; las heridas en el cuero cabelludo sangran mucho. Suspiré mientras me echaba un vistazo a mí misma, luego inspeccioné la ropa tirada a un lado; podía hacerlo sin mover demasiado la cabeza porque habían levantado la parte superior de la camilla y yo estaba incorporada sobre ella. No, nada podía salvarse, excepto tal vez los zapatos. Mis pantalones cargo negros estaban rotos por varios sitios, con desgarros grandes e irregulares imposibles de arreglar, por no hablar del pulcro corte que habían hecho las enfermeras a lo largo las perneras para poder retirarlos más deprisa. Tenía ambas piernas desnudas, sucias de polvo y sangre, confirmando así que el temor irracional a los gérmenes que había experimentado en el aparcamiento no era tan irracional. De hecho, casi toda yo estaba sucia y ensangrentada. No era una visión agradable de ver, lo cual era deprimente, porque Wyatt me había visto así.

—Estoy hecha un asco —dije con voz lastimera.

—No es para tanto —contestó una de las enfermeras—. Parece peor de lo que es. Aunque supongo que para ti ya es bastante malo, ¿a que sí? —Su voz sonaba enérgica, pero reconfortante. O más bien, intentaba sonar reconfortante; de hecho sus palabras hicieron que me sintiera peor porque las apariencias eran exactamente lo que me preocupaban. Sí, soy vanidosa, pero también tengo una fecha límite para celebrar mi boda y no quería parecer una refugiada de guerra en las fotos de mi casamiento. Mis niños las verían algún día, ya sabéis, no quería que se preguntaran qué había visto en mí su padre.

Tampoco tengo mentalidad de «víctima», y estoy cansada de que me disparen, me apaleen y me magullen. No quería que Wyatt pensara que tenía que cuidar de mí. Quiero cuidarme yo solita, muchas gracias; a menos que tenga el día mimoso, en cuyo caso quiero estar en buena forma para poder disfrutarlo.

Acababan de medio meterme en una especie de bata de hospital cuando un cansado doctor de urgencias entró arrastrando los pies. Me examinó, escuchó a las enfermeras, me miró las pupilas para ver cómo estaban respondiendo, y me envió a hacerme una tomografía axial de la cabeza y lo que parecía un tanda completa de rayos equis. Una pocas aburridas y dolorosas horas después, quedé ingresada en el hospital para pasar ahí la noche, porque los médicos estaban de acuerdo también con mi diagnóstico de conmoción cerebral. Me limpiaron todos los rasguños y algunos me los vendaron, limpiaron casi toda la sangre con gasas, excepto la del pelo, lo cual era un fastidio porque lo notaba pringoso. Lo peor fue que me afeitaron un poco el nacimiento del pelo para darme unos cuantos puntos y cerrar un corte profundo en el cuero cabelludo. Tendría que echarle creatividad a mis peinados durante los siguientes meses. Por fin me dejaron en una agradable cama limpia, recién hecha, y apagaron casi todas las luces, lo cual fue un alivio. ¿He mencionado cuánto me dolía la cabeza?

Lo que no me pareció un alivio fue la manera en que Wyatt y toda mi familia formaron un círculo en torno a la cama, observándome en silencio.

—No es mi culpa —dije a la defensiva. Era extraño, verles a todos juntos como si estuvieran alineados contra mí, como si hubiera hecho esto a posta o algo así. Incluso Siana tenía una expresión solemne, y habitualmente puedo contar con ella en mi bando pase lo que pase. Lo entendía, de todos modos, porque si Wyatt hubiera resultado herido con la misma frecuencia que yo en los meses pasados, yo estaría pidiendo que cambiara de trabajo y que nos trasladáramos a Mongolia Exterior para sacarlo de la zona de peligro.

Mamá se movió un poco. Había mantenido los labios tan cerrados como Wyatt, pero entonces adoptó su modo-mamá y se acercó al lavamanos en miniatura, donde humedeció un paño. Al regresar junto a la cama, empezó a lavar con delicadeza la sangre seca que las enfermeras habían pasado por alto. Mi madre no me había limpiado los oídos desde que era niña, pero algunas cosas nunca cambian. Me alegré de que usara agua en vez de saliva. ¿Ya sabéis todos esos chistes sobre la saliva de las mamás limpiándolo todo, desde la grasa a la tinta? Es verdad. La saliva de madre debería estar patentada y venderse como quitamanchas para todo. Pensándolo bien, tal vez ya lo hayan hecho así. Nunca he leído los ingredientes de un quitamanchas. Tal vez diga simplemente *saliva de madre*.

Por fin, Wyatt dijo:

—Van a darnos las cintas de seguridad del aparcamiento, de modo que podremos conseguir la matrícula del coche.

Llevaba el tiempo suficiente con él como para comprender algunas de las sutilezas de la ley a esas alturas.

—Pero no me alcanzó. Cuando pisó a fondo el acelerador, yo me tiré para apartarme. No se trata de una conductora que se haya dado a la fuga tras un atropello, más bien se ha dado a la fuga tras darme un susto de muerte.

—¿Conductora? —Tomó nota de eso de inmediato, por supuesto—. ¿La has vito? ¿La conocías?

—Pude distinguir que era una mujer, pero si la conocía o no... —Me habría encogido de hombros, pero intentaba mantener al mínimo los movimientos—. Los faros me deslumbraron. La conductora era mujer y el coche era un Buick último modelo, es lo único de lo que estoy segura. Las luces de los aparcamientos crean efectos extraños sobre los colores, pero creo que el coche era de ese tipo de marrón claro metálico.

—¿Estas segura de que era un Buick?

—Por favor —dije con todo el desdén del que fui capaz. Sé distinguir un coche. Era uno de los genes raros que me había pasado papá, porque lo único que mamá sabe distinguir es un coche grande, un coche pequeño o una camioneta. La marca y el modelo no significan nada para ella.

—Si dice que es un Buick, es un Buick —apuntó papá, continuando por mí, y Wyatt asintió. En cualquier otra circunstancia, me habría fastidiado que aceptara automáticamente la palabra de papá después de poner en duda la mía, pero en aquel preciso momento no estaba para riñas, ni físicas ni mentales. Me sentía agotada, no sólo a causa del dolor, sino porque con éste ya eran demasiados incidentes. Quiero decir, ¿cuántas veces pueden intentar matarte para que resulte un poco deprimente? No es que yo vaya por ahí cabreando al personal y pasándome con ellos. Ni siquiera respondo enfadada a los conductores estúpidos, porque nunca sabes si han tomado sus antipsicóticos o si están conduciendo por ahí con una pistola cargada y un cerebro descargado. Estaba harta de aquello, me dolía todo y, la verdad, tenía ganas de echarme a llorar.

No podía llorar, no delante de todo el mundo. No soy una llorona, al menos no esa clase de llorona. Lloro con una película triste o cuando ponen el himno de las barras y las estrellas en los partidos de fútbol americano, pero por lo que se refiere a las penurias personales, por lo general me las trago y tiro adelante. Si me ponía a llorar ahora, significaría que sentía lástima de mí misma, y así era, pero no quería que se notara. Ya era bastante malo mi aspecto de víctima de la carretera, así que me negaba a añadir lloriqueos a mi actual lista de cualidades poco atractivas.

Si algún día le echaba las manos encima a la zorra que había provocado todo esto, la estrangularía.

—Podemos hablar de esta cuestión después —dijo mamá—. Necesita descansar, no una repetición de los hechos. Iros todos para casa, yo me quedo con ella esta noche. Es una orden.

Wyatt no acepta bien las órdenes, ni siquiera las de mi madre, y eso que ella por lo general le provoca auténtico pánico.

—Yo también me quedo —dijo con ese tono suyo de poli: nada-de-tonterías.

Pese a tener los ojos medio cerrados podía verles poniéndose en guardia. En cualquier otro momento hubiera observado la batalla con interés, pero lo único que quería en ese instante era un poco de paz y tranquilidad.

—No necesito que nadie se quede conmigo. Todos tenéis trabajo por la mañana, de modo que mejor os vais a casa. Estoy bien, en serio. —Nota: Cuando alguien dice «en serio», lo normal es que esté mintiendo, como era mi caso.

—Nos quedamos los dos —respondió Wyatt sin tener en cuenta mi valiente y tranquilizador ofrecimiento. Bajé la vista para ver si mi cuerpo estaba visible, ya que todo el mundo actuaba como si yo no estuviera allí. Primero lo de permanecer tirada en ese asqueroso aparcamiento durante lo que me parecieron varias horas, sin que nadie reparara en mí, y ahora la sensación de que, pese a que hablaba, nadie me oía.

—Debo de ser invisible —me dije entre dientes.

Papá me dio unas palmaditas en la mano.

—No, todos estamos de lo más preocupados —dijo con calma, atajando mis bravuconadas. Tenía esa habilidad, pero también es cierto que tenía mucha intuición en todo lo referente a mí, tal vez por lo mucho que me parezco a mamá. Me temo que Wyatt tiene esa misma intuición, lo que estará bien cuando llevemos casados los treinta y pico años que llevan mamá y papá; pero mientras aún nos estemos disputando nuestro lugar, aquello más bien significaba una desventaja para mí: tenía que mantenerme alerta. En este aspecto,

Wyatt le lleva años luz a Jason, mi ex marido, que nunca veía más allá del pelo rubio y el trasero firme... los suyos, por cierto.

Jason es una de esas personas que parece un Slinky, uno de esos larguísimos bucles enrollados; siempre sonríes cuando piensas en verle caer por la escalera.

En fin, de vuelta a la habitación del hospital. Mamá organizó a todo el mundo en un santiamén. Mandó a papá y a mis hermanas para sus casas, porque ya casi eran las dos de la mañana y nadie había dormido nada. Ella y Wyatt mostraban señales de la tensión acumulada, con ese aspecto preocupado, ojeroso, alrededor de los ojos, pero al menos tenían mejor aspecto que la otra ocupante de la habitación: yo misma.

Entró una enfermera para ver si estaba dormida y para despertarme en caso de que lo estuviera. No dormía, de modo que me tomó la tensión y el pulso y salió, con una alegre promesa de regresar al cabo de dos horas o menos. Aparte del desagradable dolor de cabeza, ésta es la peor parte de tener una conmoción cerebral: ellos —en referencia al personal médico— no quieren que te duermas. O más bien, no pasa nada si te duermes, siempre que puedan despertarte y sepas donde estás y ese tipo de cosas. Lo cual significa que, para cuando acaban de controlar tus funciones vitales y hacerte preguntas, para cuando te pones cómoda y vuelves a echar una cabezadita, una enfermera entra tan campante por la puerta para empezar otra vez con toda la rutina. Preveía una noche larga e intranquila.

Wyatt ofreció a mamá el sillón que se abría en forma de cama estrecha e incómoda, y ella lo aceptó sin discutir, optando por aprovechar el poco sueño que pudiera, por intermitente que fuera. Él acercó la alta silla de las visitas a mi cama y se sentó, alargando el brazo a través de la barra para cogerme la mano. Mi corazón se aceleró y me dio un brinco cuando lo hizo, es que le quiero tanto, y él sabía cuánto necesitaba en esos momentos incluso la más mínima comunicación silenciosa.

—Descansa un poco si puedes —murmuró.

—¿Y tú qué?

—Puedo echar una cabezada aquí mismo. Estoy acostumbrado a horarios raros y sillas incómodas.

Eso era verdad, al fin y al cabo era un poli. Apreté sus dedos e intenté ponerme cómoda, lo cual no era posible en realidad por el terrible dolor de cabeza y la manera en que me ardían las diversas heridas. Pero cerré los ojos de todos modos, y esa habilidad mía para dormirme en cualquier lugar, a cualquier hora, hizo efecto.

Me desperté en medio de la oscuridad; después de que me durmiera, Wyatt había apagado la tenue luz. Permanecí allí tumbada escuchando el ritmo de las respiraciones de las otras dos personas dormidas: mamá al pie de la cama, Wyatt a mi derecha. Era un sonido reconfortante. No podía ver el reloj para saber cuánto había dormido, pero no importaba en realidad, porque no iba a ir a ningún lado.

La cabeza me seguía doliendo tanto como antes, pero la náusea parecía haber mejorado ligeramente. Empecé a pensar en todo lo que tenía que hacer: llamar a Lynn y organizarnos para que ella solita se hiciera cargo de Great Bods al menos el próximo par de días, pedir a Siana que regara las plantas, que alguien retirara mi coche del centro comercial, y otros detalles latosos. Debí de agitarme un poco, porque Wyatt se incorporó en la silla de inmediato y buscó mi mano.

—¿Estás bien? —preguntó susurrando para no despertar a mamá—. No has dormido mucho; menos de una hora.

—Sólo estaba pensando —respondí susurrando.

—¿En qué?

—En todo lo que tengo que hacer.

—No tienes que hacer nada. Me lo dices a mí, y yo me ocuparé de todo.

Sonreí para mis adentros, que era la única manera en que podía sonreír ya que estaba oscuro y él no podía verme.

—Eso era más o menos lo que estaba pensando, intentando recordar todo lo que tengo que pedirte que hagas.

Soltó un débil resoplido.

—Debería haberlo imaginado.

Como estaba oscuro, encontré el valor para continuar:

—También estaba pensando en que no sé cómo puedes mirarme con la pinta que tengo y volver a desearme alguna vez. —Mantuve la voz muy baja, porque, ay, mi madre estaba justo ahí en la misma habitación; yo escuchaba su respiración con un oído, y no había cambiado, de modo que seguía durmiendo.

Wyatt se quedó un momento callado, justo lo suficiente para que yo empezara a notar el estómago revuelto —como si me hiciera falta con lo malita que ya estaba—, luego me pasó un dedo con delicadeza por el brazo.

—Siempre te deseo —murmuró, con voz tan cálida y oscura como la habitación—. El aspecto que tengas en un momento dado no tiene mucho que ver. Eres tú, no tu cuerpo; aunque me muero por tu culo, y tus tetas, y tu boca desvergonzada, y todas las partes que estén en medio.

—¿Y qué hay de mis piernas? —le animé. Vaya, me estaba sintiendo mejor, estaba mejorando por minutos. Si seguía hablando, saldría andando de ese antro en media hora.

Wyatt se rió bajito.

—También me gustan. Sobre todo me gusta tenerlas alrededor de la cintura.

—Chis —siseé—. Mamá está justo ahí.

—Está dormida. —Levantó mi mano y me dio un beso cálido y húmedo en la palma.

—Eso te gustaría. —Fue el brusco comentario que llegó desde los pies de la cama.

Tras un momento de sorpresa, Wyatt empezó a reírse y dijo:

—Sí, señora, desde luego que sí.

Me encanta este hombre. Me alegró consideradamente esta charla nuestra a oscuras, fue un alivio, porque cansa mucho sentir lástima por una misma. Le apreté la mano y volví a dormirme de lo más contenta. ¿Y qué si me dolía aún la cabeza? Todo iba bien.

Sólo llevaba diez minutos dormida cuando entró una enfermera y encendió las luces para preguntar si estaba despierta. Qué os decía.

Capítulo 5

Wyatt se marchó poco después del amanecer para pasar por casa, ducharse y cambiarse de ropa, y luego irse al trabajo, donde imaginé que pasaría más tiempo del debido mirando cintas de aparcamientos en un intento de conseguir la matrícula del Buick. Él había dormido un rato más, pero como mucho alguna breve cabezada, pues otra cosa era difícil con una enfermera entrando cada poco rato para asegurarse de que no me moría de un derrame cerebral. No era el caso, qué alivio, pero tampoco me estaba permitiendo dormir mucho.

Mamá se despertó hacia las siete, salió de la habitación y volvió con una taza de un café que olía divinamente —pero que no me ofreció— y luego se puso de lleno con el móvil. Yo hice lo mismo y llamé a Lynn, a Great Bods, para informarle de mi último percance y organizarnos para que me sustituyera al menos el siguiente par de días. Me dolía tanto la cabeza que imaginaba que como mínimo tardaría un plazo así en volver a funcionar.

Hablar y al mismo tiempo escuchar a escondidas es todo un arte que requiere práctica. Mamá es capaz de hacerlo sin esfuerzo. Cuando yo era una adolescente, conseguí ser tan buena como ella, por necesidad. Seguía siendo buena, pero había perdido práctica. Por las conversaciones que alcancé a oír, me enteré de que iba a cerrar un trato de una venta de una casa ese día y que tenía que enseñar una casa más, pero estaba posponiendo esta cita a última hora de la jornada.

También llamó a Siana, pero o bien no la mencionó por su nombre o yo me despisté del todo, porque me sorprendió ver entrar a Siana en la habitación hacia las ocho y media, con un par de vaqueros que le quedaban genial, una ajustada camiseta con tiras de lentejuelas y una *blazer* de cuero con un drapeado sobre los hombros. El hecho de que no fuera la ropa que vestía habitualmente para ir a trabajar me hizo saber que se había tomado el día libre. Siana es abogada —como ya he mencionado— y aún está en el rango inferior de un bufete lleno de fenómenos picapleitos, pero su actitud es del todo alto rango. No creo que vaya a quedarse mucho tiempo en la empresa porque le irá mucho mejor por cuenta propia. Siana ha nacido para tener su propio bufete y un éxito rabioso. ¿Quién no iba a contratarla? Tenía un gran talento, unos hoyuelos irresistibles y no sentía compasión por nada, cualidades todas magníficas y muy buscadas en un abogado.

—¿Por qué no vas a ir a trabajar? —le pregunté.

—Voy a sustituir a mamá para que pueda cerrar un trato de venta de una casa. —Se acomodó comiendo una manzana en la silla en la que Wyatt había pasado la noche.

Observé la manzana. El hospital no me había traído nada para comer, sólo un poco de hielo machacado; era evidente que me mantenían sin comer hasta que algún médico en algún lugar decidiera que no necesitaba cirugía cerebral de urgencia. Dicho doctor se estaría atiborrando de dulces, y yo me moría de hambre. ¡Eh! Llena de sorpresa, me di un rápido repaso. ¡Ajá! La náusea había desminuido. Tal vez mi estómago no pudiera con un desayuno a base de huevos, beicon y tostadas, pero seguro que aceptaba un yogur y un plátano.

—Deja de mirar así mi manzana —dijo Siana apaciblemente—. No puedes comer. Y sentir envidia por las manzanas es una cosa muy fea.

Me puse a la defensiva de manera automática.

—No me da ninguna envidia la manzana. Estaba pensando más bien en un plátano. Y no tenías por qué faltar al trabajo, en cualquier momento a lo largo de la mañana tendrán que darme el alta. Sólo era cuestión de pasar aquí la noche.

—«Pasar la noche» no quiere decir lo mismo para los médicos que para la gente real —dijo mamá, menospreciando por completo la realidad de toda la profesión médica—. Sea como sea, el doctor que te atendió porque estaba de guardia no será quien te dé el alta. Finalmente otro doctor mirará los resultados de tus pruebas y finalmente te examinará a ti, y si hay suerte estarás en casa a última hora de la tarde.

Probablemente tenía razón. De hecho, estaba ingresada en un hospital por primera vez en mi vida, aunque había visitado urgencias unas cuantas veces y descubierto que ahí el tiempo tenía un significado diferente. «Unos pocos minutos» significaba invariablemente un par de horas, lo cual estaba bien, no sé si me entiendes, pero si alguien esperaba mucho rato así a que le vieran, literalmente «en pocos segundos», era inevitable que acabara frustrado y enfadado.

—A pesar de ello, no necesito una niñera. —Me sentí moralmente obligada a hacer aquel comentario, aunque todos sabíamos que no quería quedarme sola, que no iban a dejarme sola y que discutir no llevaba a ninguna parte. Aunque a veces me gustan las discusiones que no llevan a ninguna parte.

—Tendrás que conformarte —dijo Siana, sonriendo y mostrando sus hoyuelos—. De cualquier forma, me ha parecido que mi empresa necesitaba pasar un día sin mí. Se están acostumbrando mal y no me valoran como es debido, y eso no me gusta. —Dio otro mordisco a la manzana, y luego tiró el corazón a la basura—. He apagado el móvil. —Parecía complacida consigo misma, y eso significaba que la gente que no la había valorado como era debido probablemente intentaría contactar con ella varias veces a lo largo del día.

—Tengo que irme —dijo mamá, inclinándose para besarme en la frente. Tenía un aspecto genial, pese a una noche sin apenas dormir y preocupándose por mí—. Pero me pasaré por aquí durante el día. Veamos, necesitas ropa para vestirte cuando te den el alta. Me acercaré a coger la ropa antes de pasar por mi casa; luego la traeré a la hora de comer. Es imposible que te den el alta antes del almuerzo. Estoy siguiendo la pista de un obrador de tartas nupciales, también, y ya he localizado una pérgola, y luego por la tarde iré a casa de Roberta —Roberta es la madre de Wyatt— para devanarnos los sesos sobre procedimientos de emergencia en caso de que haga mal tiempo. Todo está controlado, o sea, que no te preocupes por nada.

—Tengo que preocuparme, como corresponde a la novia. Es imposible que desaparezcan todas las señales del accidente para entonces. —Aunque las costras desaparecieran... uuuuh, costras, cómo suena, quedarían marcas rosas en la piel.

—Tendrás que usar mangas largas o cualquier cosa que te tape, porque ya estaremos en octubre. —El clima de Carolina del Norte en octubre suele ser estupendo, pero puede volverse gélido de un instante al otro. Me examinó la cara con los ojos entrecerrados—. Creo que para entonces tendrás bien el rostro; no tiene tantos rasguños. Y si no, para eso está el maquillaje.

Aún no me había mirado en ningún espejo y no había evaluado los daños por mí misma, de modo que pregunté:

—¿Y qué tal el pelo? ¿Cómo lo tengo?

—Ahora mismo, no tiene buena pinta —contestó Siana—. He traído champú y un secador de mano.

La adoro. Conoce a la perfección mis prioridades.

Mamá evaluó los puntos que me habían puesto en el nacimiento del pelo —mi anterior nacimiento del pelo— y el trozo afeitado.

—Tiene remedio —pronunció—. Un cambio de peinado tapará la parte afeitada que, hay que reconocerlo, es grande.

¡Conforme! Las cosas mejoraban.

Una enfermera más o menos de mi edad entró tan campante en la habitación, impecable con una bata rosa, que iba genial a su cutis. Era una mujer guapa, muy guapa, con rasgos casi clásicos, pero el tinte que se había dado en el pelo era un verdadero crimen. En lo que se refiere a teñirse el pelo, estos crímenes siempre tiene algo que ver con el método «háztelo-tú-misma». Este teñido en concreto era una especie de marrón uniforme que me obligó a preguntarme cuál sería su color verdadero de pelo, porque ¿quién se tiñe el pelo de marrón? Mi propia crisis capilar me volvía muy consciente del cabello de la gente; no es que en realidad no lo fuera en el pasado, pero mi nivel de atención se había elevado. Cuando sonrió y se acercó un poco más para tocarme el pulso, estudié sus cejas y pestañas. No había duda en este caso: sus cejas eran marrones, y sus pestañas extralargas llevaban máscara. Tal vez tuviera canas prematuras. Sentí envidia de aquellas pestañas y di mi aprobación a la máscara, lo cual me recordó que a esas alturas mi propia máscara me habría dejado ojos de mofeta.

—¿Cómo se encuentra? —me preguntó mientras mantenía los dedos en el puso y la mirada en el reloj de pulsera. También ella era capaz de realizar tareas múltiples, como contar y hablar al mismo tiempo.

—Mejor. Y también estoy hambrienta.

—Eso es buena señal. —Sonrió y me dedicó una rápida mirada—. Veré qué puedo hacer para que le traigan algo de comer.

Sus ojos eran esa fantástica mezcla de verde y almendra; pensé que tendría que estar estupenda cuando se arreglara para salir de noche por la ciudad. Era calmada y serena, pero también había una chispa controlada de fuego en ella que me hizo pensar que probablemente todos los médicos solteros, y tal vez unos cuantos casados, irían de culo para ligársela.

—¿Alguna idea de a qué hora hará la ronda el doctor? —pregunté.

Me dedicó una sonrisa pícara y negó con la cabeza.

—La hora puede variar en función de si tiene o no urgencias. ¿No me diga que no está contenta con nuestra hospitalidad?

—¿Quiere decir aparte de la cuestión de que no haya comida? ¿Y que me despierten cada vez que echo un sueñecito para asegurarse de que no estoy inconsciente? ¿Y a que me afeitan el pelo veintiocho días antes de mi boda? Aparte de eso, lo estoy pasando muy bien.

Se rió en voz alta.

—¿Así que veintiocho días? Yo estuve completamente desquiciada los dos últimos meses previos a la boda. ¡Vaya momento para tener un accidente!

Mamá acababa de sacar las llaves de mi bolso y las agitó mientras salía de la habitación. Le devolví el saludo, luego reanudé la conversación.

—Podría ser peor, podría estar mal herida en vez de tener sólo uno rasguños y un pequeño corte.

—Los médicos deben pensar que tu estado es un poquito peor que eso, o no estarías aquí. —Sonó un poco a regañina, pero las enfermeras probablemente se topan todo el tiempo con pacientes respondones; en honor a la verdad, yo no me mostraba exactamente respondona, más bien me dominaba una urgencia irrefrenable. Quedaban veintiocho días, y el reloj seguía marcando la hora.

Puesto que seguramente ya había consultado mi gráfica, no vi la necesidad de decirle que pasar la noche en observación en el hospital no indicaba una herida seria. Tal vez ella quería que me preocupara un poco para que no siguiera dando la lata, ni a ella ni a las otras enfermeras, sobre cuándo iba a marcharme a casa. Yo no estaba en plan pesada, nada de eso; si no tuviera tantas cosas que hacer, no me hubiera importado estar tumbada en la cama de un hospital, dejando que la gente me trajera lo que necesitara. La náusea se había aliviado, pero el martilleo en mi cabeza, no. Tuve que ir dos veces al baño, y no fue nada divertido, pero tampoco era tan malo como me había temido.

La enfermera... —probablemente llevara una tarjeta con su nombre enganchada al bolsillo pero, como estaba inclinada sobre mi cama, yo no podía leerla— bajó la sábana para verificar mis rasguños y magulladuras, haciendo en todo momento preguntas sobre mi boda. Dónde iba a ser, cómo era mi vestido, ese tipo de cosas.

—Va a celebrarse en casa de la madre de Wyatt —contesté alegremente, contenta de que algo me distrajera de aquel dolor de cabeza—. En su jardín. Tiene unos crisantemos preciosos, y eso que normalmente no me gustan los crisantemos, porque siempre van unidos a algún cadáver. Si llueve, algo poco probable en octubre, nos trasladaremos al interior de la casa.

—¿Y ella le cae bien? —Su tono era un poco receloso, lo que me hizo pensar que había tenido problemas con su suegra. Eso era terrible; los problemas con la familia política pueden ser nefastos para el matrimonio. La madre de Jason no me caía nada mal, pero a la madre de Wyatt la adoraba. Me comunicaba información interna y por lo general estaba de mi lado en los dilemas hombre-mujer.

—Es genial. Ella me presentó a Wyatt, y ahora no para de ponerse medallas por haber opinado desde el principio que hacíamos buena pareja.

—Tiene que ser agradable tener una suegra que te acepte —refunfuñó.

Yo ya iba a comentar que tal vez el horrendo tinte de pelo la tenía un poco desmoralizada, pero preferí dejarlo. Quizás un tinte casero hazlo-tú-misma era lo único que podía permitirse, aunque las enfermeras no se ganan mal la vida por regla general. Quizá tuviera tres o cuatro críos en casa a quienes vestir y alimentar, y un marido inválido, o directamente un marido mala persona, y yo no estaba enterada. Tenía que haber algún motivo para llevar el pelo así.

Retiró el vendaje de mi principal rasponazo en el muslo izquierdo y aquello dolió. Solté un jadeo y cerré los puños para contener el dolor.

—Lo siento —dijo contemplando el rasguño—. Vaya, no está nada mal. Qué ha pasado, ¿un accidente de moto?

Conseguí separar los dientes.

—No, una zorra psicópata se me echó encima anoche en el aparcamiento del centro comercial.

Alzó la vista, arqueando las cejas.

—¿Sabe quién era?

—No, pero lo más probable es que Wyatt esté mirando ahora mismo las cintas de seguridad del centro y del aparcamiento, para intentar conseguir la matrícula y su documento de identidad. —Es decir, si conseguía hacerlo sin orden judicial; yo dudaba que un juez facilitara una orden, pues el incidente no era lo bastante serio.

Hizo un gesto de asentimiento y volvió a vendar la herida.

—Tiene que ser práctico tener un novio poli.

—A veces. —A menos que me obligara a ir a comisaría cuando yo no quería o que husmeara en los pagos realizados con mi tarjeta de crédito. Wyatt puede ser un poco cruel cuando decide conseguir algo. Por supuesto, no puedo quejarme mucho, Wyatt sólo había hecho esas cosas porque quería conseguirme a mí; y me consiguió, por cierto. Pese a aquel dolor de cabeza infernal, recordar cómo me consiguió me provocó un estremecimiento. Su testosterona alcanzaba niveles casi tóxicos, pero las ventajas de eso... oh, cielos, las ventajas eran maravillosas.

La enfermera apuntó algo en una libreta que sacó de uno de sus bolsillos, y luego dijo:

—Todo va bien. Veré qué puedo hacer para que le traigan algo de comer. —Y salió de la habitación.

Siana no dijo una sola palabra en todo el rato, lo cual no era inusual en ella; le gusta calar a la gente antes de entrar en la conversación. De todos modos, en cuanto se cerró la puerta, dijo:

—¿Qué le pasa en el pelo?

Siana era capaz de estar debatiendo un caso ante el Tribunal Supremo —lo cual no había sucedido, todavía— y fijarse en los peinados de todo el mundo en la sala, incluidos los magistrados, lo cual da bastante miedo, si tienes en cuenta las caras que tienen algunos de ellos. Jenni y yo también somos así, y todas hemos heredado ese gen directamente de mamá, quien lo sacó de su madre. A menudo me he preguntado cómo sería la abuela de mi madre. En una ocasión se lo dije a Wyatt y le dio un escalofrío. Ha visto a mi abuela en una ocasión, en su fiesta de cumpleaños hace un mes, y creo que o bien le impresionó mucho o le aterrorizó, pero aguantó el tipo, y después de la fiesta, papá le invitó a un whisky doble.

No entiendo que hay de malo en la abuela, excepto que es capaz de superar a mamá, lo cual, de acuerdo, es un poco terrorífico. Pero quiero ser exactamente como ella cuando tenga su edad. Quiero seguir teniendo mucho estilo, conducir coches buenos y que mis hijos y mis nietos me presten la atención debida. De todos modos, cuando sea mayor de verdad, voy a cambiar mi coche deportivo por el modelo más grande que pueda encontrar, y voy a encorvarme en el asiento, con mi cabecita azul asomándose por encima del volante, y dedicarme a conducir despacio de verdad, mandando a freír espárragos a cualquiera que me toque la bocina. Son planes así los que me hacen mirar con ilusión la vejez.

Es decir, si es que llego a vivir tanto tiempo. Otra gente insiste en hacer toda clase de planes diferentes para mí. Qué lata.

Esperé, pero no llegó nada de comida, no se produjo aquel milagro. Siana y yo estuvimos charlando y, tras un rato, vino otra enfermera y me tomó las constantes vitales. Yo pregunté por la comida, y ella comprobó mi gráfica.

—Veré qué puedo hacer. —Y salió.

Siana y yo nos figuramos que habría que esperar y decidimos aprovechar el rato para lavar mi pelo. Gracias al cielo hoy en día no hay que mantener secos los puntos, porque no estaba dispuesta a aguantar una semana con la sangre seca y el resto de la porquería en el pelo que me daban aspecto de indio salvaje. Los puntos no eran ningún problema, la conmoción, sí. Mientras me moviera despacio, el dolor de cabeza no sería tan agudo. Pero no quería lavarme sólo el pelo, quería lavarme del todo. Siana consiguió preguntar a una enfermera que le dijo que, por supuesto, podía quitarme las vendas para darme una ducha, y con cuidado, pero feliz, me duché y me lavé el pelo con champú. Dejé que las vendas cayeran por sí solas durante la ducha, en vez de retirarlas antes.

Después Siana me secó el pelo con el secador. Lo hizo sin intentar mantener un peinado en concreto, pero aquello no era tan importante porque yo llevo el pelo liso. Sólo con llevarlo limpio ya me sentía mejor.

Seguía sin llegar ningún alimento.

Empezaba a pensar que el personal del hospital mantenía uno de esos planes alternativos conmigo, y la intención era que me muriera de hambre. Siana estaba a punto de bajar a la cafetería para buscarse algo para ella cuando finalmente trajeron una bandeja. El café estaba tibio, pero lo acepté agradecida, y me bebí la mitad de la taza antes de levantar la tapa metálica de la fuente. Algo parecido a unos huevos revueltos, tostada fría y un mustio beicon me saludaron. Siana y yo nos miramos; luego nos encogimos de hombros.

—Me muero de hambre, así que esto servirá.

Pero apunté mentalmente escribir al administrador del hospital sobre la oferta culinaria en este centro. La gente enferma necesita comida que como mínimo sea apetecible.

Después de tomar casi la mitad del desayuno, mis ofendidas papilas gustativas superaron a los gemidos cada vez más débiles de mi estómago, y volví a poner la tapa encima de la fuente para no tener que ver los huevos. Los huevos fríos son repugnantes. El dolor de cabeza se había aliviado un poco, y comprendí que en parte se debía a la falta de cafeína.

Ya que me sentía mucho mejor, empecé a inquietarme por cómo iba pasando el tiempo. Ningún médico había venido todavía a verme y casi eran las diez y media, según el reloj de la pared.

—Tal vez no hayan asignado ningún doctor a mi caso —me dije—. Tal vez me he quedado aquí y se han olvidado de mí.

—Tal vez debieras buscar un médico normal —indicó Siana.

—¿Tienes tú uno?

Hizo un gesto culpable.

—¿Sirve un ginecólogo?

—No sé por qué no. Yo también tengo a mi ginecóloga. —Es que en algún sitio hay que conseguir la receta para las píldoras anticonceptivas—. Tal vez debiera llamarla.

Una espera en el hospital es aburrida. Siana encendió la televisión e intentamos encontrar algo para pasar el rato. Ninguna de las dos está en casa durante el día, de modo que no estamos familiarizadas con la programación diurna. Supongo que el hecho de que *El precio justo* fuera lo mejor que encontráramos significa algo, pero al menos nos distrajo un rato. Las dos acertamos más respuestas que los demás concursantes, pero, claro, ir de compras requiere mucho talento.

El ruido del vestíbulo nos estaba distrayendo; la señora que me había traído la bandeja del desayuno había dejado la puerta medio abierta, y así la dejamos, porque de ese modo el aire circulaba y mantenía la habitación un poco menos cargada. El resplandeciente cielo azul del exterior de mi ventana me decía que el verano se resistía a acabarse, pese a que el calendario indicaba que había llegado oficialmente el otoño. Quería salir a buscar mi vestido de novia. *¿Dónde había un médico, cualquier médico?*

El precio justo se acabó, y le pregunté a Siana:

—¿Qué tal fue tu cita anoche?

—Sin prisas.

Le dediqué una mirada comprensiva y suspiró.

—Era un buen tipo, pero... le faltaba chispa. Quiero chispas, quiero una caja entera de bengalas. Quiero lo que tienes tú con Wyatt, algún tío que me mire como si fuera a devorarme, eso es lo que quiero que haga.

Sólo usar las palabras *Wyatt* y *devorar* en la misma frase me provocó un sofoco y me erizó el vello. No cabía duda: ese hombre me tenía programada.

—Tuve que esperar a Wyatt durante mucho tiempo. Incluso esperé dos años más, después de que me dejara. —Eso todavía era un tema delicado para mí, que me hubiera dejado tras las tres primeras citas, porque pensaba que yo exigía demasiadas atenciones.

—No puede decirse que esperaras exactamente —replicó ella, divertida—. Seguiste con las citas. Y muchas, por lo que recuerdo.

Detecté un movimiento fugaz en la puerta. El movimiento se detuvo, pero no entró nadie en la habitación.

—Pero no me acosté con nadie —indiqué—. Eso es esperar.

Wyatt seguía sin entrar en la habitación. Estaba escuchando donde no pudiera ser visto. Yo sabía que era él; imaginaba que vendría de visita hacia la hora del almuerzo, si conseguía escaparse un rato. Tenía algo de taimado, no lo podía disimular; era un poli redomado y no podía evitar escuchar a escondidas si pensaba que podía sacar algo interesante.

Hice una señal a Siana entrecerrando la mirada e indicando la puerta. Me devolvió una rápida mueca y dijo:

—Siempre dijiste que querías usar su SSE.

Aquello no era verdad, pero el Código de Mujeres del Sur decía que los varones de antenas largas siempre tenían que encontrarse con alguna conversación jugosa. La rápida ocurrencia de Siana me encantó.

—Su SSE fue lo que me interesó desde el principio. Quería de verdad tener acceso a él.

—Tiene que ser impresionante.

—Lo es, pero su manera de responder es igual de importante. No tiene sentido contar con un gran SSE si no hace lo que quieres que haga; algo así sucede también con un banco.

Siana contuvo una risotada.

—Yo también ando buscando un gran SSE. No veo por qué no puedo enamorarme de un tipo que tenga uno y que pueda satisfacer mis necesidades.

—Desde luego. Yo... Adelante —llamé, interrumpiéndome para contestar a la llamada abreviada, tardía, de Wyatt a la puerta. La abrió del todo y entró, con expresión forzada pero indescifrable. Cuando se enfadaba, sus ojos verdes brillaban aún más, y tuve que tragarme las ganas de reír. No llevábamos tanto tiempo juntos, pero desde el principio, conseguir lo mejor de él requería esfuerzo.

Siana sonreía cuando se levantó.

—Genial —dijo—. Necesito estirar las piernas. Voy a bajar a la cafetería a tomar algo. ¿Queréis que os traiga alguna cosa cuando suba?

—No, estoy bien —gruñó él—. Gracias. —El «gracias» lo añadió como si se le hubiera ocurrido en el último momento. Wyatt estaba furioso y decidido a sacarme la verdad sobre su SSE en cuanto Siana se largara. No rehuía ningún enfrentamiento, como la mayoría de hombres, y el hecho de que yo tuviera una leve conmoción cerebral no significaba que fuera a ser más indulgente.

Cerró la puerta con firmeza tras Siana, sin advertir el guiño ladino que ella me dedicó justo cuando salía silenciosamente. Luego se aproximó a mi lecho, todo un macho agresivo y amenazador. Sus oscuras cejas formaban una fiera mirada ceñuda que clavó sobre mí.

—De acuerdo —dijo sin alterarse—. Quiero que me expliques qué es eso de que lo único que te interesaba de mí era tener acceso a mi SSE.

Pensé *Wyatt* y *devorar*, y dejé que mis mejillas empezaran a sonrosarse. Ajá, era infalible. ¿Verdad que era muy útil constatar aquello? Me retorcí llena de deleite.

—Oh, ¿has oído eso? —pregunté, apartando la mirada e intentando parecer culpable lo mejor que podía.

—Lo he oído. —Su tono era grave. Me cogió la barbilla. No me giró la cabeza, porque aunque estaba furioso también era consciente de mi conmoción. No obstante, dejó claro que su intención era que yo le mirara. Encontré su mirada y dejé que mis ojos se abrieran mucho.

—No dije que tu SSE fuera lo único que me interesara.

—Pero querías tener acceso.

Le hice ojitos, pensando que era hora de darle una pista.

—En términos generales. Pensaba que lo sabías.

—¿Cómo iba a saberlo? —Su tono cada vez sonaba más tétrico, como una nube tormentosa a punto de descargar lluvia—. Yo... —Entonces hizo un pausa y entrecerró los ojos mientras sus pestañas se agitaban y sus grandes e inocentes ojos parecieron reaccionar—. Pero ¿qué puñetas es un SSE?

Yo continué con los ojos muy abiertos, saboreando el momento.

—Sistema de Suministro de Esperma.

Capítulo 6

Se apartó ofendido de mí y se quedó mirando por la ventana con los brazos en jarras mientras respiraba de forma profunda y controlada. Yo le observé con un regocijo casi efervescente. Provocarle de este modo era casi más divertido que provocarle del otro; casi, porque la compensación era mejor de la otra manera.

Por fin, dijo:

—Pequeña rastrera —y se volvió en redondo para mirarme a la cara. El relumbre en sus ojos prometía represalias.

Le sonreí abiertamente.

Con afabilidad decepcionante, me preguntó:

—¿Tú y Siana estabais hablando de mi polla?

—Sólo porque estabas escuchando a escondidas. Pensé que te merecías oír algo interesante después de haberte tomado tantas molestias.

No parecía nada avergonzado al verse pillado, tal vez porque fisgonear era su especialidad. En vez de ello, se acercó a la cama y apoyó las manos a ambos lados de mi cuerpo para inclinarse hacia abajo. Si creía que yo iba a inquietarme al verme rodeada y atrapada de ese modo, se equivocaba. Por un lado, se trataba de Wyatt. Por otro, bien, se trataba de Wyatt: me gustaba estar rodeada y atrapada por él. Cuando le tenía así de cerca, normalmente sucedían cosas divertidas e interesantes.

No alcé la cabeza de la almohada, pero puse mi mano en su cara, palpando la dura estructura del mentón y la mejilla, el calor de su piel y los pelillos de la barba, pese a haberse afeitado sólo pocas horas antes.

—Pillado —dije con petulancia. Sí, sé que no está bien regodearse, en parte porque Wyatt no es el tipo de tío que sabe poner una sonrisa y aguantarse. Ya pensaría alguna manera de devolvérmela, incluidas cosas atroces como liarme para hacer alguna apuesta que estaba seguro que yo iba a perder y luego obligarme a ver las World Series. No me gusta nada el béisbol.

Me devolvió una sonrisa de suficiencia que me puso alerta.

—¿De modo que no te acostaste con nadie durante los dos años que rompimos, ajá? Me esperabas a mí.

—En realidad, no. Sólo es que soy un poco maniática. —El muy puñetero, tenía que encontrar la manera de que esto le favoreciera.

—Te impresionó mi sistema de suministro.

—He contado esa historia porque sabía que estabas escuchando.

—Querías tener acceso al sistema, querías usarlo, si la memoria no me falla.

Es una de las cosas malas de los polis: recuerdan las cosas. Lo más probable es que pudiera citar al pie de la letra mi conversación con Siana. Aparte, yo ya había dejado claro de diversas maneras que sentía un enorme cariño por su SSE. Por favor, si algo no me gusta, no me lo meto en la boca... ni en ningún otro sitio del cuerpo, ya me entendéis.

Vale, a veces la única manera de recuperar el control de una situación es rendirse por completo. Le sonreí y bajé la mano despacio desde la cara hasta su pecho, y luego la deslicé sobre su estómago hasta sostener su SSE en la palma. Me encantó descubrir que ya tenía una semierección. Éste es mi Wyatt, mencionas el sexo y él ya está listo. Genial, ¿a que sí?

—Tienes una memoria excelente. Lo quería, y ahora lo tengo. —Me estremecí un poco, porque tocarle me estaba poniendo a cien a mí también.

Se inclinó sobre mí, con la respiración acelerada, bajando los párpados, mientras se apretaba contra mi mano. No había nada «semi» ahora en él; la erección era completa, estaba a punto. Luego dijo «Joder» con voz forzada, se incorporó y se apartó de mí.

—Pues, sí —contesté yo. ¿No era algo obvio?

Me dedicó una ardiente mirada mientras se volvía otra vez a la ventana.

—Tienes una conmoción —dijo en tono lacónico.

Con un gemido, vi claro el problema. Nada de zarandeos, durante unos cuantos días al menos, y si alguien ha imaginado alguna vez cómo practicar sexo sin ni siquiera un pequeño zarandeo, ojalá que comparta conmigo el secreto. Nada de sexo ayer, tampoco hoy, tampoco mañana... nada de sexo mientras durara el dolor de cabeza, que probablemente duraría varios días más. Ahora sí que estaba cabreada de verdad con esa zorra psicópata del Buick, por ocasionarme esta abstinencia inesperada; no sería mejor si se tratara de una abstinencia esperada, porque no vas haciendo provisión de orgasmos y guardándotelos en la despensa hasta que los necesites.

Lo cual me recordó algo, y ¿qué mejor momento para sacar el tema que ahora que estaba herida y que él se sentía protector? Tampoco tenía nada mejor que hacer.

—Necesito hacer reformas en tu casa.

Eso hizo que se girara en redondo. Sus pantalones aún se veían abultados a la altura de la entrepierna, pero clavó toda su atención en mí. Por la inquietud en su mirada, cualquiera pensaría que yo había dicho: «Tengo un arma, y la apunto contra tu corazón».

Se quedó mirándome unos segundos más, repasando mentalmente nuestra conversación. Por fin dijo:

—Me rindo. ¿Cómo hemos pasado de hablar de mi SSE y tu conmoción cerebral a que quieres hacer reformas en mi casa?

—Estaba pensando en despensas. —No era todo en lo que había pensado, pero no quería entrar en la cuestión de hacer provisión de orgasmos durante una abstinencia temporal. Aparte, no le hacía falta conocer todos los detalles de cómo había llegado ahí, en términos de conversación.

Wyatt renunció a buscar la conexión.

—Y ¿qué pasa con las despensas?

—No tienes ninguna.

—Desde luego que tengo. Hay esa pequeña habitación al lado de la cocina, ¿te acuerdas?

—Ahí tienes tu despacho, así que no es una despensa. Y de cualquier modo, tu casa está toda del revés, y los muebles no son los adecuados.

Entrecerró los ojos.

—¿Qué tiene de malo? Es una buena casa. Tiene buenos muebles.

—Tiene muebles de tío.

—Soy un tío —recalcó—. ¿Qué otra clase de muebles podría tener?

—Pero yo no soy un tío. —¿Cómo podía pasar por alto algo tan obvio?—. Necesito cosas de chicas. Por lo tanto, o hago reformas o tendremos que trasladarnos a otro sitio.

—Me gusta mi casa. —Empezaba a cerrarse en banda con esa expresión que ponían los tíos cuando no quieren hacer algo—. Tengo las cosas justo donde las quiero tener.

Le dediqué una mirada elocuente que empeoró mi dolor de cabeza, porque tienes que entornar los ojos de una manera especial para que quede elocuente de verdad.

—¿En qué momento se supone que empezará a ser *nuestra* casa?

—Cuando te instales. —Lo dijo como si eso fuera la conclusión más sencilla y obvia del mundo. Para él, supongo que lo era.

—Pero ¿no quieres que toque las cosas, que compre un sillón para ponerme cómoda, que monte un despacho para mí ni nada por el estilo? —Mis cejas alzadas le dijeron qué pensaba yo de esa idea. Como no, alzar las cejas me dolió, pero resulta difícil de verdad hablar sin expresión alguna, a menos que uses Botox. No obstante, se me ocurrió que durante los próximos días podría intentar en serio imitar a Nancy Pelosi.

Wyatt frunció el ceño.

—Mierda. —Entonces entendió a dónde quería llegar yo con aquella conversación: mi absoluto descontento con el *status quo* en cuanto al mobiliario de su casa, y que si quería que viviera con él habría que hacer algunos reajustes. No le hizo la menor gracia. Entrecerró otra vez los ojos de aquel modo tan penetrante.

—Mi sillón abatible se queda donde está. Y también mi televisor.

Empecé a encogerme de hombros, luego lo dejé al darme cuenta de que moverme no me convenía.

—Eso está bien. Yo no quiero sentarme en él.

—¿Qué? —No sólo no le complacía lo que oía, sino que empezaba a cabrearse.

—Piensa en ello. ¿Vemos las mismas cosas en la tele? No. Tú quieres ver béisbol; yo odio el béisbol. Tu miras todos los deportes. A mí me gusta el fútbol y el baloncesto, y punto. Me gustan los programas de decoración, y tú prefieres que te metan astillas bajo las uñas antes que ver un programa de decoración. De modo que si no quieres que me vuelva loca y te mate, tendré que tener mi propio televisor y un lugar donde verlo.

La verdad sea dicha, no veo mucha televisión, excepto el fútbol universitario que, de hecho, hago lo que sea por ver. Hay que tener en cuenta una cosa: algunas noches no llego a casa hasta después de las nueve, e incluso si llego antes normalmente tengo papeleo que resolver. Hay un par de programas que grabo con el vídeo digital y los veo los domingos, pero en general ni siquiera me tomo la molestia. Eso no quiere decir que no vaya a pelearme con Wyatt por el uso del televisor cada vez que quiera ver algo, y mucho menos que esté dispuesta a renunciar a esos pocos programas. Pero tampoco le hace falta saber lo poco que veo la tele; es el principio del asunto.

—De acuerdo —dijo a regañadientes, porque al fin y al cabo hay que reconocer lo justo—. Aunque preferiría tenerte a mi lado.

—La mitad del tiempo tendríamos que ver lo que a mí me gusta.

Y eso sería un desastre. Él lo sabía tan bien como yo, y tras una pausa renunció a la idea y cedió.

—¿Qué habitación vas a usar? ¿Uno de los dormitorios de arriba?

—No, porque entonces tendría que volver a reformarlo y trasladarlo todo al cabo de pocos años cuando los niños necesiten sus propios dormitorios.

Su expresión no se ablandó, pero registró cierto acaloramiento: el tipo de acaloramiento de «quiero-desnudarte», no el de enfado.

—Hay cuatro dormitorios —recalcó, pensando en el proceso de hacer niños para llenar esos dormitorios.

—Lo sé. Nosotros ocuparemos el dormitorio principal, tendremos dos niños —no descarto tener tres, pero pienso que probablemente serán dos— y tendremos una habitación de invitados. Creo que el salón será lo mejor. ¿Quién necesita un salón de diseño formal? Oh, y necesitaré cambiar el tratamiento de todas tus ventanas. No es por ofender, pero tu gusto para el tratamiento de las ventanas da pena.

Volvió a poner los brazos en jarras.

—¿Y qué más? —preguntó en tono resignado.

Ajá. Estaba rindiéndose más fácilmente de lo que yo había pensado. Aquello ya no era tan divertido.

—Pintura. No digo que los colores neutros no fueran una buena elección, teniendo en cuenta que la decoración no es para nada lo tuyo —añadí de pasada—. Sólo que la decoración sí es lo mío, o sea, que ahora puedes relajarte y dejar todas esas decisiones en mis manos. Confía en mí, un poco de color en las paredes hará maravillas a la casa. Las plantas también. —No tenía plantas de interior, algo que ya le había hecho saber con anterioridad. ¿Cómo podía un humano cuerdo vivir sin plantas de interior?

—Ya te he comprado una planta.

—Me has comprado un arbusto. Y está plantado afuera, que es su sitio. No te preocupes, no tienes que hacer nada con las plantas, aparte de moverlas a donde te diga que las muevas, cuando yo te lo diga.

—¿Por qué no las pones donde tú quieras ponerlas y las dejas tranquilas sin moverlas?

¿Era eso un punto de vista masculino o qué?

—Con algunas plantas, sí, eso es lo que haré. Otras las sacaré fuera, al porche, cuando haga calor y sólo las meteré en invierno. Tú confía en mí para lo de las plantas, y ya está.

Wyatt no veía nada solapado que yo pudiera hacer con unas plantas, de modo que hizo un gesto de asentimiento a regañadientes.

—Vale, podemos tener unas pocas plantas.

¿Unas pocas? Qué negado era. Pero, daba igual, le quería.

—Y algunas alfombras.

—Tengo moqueta.

—Las alfombras van encima de la moqueta.

Se pasó la mano por el pelo con pura frustración.

—¿Por qué puñetas ibas a poner una alfombra encima de la moqueta?

—Por lo bien que queda, tonto. Y debería haber una alfombra debajo de la mesa del comedor de la cocina. —El suelo de la zona del comedor tenía las mismas baldosas que el suelo de la cocina propiamente dicha, y eran frías. Una alfombra ahí sería una de las primeras compras. Le sonreí, sonreír no dolía—. Eso es todo. —Por el momento, al menos.

De pronto, él también sonrió.

—Vale, parece bastante llevadero.

Una horrible sospecha empezó a cobrar forma. ¿Me la habían jugado? ¿Me había estado vacilando? Reconozco que, por regla general, al menos la mitad de las cosas que salían de mi boca yo las decía porque disfrutaba vacilándole, pinchándole y provocándole, pero eso era parte de la diversión de tratar con un hombre tan alfa como él. Hacedme caso, tomar el pelo a Woody Allen no sería ni la mitad de emocionante que tomar el pelo, digamos, a Hugo Jackman.

Pero sólo porque me guste vacilarle no quiere decir que acepte que él me lo haga a mí.

—¿Has estado hablando con papá? —pregunté con desconfianza.

—Por supuesto que sí. Sé que me meto en un asunto muy serio con esto de casarme contigo, de modo que aceptaré cualquier consejo experto que reciba. Me dijo que seleccionara las batallas, que no empezara a defender el territorio por tonterías que no me importaban un carajo. Mientras dejes en paz mi sillón y la tele, yo conforme.

No sabía si enfurruñarme o sentir alivio. Por otro lado, papá no iba a darle mal ejemplo, y mi vida sería mucho más fácil si no tenía que ocuparme yo solita de toda la formación de Wyatt. Por otro lado, bien, me gusta tocar los cataplines.

—Pues entonces ya puedes firmarme un talón y me pondré manos a la obra —dije con alegría—. Cuando necesite más, te lo haré saber. Conozco un carpintero genial, y aunque es probable que no tenga tiempo para empezar de inmediato, podría quedar con él la semana que viene y enseñarle lo que quiero para que se ponga a pensar en los bosquejos.

Se paró y otra vez receló.

—¿Un talón? ¿Un carpintero? ¿Qué bosquejos?

Ah, qué cataplines tan magníficos, debidamente tocados. La vida era una gozada.

—Recuerdas cómo ha empezado esta conversación, ¿verdad?

—Sí. Tú y Diana estabais hablando de mi polla.

—No esa conversación, esta conversación. La de las reformas.

—Entendido. Aún no he dado con la conexión entre mi polla y el tratamiento de las ventanas —dijo con sequedad—, pero por ahora me contentaré. ¿Qué pasa con el inicio de esta conversación?

—Una despensa. No tienes despensa. Necesito una.

Una mirada increíble se apoderó de sus ojos.

—¿Me estás echando de mi despacho, y esperas que pague por ello?

—Espero que pagues buena parte, sí. Tienes más dinero que yo.

Dio un resoplido.

—Conduzco un Chevrolet. Tú conduces un Mercedes.

Hice un gesto desdeñoso. Detalles.

—No te estoy echando. Te estoy trasladando a un nuevo despacho. Distribuiré el salón. —Era una gran habitación, y no necesitaba tanto espacio para mi oficina casera. La mayor parte, sí, pero no todo—. De cualquier modo, necesitas una oficina más grande; has metido tantas cosas en la despensa que ya casi no entras ni tú.

Eso era la pura verdad. Para mí era un misterio, ya que en el momento de comprar la casa había hecho una reforma de gran envergadura, pero no había incluido un despacho como Dios manda para él. La única explicación que se me ocurría era que Wyatt era un tío. Al menos había una cantidad suficiente de cuartos de baño, aunque tal vez eso fuera idea del constructor; estaba claro que lo de poner una despensa no era idea de Wyatt.

Le vi dar vueltas a la idea de un despacho mayor y percatarse de que yo tenía razón; necesitaba más espacio, y yo necesitaba una despensa.

—De acuerdo, de acuerdo. Haz lo que quieras, y yo lo pago. —Se pellizcó el caballete de la nariz—. He venido aquí para contarte lo de las cintas de seguridad y, de algún modo, he acabado gastando veinte mil dólares, como mínimo —refunfuñó, hablando sobre todo consigo mismo.

¿Veinte mil dólares? Ya le gustaría. No obstante, me guardé eso para mí. Muy pronto se enteraría.

—¿Tienes las cintas del aparcamiento? —Soné un poco incrédula—. Pensaba que no las conseguirías, ya que no me tocó. ¿El centro comercial te las pasó sin más ni más?

—En realidad, sí, pero las habría conseguido de todos modos.

—Habrías necesitado una orden, y no se cometió ningún delito.

—La imprudencia temeraria es un delito, cielo.

—Anoche no dijiste nada de imprudencia temeraria.

Se encogió de hombros. Según su punto de vista, los asuntos de polis eran cosa suya, del mismo modo que, digamos, mantener bien clorada la piscina pequeña de Great Bods era asunto mío. Yo no consultaba todos los detalles del gimnasio con él y, de hecho, pensándolo bien, él me comentaba muy pocos asuntos de polis. No es que yo estuviera de acuerdo del todo con eso, porque los asuntos policiales son mucho más interesantes que la cloración de piscinas, y ése era el motivo de que yo husmeara en sus expedientes de tanto en tanto. Vale, cada vez que tenía ocasión.

No quise darle más vueltas a lo de su falta de comunicación, algo que él no tenía intención de remediar, al menos en lo referente a su trabajo.

—¿Qué has encontrado?

—No demasiado —admitió, con la frustración reflejándose en sus ojos—. Para empezar, el centro comercial tiene un sistema anticuado que emplea cintas en lugar de material digital. La cinta está gastada, y no pude distinguir la matrícula; sólo se aprecia que, indudablemente, el coche era un Buick. Nuestros técnicos dicen que deberían haber cambiado la cinta hace un mes más o menos; literalmente tiene agujeros. No podrán sacar nada útil de eso.

—¿El centro comercial no reemplaza las cintas con regularidad? —pregunté indignada. Eran unos dejados. Me sentí traicionada.

—En muchos sitios hacen lo mismo, al menos hasta que sucede una desgracia. Entonces quienquiera que esté al mando del sistema de vigilancia se pone hecho una furia, y durante un tiempo cambian las cintas con regularidad. No te creerías la porquería que nos dan a veces para trabajar con ella. —Su tono era duro. Wyatt no toleraba a la gente que no cumplía con su deber.

Metió el brazo debajo de la sábana y me agarró la parte interior del muslo, con fuerza, tal vez un poco áspera y, oh, tan cálida.

—No te alcanzó por centímetros —dijo con voz ronca—. Casi me da un infarto al ver lo cerca que estuvo. Esa zorra no intentaba sólo asustarte, literalmente intentaba matarte.

Capítulo 7

Mamá llegó muy poco después con mis ropas, que colgó en el minúsculo armario, y luego dejó caer mis llaves de nuevo en mi cartera.

—No puedo quedarme —dijo con expresión frustrada, un poco agobiada pero increíblemente bella, porque así es mamá: no puede no estar guapa—. ¿Cómo te encuentras, cielo?

—Mejor —contesté, porque era verdad. Había conseguido comer esos espantosos huevos ¿a que sí? Lo de «mejor» debería ir matizado por «levemente», pero quería mostrar buena voluntad —. Gracias por traerme las cosas. Ahora vete tranquila a hacer lo tuyo; no te preocupes por mí.

Me dedicó una mirada irónica en plan «sí, seguro».

—¿Ya ha pasado algún médico?

—Ninguno.

Pareció aún más frustrada.

—¿Dónde está Siana?

—Ha bajado a la cafetería cuando he llegado yo —dijo Wyatt consultando el reloj—. Lleva unos veinte minutos allí.

—No puedo quedarme hasta que vuelva, tendría que haberme ido hace ya cinco minutos. —Se inclinó y me besó en la frente, tocó la mejilla de Wyatt mientras se dirigía hacia la puerta y salió al pasillo con un «Llámame al móvil cuando me necesites». Lo dijo por encima del hombro mientras desaparecía de nuestra vista.

—No le has mencionado las cintas del aparcamiento —comentó Wyatt.

Él seguía intentando descifrar nuestra dinámica familiar. Aunque era de la opinión de que la realidad pura y dura es la plataforma operativa más estable, mamá y yo compartíamos la tendencia de seguir tangentes para no tener que pensar en las cosas malas hasta que las hubiéramos procesado y estuviéramos preparadas para asimilarlas. Yo había tenido toda la noche para procesar, y además había estado en el lugar de los hechos y sabía con exactitud el peligro que había corrido, de modo que ya había explorado unas cuantas tangentes y ahora me enfrentaba concienzudamente a la historia pura y dura.

—Sabe que alguien intentó atropellarme. No tiene sentido contarle lo cerca que estuvo la muy zorra de hacerlo en realidad. Ya está bastante estresada, y eso sólo la preocuparía todavía más.

El incidente ya había pasado... excepto la parte de la recuperación. No había manera de seguir la pista de aquella mujer, por lo tanto mejor que todo el mundo olvidara el tema y continuara con sus cosas. Eso era lo que yo iba a hacer, tenía que hacerlo. ¡Tenía que ir de compras! Esto me había costado ya casi un día, y lo más probable era que me costara un par más como mínimo, y no tenía tiempo que perder.

Wyatt volvió a mirar su reloj. Siempre estaba increíblemente atareado, a diario, por lo tanto yo sabía lo que le había costado encontrar el momento para venir al hospital. Busqué su mano.

—Tú también tienes que irte. —Eh, que yo también puedo ser comprensiva.

—Sí, así es. Tienes las llaves de mi casa aquí, ¿verdad?

—En mi bolsito. ¿Por qué?

—Para que puedas entrar si no me escapo a tiempo para recogerte cuando te den el alta. Siana te puede llevar en coche, ¿verdad que sí?

—No es ése el problema; la cuestión es que no voy a ir a tu casa, sino a la mía. —Vi que empezaba a juntar las cejas y le apreté la mano—. Ya sé que te sientes protector, y yo no estoy intentando ponerme difícil, en serio, por mucho que cueste creerlo, pero todo mi papeleo y mis cosas están en casa. Es posible que no esté para ir de compras, pero puedo hacer algunas gestiones por teléfono y por ordenador. No soy una inválida, aún no, así que no necesito que nadie se quede conmigo. Prometo además no ir en coche sola a ningún sitio. —Ya está. Más razonable no se podía ser, ¿cierto?

No le gustó, sobre todo porque me quería en su casa de forma permanente, ya. O, más bien, desde hacía dos meses, y no llevaba bien lo de no salirse con la suya. Un consejo para los prudentes: si buscas una pareja tranquila, poco agresiva y nada arrogante, jamás te fijes en un poli. Y cuando el poli en cuestión además resulta ser un antiguo jugador de fútbol americano profesional, debes saber que estás tratando con una personalidad capaz de patear culos y pedir la documentación a la gente.

A veces, tengo que admitirlo, intento de forma intencionada sacarle de quicio, sólo porque resulta divertido, pero esta vez estaba siendo sensata. Él también lo sabía, de modo que contuvo su tendencia natural a dar órdenes.

—Conforme. Después del trabajo iré a casa a coger mis cosas. De todos modos, no sé a qué hora llegaré a la tuya, así que asegúrate de cenar algo antes de que Siana se marche.

—No tienes que pasar la noche conmigo, estaré bien sola —contesté, porque era lo cortés.

—Sí, claro —dijo con algo que sonaba sospechosamente como un resoplido. Era tan listo que ni siquiera se le ocurrió escucharme. Si me hubiera dejado sola con aquella conmoción, me habría cabreado muchísimo. Oh, Siana podía quedarse conmigo, pero digamos que consideraba que era más bien obligación de Wyatt, parte del trato general que habíamos aceptado al comprometernos. Yo cuidaba de él, él cuidaba de mí. Sencillo. Aunque por supuesto, hasta ahora no había hecho falta cuidar de él, a menos que se quiera incluir las erecciones en esa categoría. Pero me alegraba de eso, porque me estremezco sólo de pensar en que pueda sucederle algo a Wyatt. Le quiero tanto que no soportaba esa idea; además, lo más probable es que fuera un paciente horrible.

De cualquier manera, dejé pasar el comentario sarcástico, y él me besó y se marchó. Siana, sincronizada de forma exquisita, entró en la habitación pocos minutos después de que Wyatt se fuera.

—¿Cómo se lo ha tomado? —me preguntó.

—Creo que ha pensado que estábamos hablando de verdad de su polla, por usar sus propias palabras. —Puse una pequeña mueca—. En cuanto a lo de pillarle escuchando a escondidas, eso no le ha importado lo más mínimo. Pero he conseguido sacarle un acuerdo para reformar su casa, así que en conjunto ha ido bien.

Una mirada de admiración apareció en su rostro.

—No tengo claro como pasaste de escuchar a escondidas a reformar casas, pero el resultado final es lo que cuenta.

Una vez más, no quería explicar lo de los orgasmos en la despensa, por lo tanto me limité a sonreír. A veces una hermana pequeña tiene que tomar ejemplo de su hermana mayor.

Pasamos la tarde viendo culebrones, lo cual resultó interesante. Siana me explicó que había oído decir que en los culebrones sólo suceden cosas los viernes, y creo que debe ser cierto. Vimos un intento de asesinato, un secuestro y probablemente unas catorce parejas manteniendo relaciones, un cómputo impresionante para tan sólo dos horas.

Estábamos en medio de *Oprah* cuando entró una doctora y se presentó. Tenía cincuenta y pico años, parecía cansada, y se intuía que su principal interés era acabar la ronda, por lo tanto no le eché la bronca sobre lo de no haber venido antes. En la placa de identificación que llevaba enganchada al bolsillo de su bata blanca decía: «Tewanda Hardy, Medicina General». Me estudió los ojos, leyó mi gráfica, hizo unas pocas preguntas, luego me dijo que la enfermera me daría una lista de instrucciones y que podía irme a casa. Y había salido de la habitación antes de darme tiempo de decir algo más que un apresurado «gracias».

¡Por fin!

Siana sacó mis ropas del armario, y mientras llamaba tanto a mamá como a Wyatt para hacerles saber que me iba a casa, entré con cuidado en el baño para cambiarme. La ropa que me había traído mamá, pantalones y una blusa, eran de una mezcla de lino y rayón suave, y tan holgada que no rozaría ninguno de los rasguños. Además, la blusa se abrochaba por delante para no tener que meterme nada por la cabeza. Vestirme con ropas de verdad hizo que me sintiera mucho mejor otra vez, pese a que aquel esfuerzo empeoró el dolor de cabeza. No sé cómo podía describir aquello como «sentirme mejor», pero así era. La ropa tiene ese efecto en mí.

Una enfermera se acercó con algunos papeleos para firmar y una lista de prohibiciones hasta que el dolor de cabeza desapareciera por completo. Básicamente eso era todo, y yo ya sabía cómo tratar los rasponazos. No me recetaron ninguna medicina; podía tomar remedios sin receta para el dolor de cabeza, en caso necesario. ¿En caso necesario? ¿Nadie había dicho a los miembros de la profesión médica lo que duele una conmoción cerebral?

Tuvieron que sacarme en silla de ruedas, por supuesto, pero no me importó. Siana bajó mis compras y mi bolso cuando fue a buscar el coche para acercarlo a la entrada; o salida, como era el caso. Cuando paró bajo el pórtico, la enfermera empujó la silla de ruedas a través de las puertas automáticas y noté una ráfaga de aire gélido.

—Hace frío —dije con incredulidad—. ¡Nadie me había dicho que teníamos una ola de frío!

—Ha entrado un frente esta mañana temprano —dijo amablemente la enfermera, como si ahora necesitara que me lo explicaran—. La temperatura ha bajado unos quince grados.

Siempre disfrutaba con la primera ola de frío verdadero del otoño, pero normalmente voy mejor vestida para una cosa así. El aire incluso olía a otoño, con un aroma vigorizante a hojas secas pese a que los árboles aún no habían empezado a cambiar de color. Era viernes, noche de fútbol en los institutos. Pronto la gente se dirigiría a los estadios, vestida con suéters y chaquetas por primera vez desde la primavera. No había ido a ningún partido desde la apertura de Great Bods, y de repente eché mucho de menos los olores y sonidos y toda la excitación. Wyatt y yo tendríamos que proponernos ir a algún partido este año, bien de la liga universitaria o de la de institutos, no importaba.

Comprendí que tendría que contratar algún otro empleado para Great Bods, alguien capaz de sustituirme a mí o a Lynn. Si todo salía como estaba planeado, para Navidades estaría embarazada. Mi vida pronto iba a cambiar, y no podía esperar.

Entrar en el coche de Siana y no estar tan expuesta al viento fue un alivio.

—Me dan ganas de tomar un chocolate caliente —dije mientras me ponía el cinturón.

—Suena bien. Prepararé un par de tazas mientras esperamos a Wyatt.

Condujo con cuidado, nada de acelerones ni paradas bruscas, y llegué a casa sin sufrir ningún dolor aparatoso. Mi coche estaba aparcado en su sitio debajo del pórtico, lo que significaba que mientras mamá había tenido mis llaves, había mandado a alguien a buscar el coche al aparcamiento del centro comercial. La noche pasada yo había pensado en eso, pero había olvidado mencionarlo a los demás cuando nos despertamos por la mañana.

Wyatt me llamó al móvil justo cuando entrábamos por la puerta, y me paré a buscar el teléfono en el bolso.

—Estoy en casa —le dije.

—Bien. He salido antes de lo que pensaba. Voy de camino a buscar mis cosas ahora, así que estaré ahí antes de una hora. Puedo ir a buscar algo para cenar, ¿te apetece alguna cosa en especial? Y pregunta a Siana si quiere quedarse a cenar con nosotros.

Transmití su invitación y aceptó; luego teníamos que decidir qué queríamos. Una decisión importante como ésa no podía tomarse de forma precipitada, de modo que dije a Wyatt que llamara cuando ya saliera de su casa. Luego me senté y me quedé muy quieta hasta que disminuyó el martilleo en mi cabeza. Ibuprofeno, allá voy.

Mi casa estaba helada porque había dejado conectado el aire acondicionado. Siana graduó el termostato para dar calor, pero lo dejó bajo, lo suficiente para quitar el frío, y luego se puso manos a la obra con el chocolate caliente mientras comentábamos qué queríamos cenar, y aproveché el chocolate para empujar dos pastillas de ibuprofeno. No era un combinado maravilloso, ¿a que no?

Nos decidimos por algo sencillo y reconfortante para cenar: pizza. Conocía los gustos de Wyatt en lo que a la pizza se refiere, de modo que Siana llamó para hacer el pedido. El teléfono sonó unos minutos después y ella me tendió el inalámbrico. Esperaba que fuera Wyatt, pero la identidad de la llamada decía «Denver, CO». Estoy en la lista nacional de personas que no desean llamadas de teleoperadores comerciales, de modo que no tenía ni idea de quién podía estar llamando desde Denver.

—Hola.

Un silencio respondió a mi amable saludo. Lo intenté otra vez, un poco más alto.

—¿Hola? —Oí un clic, luego el tono de llamada. Molesta, colgué y dejé el inalámbrico sobre la mesa—. Han colgado —le dije a Siana, que se encogió de hombros.

Wyatt llamó al cabo de cinco minutos y le transmití la información sobre las pizzas. Llegó veinte minutos después, con su talego de tela pequeño y otro más grande y una caja pequeña de pizza; y nos arrojamos sobre ella como cerdos hambrientos. Vale, ya sé que es una exageración, pero yo estaba hambrienta y él también.

Se había cambiado de ropa; se había puesto vaqueros y una camisa Henley de manga larga de color verde oscuro, que hacía que sus ojos parecieran más claros.

—Nunca antes te había visto con ropa de invierno —dije—. Siempre has sido un romance de verano. —Saber que estaba a punto de pasar un invierno con él era fascinante de un modo extraño.

Me guiñó el ojo.

—Nos esperan muchos arrumacos para quitarnos el frío.

—Avisadme con antelación —dijo Siana mientras sacaba una aceituna negra del queso fundido y se la metía en la boca— para que pueda largarme.

—Lo haré —dijo Wyatt y luego, con un atisbo de sarcasmo en la voz, añadió—: No quiero saber nada de avistamientos accidentales de SSE.

A Siana se le atragantó la aceituna y yo estallé en carcajadas, lo que provocó un atroz dolor punzante en mi cabeza, causado por mi repentino movimiento. Dejé de reírme y me agarré la cabeza, lo que hizo que Siana se atragantara y se riera de forma simultánea —es un poco perversa— y que Wyatt nos mirara a las dos con un centelleo de satisfacción en los ojos.

Volvió a sonar el teléfono y él lo cogió, ya que las dos estábamos ocupadas, Siana ahogándose y yo agarrándome la cabeza. Miró la identidad de la llamada y preguntó:

—¿A quién conoces en Denver? —mientras apretaba el botón para hablar—. Hola.

Hizo lo mismo que yo había hecho, repetir «Hola» en voz más alta y desconectar después.

—Es la segunda vez desde que he llegado a casa —dije soltándome la cabeza y cogiendo mi trozo de pizza—. No conozco a nadie en Denver. Sea quien sea, también me ha colgado la primera vez.

Wyatt volvió a mirar la identidad de la llamada.

—Seguramente es un número de una tarjeta prepago; muchos pasan a través de Denver.

—Entonces, sea quien sea, está malgastando minutos.

Mamá llamó antes de que acabara la pizza, y la tranquilicé diciéndole que me sentía mejor. El ibuprofeno había hecho efecto, por lo tanto no mentía, al menos mientras no hiciera ningún movimiento brusco. Preguntó si Wyatt se quedaba a pasar la noche, dije que sí, ella dijo que bien, y pudo colgar sabiendo que su hija mayor estaba en buenas manos.

Luego llamó Lynn, mi ayudante de dirección. Wyatt refunfuñó:

—¿Qué pasa? ¿Es la noche Que-Todo-El-Mundo-Llame-A-Blair?

Pero no le hice caso. Lynn me ofreció un resumen de la jornada, me explicó que no tenía problemas para sustituirme hasta que pudiera regresar y dijo que no me preocupara por nada. Anoté mentalmente que tenía que darle unos días adicionales de vacaciones.

El teléfono se quedó tranquilo tras eso. Siana y Wyatt recogieron los restos de pizza; luego Siana me dio un abrazo y salió por la puerta. Wyatt me levantó de la silla de inmediato y me sentó sobre su regazo para ofrecerme algunos de los arrumacos que había mencionado antes. Me relajé apoyada en él y contuve un bostezo. Pese a lo cansada y adormilada que estaba, no quería irme aún a la cama.

Él no hablaba, sólo me abrazaba. De todas maneras, creo que tendría que estar muerta para no reaccionar físicamente a él, de modo que empecé a notar el calor de su cuerpo y el gusto que daba sentirle abrazándome, y lo bien que olía.

—Llevamos casi cuarenta y ocho horas sin sexo —anuncié, descontenta con el cómputo creciente de minutos.

—Soy muy consciente de ello —dijo entre dientes.

—Y mañana tampoco habrá nada de sexo.

—Lo sé.

—Y tal vez tampoco el domingo.

—Puedes creerme, lo sé.

—¿Crees que podrías metérmela sin moverte?

Soltó un resoplido.

—Seamos realistas.

Eso es lo que yo pensaba, pero había merecido la pena intentarlo. De todos modos, en cuanto me encontrara mejor, sería interesante ver cuánto podía aguantar sin moverse. No, no considero eso una violación de los derechos humanos. Puede ser desalmado, pero no una tortura; hay diferencia. No le mencioné mi plan, pero la expectativa hizo que me sintiera mejor.

Una mujer siempre necesita algo que le haga ilusión, ¿no es cierto?

Capítulo 8

Me lo tomé con calma el sábado. Me sentía mejor; eso sí, el dolor de cabeza seguía ahí, pero gracias al ibuprofeno era menos intenso. Mamá me informó de que todavía no había podido contactar con el pastelero que hacía tartas nupciales y Jenni llamó para decir que había localizado una pérgola con el tamaño perfecto, pero que necesitaba una capa de pintura. Se encontraba ni más ni menos que en una venta de objetos usados en un garaje, y el propietario no iba a guardárnosla si alguien que necesitara una pérgola aparecía justo en ese momento. Valía cincuenta dólares.

—Cómprala —le dije a Jenni. ¡Cincuenta dólares! Vaya ganga, era asombroso que nadie se la hubiera llevado aún—. ¿Tienes suficiente efectivo?

—Me las arreglaré, pero necesitaré una furgoneta para transportar esta cosa. ¿Ha traído Wyatt su furgo?

Yo estaba arriba en el cuarto de invitados usando el ordenador, navegando por algunos grandes almacenes de categoría en busca de un vestido de novia, y él estaba abajo haciendo la colada, de modo que no podía preguntárselo a menos que fuera hasta la escalera y gritara. Acercarme a la ventana y mirar abajo era más fácil. El gran Avalanche negro de Wyatt, un monumento móvil a la masculinidad, estaba pegado al bordillo.

—Sí, la tiene aquí.

—¿Podrá venir entonces a buscar la pérgola con su vehículo?

—Dame la dirección y le mandaré para allá.

Ahora sí que tenía que bajar, pero me agarré a la baranda, mantuve la cabeza todo lo tiesa que pude, e intenté moverme despacio y sin sacudidas. No llamé a Wyatt, porque entonces habría dejado de hacer lo que estaba haciendo, y yo quería verle haciendo la colada. Era un placer verle hacer tareas domésticas. Con su carga de testosterona, cabría pensar que no se le daría bien una tarea así, pero Wyatt se ocupa de las labores domésticas de la misma forma competente que maneja su pistola automática. Llevaba años viviendo solo, por consiguiente había aprendido a cocinar y hacer la colada, y además siempre se le han dado bien las reparaciones y las chapuzas mecánicas. En conjunto era muy práctico tener cerca, un hombre como él, y a mí me excitaba verle colgar mis ropas en el tendedero. Vale, eso es lo de menos; digamos que me excita verle hacer cualquier cosa.

Finalmente dije:

—Jenni ha encontrado una pérgola en un garaje con cosas de segunda mano. ¿Podrías ir a recogerla, por favor?

—Seguro. ¿Para qué quiere una pérgola?

Era asombroso que, por mucho que me empeñara en comentar con él los planes de boda, yo daba muchas explicaciones y él evidentemente no escuchaba nada.

—Es para nuestra boda —dije con una paciencia extraordinaria, si se me permite decirlo. Wyatt estaba colgando mi ropa y no quería cabrearle antes de que acabara.

—Entiendo. Jenni no quiere la pérgola, la queremos nosotros.

Vale, o sea, que tal vez sí había escuchado un poco. Por otro lado, era más que probable que papá le hubiera aconsejado que aceptara todo lo que yo planeara para la boda. Buen consejo.

—Aquí está la dirección. —Le tendí la hoja de papel y también cincuenta dólares.

—Jenni ha tenido que adelantarse y pagarla para que la señora no la vendiera, y aquí tienes los cincuenta dólares para dárselos.

Cogió los cincuenta pavos y se los metió en el bolsillo al tiempo que me estudiaba con la mirada.

—¿Estarás bien mientras estoy fuera?

—No voy a pisar la calle, no voy a levantar nada, no pienso hacer nada que represente sacudir la cabeza. Estaré bien. —Me sentía aburrida y frustrada, pero aceptaba mis limitaciones. Por el momento. Tal vez mañana fuera otro día.

Me besó en la frente mientras sostenía con delicadeza mi nuca con su mano dura y áspera.

—Intenta portarte bien, de todos modos —dijo, como si yo no hubiera dicho nada. No sé por qué esperaba que pudiera meterme en algún lío; oh, alto, podría tener algo que ver con tiroteos, con un coche siniestrado, con acabar secuestrada, retenida a punta de pistola, y ahora casi atropellada en un aparcamiento.

Pensándolo bien, desde que salíamos juntos, mi vida había sido un caos casi continuo, y...

—¡Eh! ¡Nada de lo que me ha sucedido ha sido culpa mía! —dije indignada, reaccionando a lo que él daba a entender en sentido contrario.

—Desde luego que sí. Atraes los problemas como un imán —dijo, mientras salía tranquilamente por la puerta.

Continué, por supuesto:

—¡Mi vida era tranquila antes de que aparecieras! ¡Mi vida era una balsa de aceite! Si hay alguien aquí que atraiga los problemas como un imán, ése eres tú.

—Nicole Goodwin fue asesinada en tu aparcamiento antes de que yo apareciera —comentó.

—Algo que no tuvo nada que ver conmigo. Yo no la maté. —Y cuánto me alegraba de ello, porque había habido momentos en que podría haberla matado, con sumo gusto.

—Te peleaste con ella y por eso rondaba por tu aparcamiento, motivo por el que la asesinaron allí, hecho que le dio la idea de matarte a la loca esposa del capullo de tu ex marido, para que así le echaran la culpa al asesino de Nicole.

A veces detestaba la manera en que funciona su mente. Me dedicó una sonrisa mientras entraba en la furgoneta. No podía ponerme a dar patadas sin que me doliera la cabeza, no podía hacer gran cosa sin que me doliera la cabeza, y él lo sabía, de modo que me contenté con cerrar la puerta de casa para no ver su mueca, y con ir en busca de papel y boli para empezar a hacer una lista de sus últimas transgresiones. Escribí: «Se mete conmigo y me toma el pelo cuando estoy convaleciente», y dejé la lista ahí tirada para que la viera. Luego, teniendo en cuenta que un solo apunte no crea una lista, volví y añadí: «Me acusa de cosas de las que no soy culpable».

En lo que se refiere a listas, ésta era bastante anémica, y no me dejó nada satisfecha. Hice una bola y la tiré; era mejor no tener ninguna lista que dejar que el impacto se diluyera.

Frustrada, volví al piso de arriba y continué navegando por internet, pero volvió a resultar infructuoso. Casi una hora después, me desconecté. No me estaba divirtiendo lo más mínimo.

Sonó el teléfono y lo cogí al primer ring sin molestarme en comprobar la identidad, básicamente porque estaba aburrida y frustrada.

—Qué lástima, no acerté. —Fue un susurro malévolo; luego se oyó un clic y la desconexión de la llamada.

Aparté el teléfono de mi oreja y me lo quedé mirando. ¿Había oído lo que pensaba que había oído? ¿*Qué lástima, no acerté*?

¿Qué puñetas...? Si había oído bien, y estaba convencida de que así era, lo único que tenía sentido era que la zorra que conducía el Buick supiera quién era yo, y puesto que ningún periódico había informado de mi accidente —probablemente porque era demasiado insignificante, algo que me daba cierta rabia— eso quería decir que la psicópata sabía con exactitud quién era yo. Eso daba una nueva dimensión a todo el asunto, algo que desde luego no me hacía la menor gracia. Pero ésta era la única vez que alguien «no acertaba», al menos desde la última vez que la esposa de mi ex marido, Debra Carson, me había disparado. La primera vez, me alcanzó el disparo; la segunda, dio accidentalmente a su esposo.

Pero no podía ser Debra, ¿verdad que no? Aunque estaba en

libertad bajo fianza —los dos estaban fuera—, la última vez que la había visto estaba contentísima de que Jason la quisiera tanto como para intentar matarme, también él; y puesto que su motivo habían sido los celos, eso parecía descartarlo, ¿verdad?

Comprobé el identificador de llamadas, pero había contestado demasiado deprisa como para dar tiempo a que procesara esa información. La última llamada que aparecía era la de Jenni.

Inquieta, llamé a Wyatt.

—¿Dónde estás?

—Acabo de descargar la pérgola en casa de mamá. ¿Qué sucede?

—He recibido una llamada. Una mujer ha dicho «Qué lástima, no acerté» y ha colgado.

—Espera un minuto —dijo, y oí unos ruidos, como si buscara algo—, repite eso. —Su voz sonó más clara, un poco más alta, y casi le vi metiéndose el teléfono entre la cabeza y el hombro mientras sacaba la libreta y el boli, que llevaba con él a todas partes.

—Dijo, «Qué lástima, no acerté» —repetí obedientemente.

—¿Reconociste el nombre en la pantalla de llamadas?

Vaya, tenía que ser eso lo primero que preguntara.

—Contesté demasiado rápido como para que quedara registrado —respondí.

Hubo un breve silencio. Es probable que él siempre espere a ver quién llama antes de contestar. Yo normalmente también lo hago. Aun así, debió de decidir no dar importancia a eso, porque se limitó a decir:

—Vale. ¿Estás segura de que fue eso lo que dijo?

Pensé en ello reproduciendo de nuevo las palabras en mi cabeza, y la sinceridad me hizo admitir:

—Segura del todo, no. Estaba susurrando. Pero sonaba a eso. Si quieres porcentajes, estoy un ochenta por ciento segura de que es lo que dijo.

—Ya que era un susurro, ¿estás segura de que se trataba de una mujer, y no de una llamada de mal gusto de un adolescente?

Su trabajo era hacer preguntas de ese tipo. Yo, a esas alturas, ya sabía que los polis nunca se fiaban de las apariencias, pero empezaba a enojarme. Me tragué mi enfado —ya habría tiempo para eso más tarde— y volví a repasar mentalmente lo que había oído.

—De eso estoy más segura, tal vez un noventa y cinco por ciento. —El único motivo de que no estuviera segura al cien por cien era que hay un breve periodo entre la infancia y la adolescencia en que la voz de un chico puede sonar como la de una mujer, y también porque algunas mujeres tienen voces profundas y algunos hombres tienen voces agudas. No puedes estar segura al cien por cien de algo así.

No hizo más preguntas, no hizo ningún comentario sobre la llamada, se limitó a decir:

—Estaré ahí dentro de quince minutos. Si hay más llamadas, no contestes a menos que sepas quién llama. Deja que el contestador las recoja.

No hubo más llamadas, gracias al cielo, y él apareció al cabo de doce minutos, y no es que yo estuviera mirando el reloj ni nada por el estilo, de eso nada. Doce minutos fueron lo bastante largos para mí como para empezar a preguntarme si no estaba reaccionando de forma exagerada, si no me estaban traicionando los nervios por el incidente del aparcamiento, sumado a la tensión de la fecha límite de la boda. La verdad era que empezaba a sentirme paranoica. Había sido objeto de bromas por teléfono antes, pero no por ello me había preguntado si alguien intentaba hacerme daño.

Recibí a Wyatt en la puerta y me eché en sus brazos.

—He estado pensado en ello —dije contra su hombro— y creo que tal vez la tensión de la fecha límite me haya hecho perder los nervios.

Ni siquiera se detuvo, se limitó a guiarme con delicadeza hacia el interior.

—Aún no he pisado la entrada y ya es culpa mía.

—No, ya era tu culpa antes de esto, pero ahora estás aquí para que te lo diga.

Cerró la puerta y echó el cerrojo.

—¿Me estás diciendo que piensas que has exagerado?

No me gustó la forma en que lo expresó, pese a que yo había pensado eso mismo minutos antes. Exagerar suena tan… inmaduro.

—Estoy diciendo que tengo los nervios a flor de piel —corregí—. No sólo porque casi me atropella ese coche, sino por el tiroteo, por el siniestro del coche, luego el secuestro a punta de pistola por el imbécil de Jason y después más disparos, aunque por suerte la imbécil de su esposa no acertó... Es como si empezara a esperar que vayan a suceder cosas de ese tipo.

—Así que ahora no crees que dijera «Qué lástima, no acerté»? —Seguía rodeándome con los brazos, pero entrecerraba los ojos mientras estudiaba mi rostro, como si quisiera interpretar cada cambio de expresión por mínimo que fuera.

No podía decir eso, porque yo pensaba que eso había dicho la mujer.

—Pienso que podrían haberse equivocado de número o que tal vez fuera la llamada de un chiflado... o eso o la imbécil de la esposa de Jason ha vuelto a pasarse de rosca y está preparándose para dispararme otra vez.

Vale, no era tan fácil superar la paranoia.

—Si crees que vas a conseguir un aplazamiento de la fecha de la boda con eso, olvídalo —dijo entrecerrando aún más los ojos.

Le dediqué una mirada ceñuda, enojada. Me había asustado de lo lindo, y pese a que ahora consideraba la posibilidad de que no hubiera nada en aquella llamada, en ningún momento había pensado en aprovecharme de esto para obtener un aplazamiento. Con su maldita fecha límite me había lanzado un desafío; de ninguna manera iba a achicarme ahora. Esa boda iba a celebrarse aunque tuvieran que llevarme hasta al altar en silla de ruedas, arrastrando colas de vendajes como una momia salida de una película de terror.

—¿He pedido yo un aplazamiento? —pregunté con brusquedad, soltándome de sus brazos con un poquito de exceso de energía, que provocó un dolor punzante en mi cabeza.

—No paras de quejarte de la fecha límite.

—Pero ¡eso no es lo mismo! Esta boda se llevará a cabo aunque esté a punto de acabar conmigo.

Y todos los problemas y malos rollos se los restregaría por la cara en el futuro inmediato. ¿Entendéis cómo funciona? ¿Por qué iba a renunciar a una ventaja de ese tipo, sólo por una conmoción cerebral y algunos rasguños? No es que a él le importe mucho que le restreguen por la cara los malos rollos, todo lo contrario, así es él, pero de cualquier modo tendría que aguantarlo cada vez que tuviéramos una discusión.

Le di un mamporro en el pecho.

—La única manera de que no nos casemos dentro de cuatro semanas…

—Tres semanas y seis días.

Le fulminé con la mirada. El muy puñetero tenía razón. «Cuatro semanas» sonaba mucho más largo que «tres semanas y seis días», pese a que sólo había un día de diferencia entre las dos cosas. Las horas pasaban sin yo enterarme.

—…sería que tú no cumplieras con tu parte.

—Mi par… —empezó a decir, luego le vino a la memoria: las flores—. Mierda.

—¿Te habías olvidado? ¿Te habías olvidado de las flores para nuestra boda? —Empecé a alzar la voz. Como si yo no fuera capaz de manejar una situación, ja. Si se parara a pensar tan sólo un minuto, se percataría de que era imposible que yo dejara algo tan importante en manos de un hombre que no fuera gay, pero hasta ahora no había dispuesto de ese minuto para recapacitar. Una pequeña venganza siempre va bien.

—Cálmate —dijo con irritación, pasando junto a mí para entrar en la cocina y buscar un poco de agua. Supongo que cargar y descargar una pérgola es una faena que da sed, aunque la ola de frío no había pasado—. Me ocuparé de ello.

Le seguí.

—Estoy calmada. Estoy cabreada, pero estoy calmada. Un cabreo calmado. ¿Cómo suena?

Yo también me estaba irritando un poco. El último par de días habían sido puro estrés. La prueba de eso era que parecía que íbamos a discutir, una discusión de verdad.

Sacó un vaso con brusquedad y luego lo dejó con un sonoro golpe encima de la mesa.

—¿Vas a tener la regla o algo así?

Con instinto certero, había encontrado un gran botón rojo y lo había apretado. Wyatt pelea para ganar, lo cual significa pelear sucio. Entiendo ese concepto porque así es como peleo yo también, pero entenderlo no impedía que reaccionara. Prácticamente notaba cómo borboteaba mi sangre al punto de ebullición.

—¿Qué?

Se dio media vuelta, todo agresión controlada, y nada iba a impedirle apretar otra vez el botón, qué puñetas:

—¿Qué pasa con tener la regla que os pone a las mujeres de tan mala leche?

Me detuve un momento, conteniendo con esfuerzo el impulso de saltar sobre él y despedazarlo miembro a miembro. Por algún motivo, le quiero. Incluso cuando se comporta como un gilipollas, le quiero. Y por otro lado, cualquier intento de saltar y despedazar, en aquel preciso instante, supondría más dolor para mí que el dolor que pudiera provocarle a él. Me costó mucho, pero lo dije con toda la dulzura que pude:

—No es que nos ponga de mala leche, es que tener la regla nos deja cansadas y doloridas del todo, de modo que somos menos tolerantes con todas las chorradas que normalmente AGUANTAMOS EN SILENCIO.

Cuando la frase se acabó, la dulzura ya había desaparecido, y apretaba la mandíbula, y hasta creo que se me salían los ojos de las órbitas.

Wyatt dio un paso atrás y se mostró alarmado, aunque ya era tarde.

Yo di un paso adelante, bajando la barbilla mientras entrecerraba los ojos, observándole como un puma hambriento observa un conejo herido.

—Aún más, es el tipo de pregunta que hace que una mujer de temperamento dulce por lo habitual, prevea con gran placer situarse sobre el cuerpo ensangrentado… mutilado… descuartizado de un hombre. —Es ciertamente imposible sonar dulce si estás apretando los dientes.

Wyatt dio otro paso atrás y de hecho se llevó la mano derecha a la cadera, aunque por supuesto tenía el arma en el piso de arriba, sobre la mesilla.

—Amenazar a un representante de la ley… va contra la ley —advirtió.

Me detuve, consideré lo que acababa de decir y luego hice un gesto de desdén con la mano.

—Algunas cosas —gruñí— merecen la perpetua.

Entonces, con esfuerzo hercúleo, me di media vuelta y salí de la cocina, subí al piso de arriba y me tumbé en la cama. La cabeza me estallaba, tal vez porque la presión sanguínea se me había disparado durante el último par de minutos.

Él hizo lo mismo unos minutos después, tumbándose a mi lado y atrayéndome con sus brazos para que mi cabeza quedara recostada en su hombro. Me acomodé contra él con un suspiro, y la tensión en mí se fundió mientras me sentía envuelta por su calor y la dura solidez de su cuerpo. El aroma a aire fresco y la insinuación del invierno próximo impregnaba todavía su ropa, y yo enterré mi nariz en él, olisqueando para apreciarlo.

—¿Estás llorando? —preguntó con recelo.

—Por supuesto que no. Te huelo la ropa.

—¿Por qué? Está limpia. —Levantó el brazo, en el que yo no estaba recostada, y se lo olió—. No huelo nada.

—Huele a invierno, a aire frío. —Me acurruqué un poco más cerca de él—. Tengo ganas de mimos.

—En tal caso, colgaré toda mi ropa fuera. —Esbozó una sonrisa mientras se ponía de costado para mirarme a la cara y bajaba su mano hasta mi trasero para atraer mis caderas aún más hacia él. No cabía duda: noté una erección en toda regla. Hay cosas con las que siempre puedes contar.

Me encanta tener relaciones sexuales con él, y quería un poco de sexo en ese mismo instante, por lo que saber que no podía, que el dolor de cabeza sería demasiado insufrible como para disfrutar, por mucho que lo intentara, a su manera me excitaba aún más. La fruta prohibida y todo eso. No podíamos hacer las paces como normalmente las hacíamos después de una pelea, lo cual volvió el desenlace aún más delicioso.

Me dejó medio desnuda en cuestión de segundos, con su mano entre mis piernas, y dos grandes dedos entrando y saliendo con delicadeza mientras el pulgar se hacía cargo de otro asunto.

—No hagas que me corra —gemí, rogando mientras arqueaba el cuerpo contra su mano—. Me dará dolor de cabeza—. Oh, Dios, estaba a punto. Parar ahora sería una frustración maravillosa y me pondría como loca.

—Creo que no —murmuró él besándome desde el cuello hacia abajo, provocando una llovizna de chispas bajo mis párpados cerrados—. Nada de sacudidas. Tú sólo relájate, deja que yo me ocupe. —Luego me mordió en un lado del cuello y, olvidad lo de que ya estaba a punto, estaba allí mismo, oleada tras oleada de orgasmo, estremeciendo todo mi cuerpo mientras él me agarraba e impedía que me moviera.

En cierto modo, los dos teníamos razón. Me dolía la cabeza, pero, ¿a quién le importaba?

—¿Y tú qué? —murmuré mientras empezaba a quedarme dormida.

—Ya pensaré algún trabajito extra para ti, para que puedas compensarme.

¿Trabajito extra? ¿Cómo que «extra»? Ya hacíamos todo lo yo estaba dispuesta a hacer. Con cierta alarma, me obligué a abrir los ojos.

—¿Qué quieres decir con «extra»?

Soltó una risita y no contestó. Me dormí preguntándome dónde podría conseguir una armadura.

Wyatt estaba convirtiéndose en todo un experto en reconciliaciones.

Capítulo 9

Me sentía mucho mejor al día siguiente, domingo. El dolor de cabeza había pasado de ser una presencia punzante a tan sólo una presencia, algo que casi conseguía no tener en cuenta.

Wyatt me llevó a casa de su madre para que pudiera inspeccionar la pérgola; como había dicho Jenni, necesitaba una capa de pintura, y también había que rascarla y lijarla antes de pintarla. Pero era del tamaño perfecto, y la forma, preciosa, con un gracioso arco que me recordaba a las cúpulas en forma de bulbo de los edificios de Moscú. Roberta estaba enamorada de la pérgola y quería dejarla instalada de forma permanente en su jardín. Las dos coincidimos en que lijarla y pintarla era un trabajo perfecto para Wyatt, teniendo en cuenta que él se encargaba de las flores.

Mientras Wyatt estudiaba la pérgola, pude distinguir, por una débil mirada recelosa en sus ojos, que empezaba a percatarse de que «las flores» significaba algo más que un par de jarrones y un ramo. Roberta apenas consiguió disimular su sonrisa, pero mientras no pidiera ayuda, ella iba a dejar que siguiera poniéndose nervioso, y se ocuparía de las flores sin que su hijo lo supiera.

Siempre podría darse el caso de que no pidiera ayuda; su vena agresiva y dominante innata podía impedirle admitir que no sabía cómo abordar esa tarea. Habíamos acordado no alargar la pantomima más de dos semanas, el tiempo suficiente para que él experimentara también un poco de estrés, sin permitir que de hecho hiciera algo que interfiriera en nuestros planes.

Sí, estaba así de calculado. ¿Y qué?

De allí fuimos a comer a casa de mis padres, para satisfacer la necesidad de mamá de mimarme y para satisfacer mi necesidad de dejarme mimar. Íbamos a hacer costillas de cerdo a la barbacoa —siempre es temporada de barbacoa en el Sur—, así que papá y Wyatt salieron al exterior de inmediato, con sus cervezas en la mano, para ocuparse de la brasa. Pensé que era encantador que congeniaran así de bien, dos tíos intentando mantenerse a flote en un mar de estrógeno.

Papá es listo y se lo toma todo con mucha filosofía, pero hay que tener en cuenta que lleva años de experiencia a cuestas con mamá *y* la abuela; digamos que la abuela vale por dos como yo. Además, papá ha criado a tres hijas. Wyatt, por su parte, está acostumbrado a andar inmerso en cosas de tíos: primero el fútbol americano y luego hacer respetar la ley. Y un dato todavía peor, no olvidemos que es una personalidad alfa y que le cuesta entender el concepto «no». *Conseguirme* a mí daba prueba de todas las facetas dominantes y agresivas de su personalidad; *conservarme* daba prueba de su inteligencia, porque había visto enseguida que papá era un experto en la guerra entre sexos. De acuerdo, no es una guerra en realidad, más bien somos especies diferentes. Papá entiende el idioma. Wyatt estaba aprendiendo.

Mamá y yo preparamos todo lo necesario para iniciar la parrillada mientras seguíamos con los planes bélicos —esto... planes de boda— y, cuando los hombres echaron finalmente las chuletas, tuvimos unos pocos minutos para descansar. Mamá había encontrado en internet un vestido que le gustaba y ya lo había pedido; me lo enseñó en el ordenador. Yo no iba a llevar ninguna dama de honor, iba a ser una boda más reducida e informal que todo eso, o sea, que no tenía que ocuparme de escoger vestidos para el séquito ni nada por el estilo, gracias al cielo. Navegamos otro rato buscando un vestido como el que yo tenía en mente, y una vez más me quedé con las ganas, lo cual era una verdadera lata. No es que yo quisiera un vestido de novia exagerado, lleno de encajes, flores y bordado de nácar, para nada. Tuve todo eso la primera vez que me casé, y no quería pasar por esa experiencia de nuevo.

—¡Ya sé! —dijo de repente mamá, y la inspiración iluminó su rostro—. Sally puede hacerte el vestido, y así estarás segura de que te quedará perfecto. Tú prepara un boceto del diseño y mañana vamos a buscar la tela.

—Primero llama a Sally —sugerí yo— para asegurarnos de que ella puede.

Sally tenía sus propios problemas en estos momentos, como era lógico: Jazz estaba hecho una furia después del intento de atropello, y ella estaba hecha una furia después de cómo él había echado a perder su dormitorio, reformándolo sin ella saberlo. Vivían separados tras treinta y cinco años de casados, y los dos estaban destrozados. De todos modos, me ilusionaba la posibilidad de que pudiera hacerme el vestido, porque era la solución perfecta. Sally era un hacha con la máquina de coser; había hecho los vestidos para el baile del colegio de Tammy y habían quedado preciosos.

Mamá llamó a Sally en aquel mismo instante, y ella dijo que por supuesto podía hacerlo; entonces mamá me pasó el teléfono y yo le describí el vestido que quería, y ella, bendita fuera, dijo que resultaría muy sencillo de hacer. Era un diseño sencillo, nada de frufrú ni cosas por el estilo. Tal y como yo me lo imaginaba, la magia residiría en el vuelo del tejido y la manera de ajustarse, y Wyatt sólo podría pensar en quedarse a solas conmigo para quitármelo.

Sentí tal alivio que apenas pude contenerlo. Aún tenía que encontrar la tela perfecta, pero eso era mucho más fácil que encontrar el vestido confeccionado perfecto. Si estuviera preparada para conformarme con algo que me quedara bien y ya está, no estaría tan preocupada, pero no soy la mejor del mundo a la hora de «conformarse». A veces tengo que hacerlo, pero no me gusta.

Durante la comida les contamos a papá y a Wyatt que Sally nos estaba salvando el día.

—Además, necesita algo para dejar de pensar en Jazz —dijo mi madre.

Wyatt encontró mi mirada, y pude ver su expresión. Está al corriente de la opinión de mamá y la mía en todo este asunto —sencillamente que Jazz se merecía que le pillaran con el coche por lo que había hecho— porque se la he explicado; la cuestión es que su instinto de poli se subleva. Que Sally intentara embestir a Jazz en su opinión es un intento de asesinato, pese a que éste se apartó de un salto sin sufrir daño alguno; y piensa que él debería haber denunciado el incidente a la policía y presentado cargos contra ella. A veces me parece que su sentido del bien y del mal está un poco trastocado por esas clases de derecho penal que le dieron en la universidad.

No dijo nada, pero yo sabía que no le hacía la menor gracia que Sally hiciera mi vestido; también sabía que tendría que aguantar una charla cuando nos quedáramos a solas, pero Wyatt no iba a iniciar una discusión delante de mis padres, sobre todo si tenía que ver con la mejor amiga de mamá. De cualquier modo, las chispas en sus ojos me decían que íbamos a comentar el tema a fondo en cuanto nos encontráramos a solas.

No me importaba. Mi posición era irrefutable. Fuera cual fuera la decisión tomada sobre cualquier cuestión relacionada con nuestra boda, era Todo Culpa Suya, pues su fecha límite era lo que había precipitado aquellas prisas. Me encantaban las posiciones irrefutables, mientras fuera yo quien las mantenía.

Apenas esperó a que me pusiera el cinturón una vez que me acomodé en el asiento del Avalanche para pasar al ataque.

—¿No puedes encontrar a otra persona que te haga el vestido de novia?

—No hay tiempo suficiente —respondí con dulzura.

Al instante entendió a donde iba a llevar todo aquello y dio un rodeo.

—Intentó matar a su marido.

Hice un gesto con la mano para restar importancia a aquel detalle.

—No veo la conexión entre eso y hacer mi vestido. Y ya te lo he dicho: no intentó matarle, sólo quería lisiarle un poco.

Me lanzó una mirada ininteligible.

—Hace dos días he visto una cinta en la que alguien intentaba embestirte con un coche. No me vengas con «lisiar» un poco. Un coche es mortal. Sally iba tan rápido que no pudo detener el coche y acabó chocando contra la casa. Si Jazz no se hubiera apartado de un salto, habría quedado empotrado entre el coche y la pared. ¿Tengo que buscar fotografías ilustrativas para enseñarte los daños que puede sufrir el cuerpo humano en situaciones así?

Será puñetero el muy redomado; detesto absolutamente cuando sale con alguna observación que invalida mi posición irrefutable.

Tenía razón. Visto desde su posición ventajosa de poli, que significaba ver con regularidad cosas que provocarían pesadillas en mí, tenía razón. Sally había actuado con total desprecio hacia la vida y salud de Jazz. Es más, yo sabía que si intercambiáramos los papeles, y yo viera a alguien intentando matar a Wyatt, no lo podría perdonar.

—Mierda.

Una de su rectas cejas se alzó.

—¿Significa eso que estás conforme?

—Significa que entiendo tu punto de vista. —Intenté no sonar malhumorada. Creo que no lo conseguí, porque disimuló una rápida sonrisa.

Ahora estábamos en una situación comprometida, porque Sally ya había accedido a hacer mi vestido; no sólo eso, estaba excitada con la idea, porque nos adora a mí y a mis hermanas casi tanto como adora a sus propios hijos. Somos como de la familia. No podía buscar otra persona que me hiciera ahora el vestido sin herir sus sentimientos, y mucho. En realidad, lo más probable es que no pudiera encontrar a nadie que me hiciera el vestido, y punto.

No era tan boba como para darme cabezazos de frustración contra el salpicadero, pero era lo que me apetecía en ese momento.

Wyatt había provocado este dilema al aplicar el sentido común.

Eso era trampa. O sea, que le endilgué a él el problema. Era lo justo, ¿o no?

—De acuerdo, éste es el trato: voy mal, muy mal, de tiempo. Lo más probable es que no sea capaz de encontrar un profesional que me haga el vestido, porque todos están comprometidos. Es posible que pueda encontrar lo que quiero ya confeccionado, pero de momento no ha aparecido en el centro comercial y no he dado con nada *online*. Si insistes, de algún modo encontraré la forma de retirar mi ofrecimiento a Sally, pero tendrás que soportar de por vida las consecuencias si finalmente tengo que casarme con un vestido encontrado en el último momento, sea cual sea.

Sonó muy serio, tanto por el tono como por mi expresión, tal vez porque hablaba muy en serio. No me tomaba esto a la ligera; tenía un sueño, visualizaba cómo quería que fuera mi boda con él, y una gran parte de ese sueño era ver la mirada en sus ojos cuando caminara hacia el altar vistiendo aquel vestido irresistible. Algo dentro de mí necesitaba ese momento, algo que había sufrido un duro impacto al descubrir que mi ex me era infiel. No había ido por ahí lloriqueando a todas horas, pero estaba claro que mi anterior matrimonio había dejado secuelas; tenía un par de cosillas que enmendar.

Me lanzó una rápida mirada penetrante para calibrar mi grado de sinceridad. En serio, no sé por qué no se fiaba de lo que le estaba diciendo. De acuerdo, sí lo sé. Tendría que indignarme que el hombre a quien amo no confíe en mí, pero me fastidiaría muchísimo más que fuera lo bastante tonto como para creerme. No hablo de engañarle en cuestiones sexuales o sentimentales, porque eso no iba a suceder, pero todas las estrategias valían a la hora de tomar posiciones en la pequeña batalla privada de nuestra relación. Él mismo había establecido esa regla, con su carrera por obtenerme, a toda costa, contra viento y marea: me había atrapado y se negaba a soltarme.

Recordar eso me provocó cierta agitación, tanto en el corazón como un poco más abajo, y me retorcí un poco.

Wyatt maldijo en voz baja, volviendo de nuevo la vista a la calle.

—Puñetas, deja de retorcerte. Haces eso cada vez que piensas en el sexo.

—¿Lo hago? —Tal vez lo hiciera. Pero... él se merecía todos los retortijones del mundo.

Cogió el volante con más fuerza, recordándome que no habíamos hecho el amor desde el miércoles por la noche, y ya estábamos a domingo. La noche anterior él había aliviado un poco mi tensión, pero por muy bueno que fuera con las manos y la boca, no era lo mismo que disfrutar de su pene. Algunas cosas están hechas para ir combinadas, ya me entendéis.

Por otro lado, Wyatt no había tenido alivio alguno, a no ser que se hubiera ocupado del asunto en la ducha. Y considerando lo blancos que se le pusieron los nudillos, creo que no.

—Estábamos hablando de Sally —dijo con tono brusco y tenso.

Me esforcé por devolver mis pensamientos al tema en cuestión.

—Te he dicho lo que pienso.

Respiró hondo un par de veces.

—¿Exactamente cuáles serían las consecuencias si no te casas con ese vestido que tanto quieres?

—No sé —dije sencillamente—. Sólo sé que me llevaría un disgusto enorme.

—Mierda —refunfuñó. No le importaba sacarme de quicio, enfadarme o frustrarme terriblemente, pero movería cielo y tierra con tal de no hacerme sufrir. Todas las mujeres merecen ser amadas de este modo. El corazón se me hinchó de orgullo, o eso me pareció. Es una sensación que asusta un poco, porque si tu corazón se hincha de verdad, lo más probable es que al final se suelte una válvula o algo parecido.

Se quedó callado conduciendo unas dos manzanas más o menos, y yo empecé a ponerme tensa, preguntándome qué estaría pensando. Wyatt es demasiado listo como para dejarle pensar mucho rato, podría salir con alguna...

—Consigue que vuelvan a juntarse —dijo.

Noté como si de repente toda la materia gris en mi cerebro se comprimiera.

—¿Qué? —¡Mecachis! ¿Hablaba en serio? Supuse que estaba hablando de Sally y Jazz, pero ni siquiera sus propios hijos habían conseguido reunirles en la misma habitación. Debería haberle interrumpido al menos una manzana antes, dando una sacudida al volante o algo por el estilo, o tal vez agarrándome la cabeza y cayéndome de lado, excepto que entonces tendría que haberme llevado otra vez a urgencias, y ya había tenido bastante de ese sitio.

—Sally y Jazz —dijo confirmando mi temor de que intentaba desbaratar del todo mis planes—. Consigue que se junten otra vez. Haz que se sienten y hablen. Imagino que si logras que Jazz supere el trauma de que su mujer intentara matarle, tendré que admitir que me he tomado el asunto demasiado a la tremenda.

—¿Estás majareta? —chillé, y me volví hacia él, aunque no fue una buena idea porque el repentino movimiento hizo que mi dolor de cabeza pasara de ser una mera presencia a un centro de atención. Sí, me agarré la cabeza entonces, pero no me caí de lado.

—Ten cuidado —dijo con brusquedad.

—¡No me digas que tenga cuidado después de soltarme eso, como caído del cielo! —Justo cuando pensaba que Wyatt no podría ponerse más irritante ni exigente, me sale con una cosa así. ¡Es un monstruo diabólico!

—Más o menos es el equivalente a lo que has dejado caer tú. —Sus ojos centelleaban, pequeñas y penetrantes luces verdes de una mezcla de enojo y satisfacción.

Oh, sí se había dado cuenta, ajá.

—¡Tú no estás impedido con una conmoción cerebral! ¡O impedido por una conmoción cerebral! ¡O como se diga!

—Te estás recuperando rápido —dijo con una pasmosa falta de compasión—. No me sorprendería que mañana volvieras al trabajo.

De hecho, había estado planeando eso precisamente. Le miré frunciendo el ceño, y él se lo tomó como que le daba la razón.

—No soy una consejera matrimonial —replique con frustración—. Peor aún, casi podría ser su hija. No hacen caso a sus hijos, ¿por qué piensas que van a hacérmelo a mí?

—Es tu problema —dijo, otra vez con una falta de compasión pasmosa.

—¿No crees que será problema tuyo si el día de nuestra boda no estoy contenta? ¿No me has oído decir que voy mal de tiempo? Y ¡esto requerirá un tiempo que no tengo!

—Consíguelo.

Se creía tan listo. Le miré entrecerrando los ojos.

—Vale. Aprovecharé el tiempo que podríamos dedicar a hacer el amor; en esos ratos será cuando vaya a hablar con Sally y Jazz.

Soltó una sonora carcajada al oír eso. Sí, ya sé que mi historial a la hora de negarle algo a Wyatt es bastante penoso, pero vaya si se rió.

No puedes hacer muchos aspavientos cuando tienes una conmoción cerebral, aunque sea una conmoción leve. Ni siquiera quería bajar de la furgoneta yo sola, porque es grande y tienes que dar un salto, y sólo caer con demasiada brusquedad era suficiente para que mi cabeza sufriera una sacudida, y eso no tendría ninguna gracia. O sea, que tuve que esperar a que Wyatt viniera hasta mi lado del vehículo y me aupara para bajar de la furgo, algo que hizo con sumo placer porque le permitía deslizar mi cuerpo sobre el suyo, y casi me quedé atrapada en las partes que empezaban a sobresalir, lo cual le hizo sonreír con satisfacción.

Este hombre era malvado.

Yo le dije con furia:

—Si alguna vez volvemos a tener relaciones sexuales, algo que ahora mismo dudo mucho, lo haremos al estilo tántrico.

Me siguió con una gran sonrisa mientras subíamos los escalones que llevaban hasta la puerta de entrada.

—No pienso canturrear mientras practico el sexo.

—Oh, no tiene nada que ver con canturreos. No creo. Tiene que ver con disciplina.

—No quiero que te acerques a un látigo.

Me mofé.

—No ese tipo de disciplina. Autodisciplina. El sexo tántrico dura mucho, mucho tiempo.

—Eso no me lo puedo perder.

Sonriendo con dulzura, le dije:

—Oh, bien, lo probaremos entonces. Lo prometes, ¿no?

—Puedes apostar a que sí —dijo; su líbido ya no le dejaba pensar con claridad. De todos modos, este estado de las cosas no iba a durar mucho, y me apresuré a entrar a matar.

—Por cierto…

—¿Sí?

—Dura mucho, mucho tiempo, porque el hombre tiene que intentar no correrse.

Capítulo 10

Wyatt me dedicó una mirada de asombro y luego estalló en carcajadas sujetándose los costados como si la idea de practicar sexo tántrico fuera la cosa más hilarante que hubiera oído en su vida. Aullaba de risa y las lágrimas surcaban sus mejillas. Dejó de reírse unos pocos segundos, luego me miró la cara y empezó una vez más. Acabó desplomado en el sofá, todavía riéndose.

Yo continué un rato levantada con los brazos cruzados dando golpecitos con el pie, muy suaves. ¿Qué carajo le hacía tanta gracia? Empecé a impacientarme. Me gustan los chistes como a todo hijo de vecino, pero primero hay que saber de qué va la cosa. Luego empecé a hartarme, porque no paraba de señalarme con el dedo, para reanudar enseguida las carcajadas alborozadas. Al final me enfadé.

Primero, dejadme explicar que si los zarandeos duelen, lo de andar resueltamente es algo que ni te planteas. Tuve que contentarme con caminar, nada más, pero con actitud, para acercarme y fulminarle con la mirada.

—¿Vas a parar? —grité, considerando en serio la posibilidad de pellizcarle—. ¿Qué te hace tanta gracia? —No me estaba saliendo con la mía, y eso no estaba incluido en mi lista de cosas favoritas. Era evidente que se me había pasado algo por alto, y Wyatt es un experto en descubrir lagunas o en hacer caso omiso de lo que yo le digo. En retrospectiva, tenerle preocupado por el tema de las flores para la boda no parecía nada mezquino.

—Tú... —empezó, casi sin aliento, secándose las lágrimas de los ojos.

Se sentó y alargó el brazo para cogerme, pero me apresuré a retroceder para que no me alcanzara. No puedo oponer resistencia si él me toca, porque me distrae. Juega sucio, se aprovecha de mis puntos flacos y busca directamente mi cuello, como Drácula concentrándose en una vena abierta. Pasa de mis pechos, pues que me los toquen no me afecta en nada. Pero, tío, oh, tío, mi cuello es mi zona erógena estrella, y Wyatt lo sabe.

—Qué contenta estoy de que me encuentres tan divertida.

Quise hacer un mohín, pero también quería darle una patada. Como advertiréis, tenía pensamientos violentos, pero no los ponía en práctica. No soy una persona violenta, vengativa tal vez, pero no violenta. Tampoco soy estúpida. Si alguna vez me pongo violenta con alguien, no va a ser con un tío atlético y musculoso que me saca veinticinco centímetros de altura y pesa cuarenta kilos más que yo, si no más. Y eso, si tuviera alguna oportunidad.

Empezó a sacudir los hombros otra vez.

—Es sólo... sólo la idea de...

—¿De que algunos hombres crean que el placer de su pareja es más importante que el suyo? —Era indignante que se riera de eso, a mí me parecía una gran idea.

Negó con la cabeza.

—N-no, no es eso. —Respiró hondo, con los ojos verdes brillantes de regocijo y lágrimas—. Es sólo que... De repente sales con esta idea como una manera de vengarte, porque piensas que me volvería loco de frustración.

—¿Oh? ¿Quieres decir que no va a importarte? —No podía creerle. Conozco a Wyatt, y «cachondo» es su segundo apellido. No lo digo literalmente, por supuesto, aunque ¿no sería interesante ver eso en su partida de nacimiento?

Se puso de pie con movimientos perezosos y enganchó mi cintura con su brazo antes de que yo pudiera salir pitando. Mis reacciones eran más lentas que de costumbre, porque debía tener cuidado, y él se movía con la gracilidad rápida de un auténtico atleta. Me acercó más a él y me rodeó también con el otro brazo, luego me puso de puntillas para que mis caderas quedaran a la altura de las suyas. Tenía una erección, por supuesto... vaya sorpresa ¿eh? El veloz cosquilleo que provocó en mi interior tampoco era ninguna sorpresa.

—Me importaría —contestó arrastrando las palabras— si llegara a suceder. Imagina la situación: yo encima de ti, estamos desnudos, tú me rodeas la cintura con las piernas y yo te beso el cuello. Llevo follándote digamos que veinte minutos o así.

¿Veinte minutos? Tío, tenía que dar el aire acondicionado, porque la temperatura en la vivienda de repente era demasiado alta. Ahora el cosquilleo se había trasladado a mis pezones, porque aunque no me guste demasiado que me los toquen, no son insensibles. Sentí el hormigueo casi en todas las partes de mi cuerpo y entendí que eso significaba que tenía problemas.

Wyatt inclinó la cabeza para bañar mi cuello con su cálido aliento mientras besaba el hueco de debajo de la oreja. Por algún motivo yo no pude aguantar el equilibrio, así que tuve que agarrarme a sus hombros para continuar derecha; sólo que aquello no funcionó en realidad, porque yo no estaba exactamente erguida, pero de todos modos seguí agarrándome.

—Tú no serías capaz de impedir que yo me corriera —murmuró cubriendo de besos el lado del cuello—. Ni siquiera se te ocurriría algo así.

¿Ocurrírseme el qué?, me pregunté de modo confuso, luego centré de nuevo mi mente errante en la cuestión que me planteaba. Veis, esto es lo que siempre hace cuando nos estamos peleando, distraerme con cuestiones sexuales. Admito que en alguna ocasión he iniciado de modo intencionado una discusión porque me gusta su manera de pelear; no soy estúpida. El problema es que emplea las mismas tácticas también en las ocasiones en que yo voy en serio. Le gusta ver mis dificultades para resistirme a él, porque tampoco es estúpido.

Cuando llevemos juntos un par de años supongo que la intensidad se desvanecerá y tendremos que encontrar otra manera de resolver nuestras discusiones, pero hasta que llegue ese momento, la mejor manera de responder al fuego era una acción defensiva.

Dejé de agarrarle con una de las manos, que deslicé por su hombro, luego por el brazo hasta las costillas, y un poco más abajo, despacio, despacio, dejando que mis dedos se entretuvieran, se detuvieran a frotar, hasta que finalmente di en la diana. Se estremeció cuando le acaricié a través de los vaqueros, mientras él me estrechaba aún más entre sus brazos.

—Dios todopoderoso —dijo con voz tensa, deteniendo su asalto a mi cuello para concentrarse en el asalto que yo estaba realizando. Llevaba unos cuantos días sin ningún alivio, y me imaginé que estaba más necesitado que yo, sobre todo considerando lo generoso que había sido conmigo el día anterior.

Sí, para ser justos, o le correspondía o dejaba de jugar con él. Seamos realistas.

Es probable que nuestros juegos hubieran dejado de serlo y hubiéramos acabado en la cama —o en el sofá— con el intercambio sexual más cuidadoso, sin sacudidas, del que fuéramos capaces, si no hubiera sonado el móvil. Él usaba un tono de llamada real, de lo más anticuado, como el de un teléfono normal y corriente, y en mi estado aturdido pensé que sonaba mi teléfono fijo. Mi intención era pasar de la llamada, del todo, pero Wyatt, en vez de continuar con lo que estaba haciendo, me soltó de inmediato y desenganchó el móvil de su cinturón.

Lo peor de estar liada con un poli son los horarios. No, sería peor que estuviera en la calle expuesto a peligros constantes, pero Wyatt era teniente, por lo tanto ya no se veía metido en asuntos peligrosos, gracias a Dios. Eso también significaba que estaba disponible y podían llamarle casi a cualquier hora. Nuestra ciudad no es un hervidero de delincuentes, pero de todos modos le llamaban una media de tres o cuatro noches por semana, y los fines de semana no eran excepción.

—Bloodsworth —dijo con acento ligeramente cortado, resultado de los años pasados jugando a fútbol en el norte, con la atención ya puesta en la situación relacionada con su trabajo. Yo empecé a apartarme, pero me cogió por la muñeca y me mantuvo sujeta. De acuerdo, o sea, que tal vez no estaba tan concentrado.

—Estaré ahí en diez minutos —dijo por fin, y cerró la parte abatible del móvil.

—Guárdame el sitio —me dijo, inclinando la cabeza para darme un beso firme, cariñoso, con algo de lengua incluida—. Cuando vuelva, quiero que continuemos donde lo hemos dejado. —Y luego ya se había ido, cerrando con firmeza la puerta de entrada tras él. Unos segundos después oí su Avalanche cobrando vida con un rugido y el ligero ladrido de las ruedas al apartarse disparado del bordillo.

Con un suspiro, me fui hasta la puerta y eché el cerrojo. Sin él aquí para distraerme, tal vez pudiera pensar en alguna manera de simplificar mi futuro inmediato. Quizá sirviera de algo romperme una pierna, porque entonces habría que posponer la boda hasta que me quitaran el yeso. Romperle una pierna a él sonaba incluso mejor. Pero ya estaba bien de cosas dolorosas; quería concentrarme en las cosas buenas, en casarnos, en establecer una rutina común y tener una familia.

Pero en vez de eso, ahora tenía que concentrarme en hacer de consejera matrimonial, un trabajo para el que ni de lejos estaba calificada.

Manipulación, por otro lado… un poco de chantaje emocional por aquí, un poco de culpabilidad por allá… tal vez no se me diera tan mal.

Llamé a mamá.

—¿Dónde vive Jazz ahora? —pregunté. No le expliqué cuál era el problema, al fin y al cabo ella era la mejor amiga de Sally. Esto era entre Wyatt y yo, nuestra manzana de la discordia particular.

—Con Luke —contestó mamá. Luke era el tercer hijo de los Arledge. Los hijos se negaban a tomar partido, algo que fastidiaba a Sally y a Jazz, pues se sentían del todo incomprendidos, ya que ambos creían que sus actos estaban del todo justificados—. Deduzco que está complicando un poco el estilo de vida de Luke.

Luke era además el más alocado de la panda Arledge. No digo alocado en el sentido de tomar drogas y meterse en líos, sino alocado en el sentido de indómito, poco interesado en sentar la cabeza, y con una vida social que a esas alturas debería de haber dañado de forma permanente su espalda. No tenía que estar nada contento teniendo a su padre viviendo con él.

¿Por qué diablos había escogido Jazz vivir con Luke? Cualquiera de sus otros hijos le habría abierto las puertas de su casa. Matthew y Mark estaban casados y tenían familia, pero también sendas habitaciones para invitados, de modo que no les hubiera resultado tan horrible organizarse. John, el más pequeño, estaba preparando su máster y vivía en una casa alquilada con otros dos licenciados, por lo tanto irse a vivir con él tal vez no hubiera sido tan buena idea. Tammy llevaba casada un año más o menos, y ella y su esposo tenían una gran casa en el campo, pero ningún hijo, de modo que allí también había mucho sitio.

Ahora bien, si lo que Jazz quería era que Sally se preocupara por lo que él pudiera estar haciendo, vivir con Luke era la manera de conseguirlo.

Eso me daba ciertas esperanzas, porque si intentaba poner celosa a Sally, entonces todavía no había dado carpetazo a su matrimonio. De todos modos, supuse que estaba hecho una furia.

Luke estaría más que dispuesto a ayudar, pensé, pues si su padre le estaba complicando su estilo de vida, querría que se machara lo antes posible, ¿y qué mejor manera de conseguirlo que ayudarme? Yo estaba haciendo una buena acción, ¿quién no querría echarme una mano?

Busqué el número de Luke en la agenda, pero luego me lo pensé mejor y llamé a Tammy en su lugar. La identificación de llamadas complica un poco lo de ser taimada, y no quería que Jazz viera mi nombre en el teléfono de Luke, por lo que, necesitaba su número de móvil.

Cuando Tammy me contestó, le expliqué lo que estaba intentando hacer —aunque no el motivo— y pensó que era una buena idea.

—Dios sabe que nosotros no hemos conseguido nada —dijo, cansada, refiriéndose a ella y a sus hermanos—. Mamá y papá son tan testarudos, ha sido como dar cabezazos contra la pared. Buena suerte. —Me dio el móvil de Luke, charlamos un rato más sobre los distintos argumentos que habían utilizado con sus díscolos padres y luego colgamos.

Cuando Luke contestó al móvil, volví a darle la misma explicación.

—Espera —dijo; luego escuché una serie de ruidos que acabaron con el sonido de una puerta al cerrarse—. Ahora estoy fuera, así podemos hablar.

—¿Jazz? —le pregunté, sólo para asegurarme. No tenía que dar más explicaciones.

—Oh, sí. —Sonaba cansado.

—¿No desconfiará si sales a hablar al jardín?

—No, últimamente lo estoy haciendo mucho.

—¿Sabes si está saliendo con alguien? ¿Hace comentarios sobre presentar ya la demanda de divorcio?

—Nada. Está claro que no viviría conmigo si estuviera pensando en engañar a mamá. Y por otro lado, se le revuelve el estómago y vomita cada vez que menciona que ya no viven juntos. Toda esta jod... —Se contuvo antes de que explotara la bomba J— situación es estúpida. Se quieren. No consigo entender qué carajo buscan con este enfrentamiento.

—Se están demostrando lo muy enfadados que están —expliqué. Yo lo entendía en cierto sentido, excepto que estaban llegando a situaciones extremas por dejar claras sus posturas distanciadas.

—Pues también demuestran al mundo que son idiotas. —Estaba claro que Luke no estaba contento con el panorama actual.

Evité contestar a ese comentario pues no quería entrar en el tema de la idiotez. Personalmente, yo estaba de parte de Sally. Luke por supuesto quería que sus padres resolvieran los problemas, pero era un tío; probablemente pensaría que su madre se tomaba la decoración de interiores muy a la tremenda. No estoy segura de que sea posible que alguien llegue a tomarse demasiado en serio la decoración, pero yo no soy un tío.

—¿Ha comentado Jazz algo que pueda hacer suponer cómo le gustaría que acabara todo esto? ¿Quiere que Sally se disculpe o simplemente que le llame y le pida que vuelva?

—En cierto sentido, es lo único de lo que habla, pero no dice nada nuevo, ¿me entiendes? Es siempre lo mismo, una y otra vez: que intentaba hacer algo agradable por ella y que mi madre se lo echó en cara; que no hubo manera de que le escuchara y luego se volvió loca, etc., etc. ¿Hay algo aprovechable en eso?

Sólo que Jazz aún no valoraba lo duro que había trabajado Sally para buscar y restaurar sus antigüedades.

—Tal vez se me ocurra algo —contesté—. ¿Qué me puedes contar de tu madre? ¿Ha dicho alguna cosa? ¿Cuál es tu punto de vista, como tío, de todo este asunto?

Vaciló, y supe que se esforzaba por ser imparcial y no tomar partido. Luke era un tío majo, pese a sus líos de cama. Por lo que a mí me concernía, sus sábanas podían considerarse propiedad de la comunidad, y con eso me refiero a *toda* una comunidad. Cuando por fin sentara la cabeza, pensé que seguramente no estaría de más aconsejar a su elegida que quemara las sábanas, porque ese tipo de sorpresas desagradables no pueden evaporarse.

—Más bien entiendo a ambas partes —dijo finalmente, apartando mis pensamientos de los problemas de lavandería—. Me refiero a que sé que mamá trabajó duro en la restauración de los muebles y que le encantan las antigüedades. Por otro lado, papá intentaba tener un detalle con ella. Tiene claro que es un negado para la decoración, así que acudió a una experta y pagó una pequeña fortuna para que le redecoraran el dormitorio.

De acuerdo, eso era interesante; mi vaga idea iba tomando forma. Además, me guardaba una baza en caso de que mi idea no funcionara.

Oí un pitido del móvil que me dejaba saber que había una llamada entrante.

—Gracias, me has sido de ayuda.

—No es nada. Cualquier cosa con tal de que vuelva a casa.

Tras decirnos adiós, me lancé a contestar la llamada entrante.

—Hola.

Hubo una pausa, seguida luego de un clic, después un momento de silencio absoluto y finalmente el tono de llamada. Perpleja, comprobé la identidad de la llamada, pero como ya estaba hablando por teléfono, no se había registrado. Me encogí de hombros mentalmente. Si de verdad querían hablar conmigo, ya volverían a llamar.

Pasé el resto de la tarde aburrida hasta lo indecible. No tenía ningún libro que me muriera de ganas de leer y, como era domingo, por supuesto no había nada interesante en la tele. Jugué un rato en el ordenador. Miré zapatos en la *website* de Zappos y compré un par de botas azules llamativas de verdad. Si alguna vez me daba por hacer baile en línea, ya tenía qué ponerme. Miré algunos cruceros, por si acaso surgía la ocasión de ir de luna de miel en algún momento, aunque por ahora este año no parecía posible. Luego puse en el buscador «control de natalidad», para ver cuánto tardaría mi cuerpo en recuperar la normalidad después de dejar de tomar la píldora; quería calcular en lo posible el nacimiento de mis bebés para tenerlos en meses cuyas piedras simbólicas me gustaran. Las madres tienen que pensar en cosas así, ya sabéis.

Una vez agotado mi interés por mirar cosas *online*, intenté encontrar algo que ver en la tele. Con franqueza, no se me da bien lo de ser una dama ociosa. La inactividad prolongada me estaba consumiendo, y sentía que mis músculos estaban agarrotados o entorpecidos. Ni siquiera podía hacer yoga porque no molaba en absoluto doblarse en mis circunstancias, pues el aumento de la presión me provocaba un dolor de cabeza atroz. En vez de ello, hice un poco de tai chi, que me permitió estiramientos fluidos que aliviaron un poco la sensación de agarrotamiento, pero sin llegar al nivel que alcanzo cuando hago tandas de ejercicios duras de verdad.

Wyatt no vino a casa a cenar, pero en realidad no le esperaba. Me he visto en medio de investigaciones en el lugar de los hechos y ahí nadie parece tener prisa, algo que puede estar bien cuando intentas recoger pruebas y tomar declaración, supongo. Si volvía para la hora de dormir, no me quejaría. Calenté en un momento una cena congelada, y llamé a Lynn mientras comía para confirmarle que mañana volvía al trabajo. La noticia la alegró, porque el domingo y el lunes son sus días libres habituales. Después de haber hecho turno doble el viernes y el sábado, necesitaba su descanso.

Y puesto que los lunes son siempre días largos para mí —me encargo tanto de abrir como de cerrar Great Bods, es decir, estoy allí desde las seis de la mañana hasta las nueve de la noche— yo también necesitaba descansar bien esa noche. Pese a no haber hecho otra cosa que estar tumbada tres días, me sentía cansada, o tal vez el motivo era no haber hecho otra cosa que estar tirada. A las ocho subí al piso de arriba y me di una ducha; luego me sequé con cuidado el pelo.

Cuando Wyatt estaba fuera podía concentrarme, así que cogí la libreta y me senté a seguir confeccionando mi lista de sus transgresiones. Pensé en todas las cosas que había hecho para molestarme, pero me pareció que «Reírse de mi idea de practicar sexo tántrico» no tenía garra suficiente. Era preocupante que la hoja de papel continuara en blanco tanto rato. Dios Santo, ¿me estaba ablandando? ¿Estaba perdiendo destreza? Hacer listas de transgresiones era una de mis mejores ideas de todos los tiempos, y ahora que no se me ocurría una sola cosa que apuntar, me sentía como debió sentirse Davy Crockett en el Álamo al quedarse sin balas: así como «Bien, mierda. Y ahora ¿qué?»

No es que fuera lo mismo, en absoluto, porque Davy Crockett acabó muerto, pero ya sabéis a que me refiero. Por otro lado, ¿qué otra cosa puedes esperar si decides luchar a muerte? Pues te mueres. Eso es lo que significa la parte de «luchar a muerte».

Bah, no hay para tanto. Y sin desmerecer para nada al viejo Davy.

Bajé la vista al papel y suspiré. Al final escribí: «Amenazó con mearme encima». Vale, ya sé que eso era más gracioso que irritante. Solté una risita al leerlo, por lo tanto supe que no iba a servir en absoluto.

Iba a arrancar la hoja y empezar de nuevo, pero al final decidí dejarla. Tal vez sólo era cuestión de cogerle el punto; tenía que empezar por algún lado. A continuación escribí: «Se niega a negociar».

Oh, tío, era penoso. En realidad me había hecho un favor al negarse a negociar la cuestión del apellido, porque ahora él era mi dueño. Taché ese apunte.

¿Y qué tal, «Preparar nuestra boda pierde la gracia por lo mucho que me presiona»? No, eso era demasiado largo.

Mi inspiración se había agotado. Con letras grandes y clavando el boli en el papel, escribí: SE BURLA DE QUE TENGA LA REGLA.

Toma. Si con eso no cavaba su propia fosa, no sé cómo lo conseguiría.

Capítulo 11

Me desperté cuando Wyatt se metió en la cama a mi lado. Tenía su propia llave y sabía el código del sistema de seguridad de mi casa, de modo que no tenía que despertarme para entrar, pero me despertó de todos modos una vez que se metió en la cama, se arrimó a mí y entré en contacto con su fría piel. Los números rojos del reloj decían 1:07.

—Pobrecito mío —murmuré, dándome la vuelta para abrazarle. No iba a dormir mucho; normalmente estaba en el trabajo a las siete y media como muy tarde—. ¿De verdad hace tanto frío ahí fuera?

Suspiró mientras se relajaba, descansando pesadamente su cuerpo contra el mío.

—He puesto el aire acondicionado bastante fuerte en la furgo, directamente en la cara para no dormirme —dijo entre dientes. Deslizó la mano sobre la camiseta que yo llevaba puesta—. ¿Qué puñetas es esto?

No le gustaba que me pusiera nada para dormir; me quería desnuda, tal vez para facilitar el acceso, tal vez porque a los hombres sencillamente les gustan las mujeres desnudas.

—Tenía frío.

—Ahora ya estoy aquí, te daré calor. Deshagámonos de esa condenada cosa —dijo mientras tiraba hacia arriba del dobladillo de la camiseta, preparándose para sacármela por la cabeza. Agarré la prenda y acabé de hacerlo yo, porque sabía con exactitud dónde me habían dado los puntos en la cabeza—. Y esto también. —Deslizó sobre mis muslos los pantalones cortos del pijama antes de que yo acabara de sacarme la camiseta, y se sentó en la cama para quitármelos del todo. Luego volvió a echarse y me cogió otra vez en sus brazos. Me acarició con movimientos semiautomáticos, cogió un pecho en su mano y me rozó el pezón con el pulgar, antes de meter los dedos entre mis piernas; era como si se estuviera verificando que todas sus partes favoritas seguían ahí pese a no haber sido capaz de sacarles provecho. Luego suspiró y se echó a dormir. Yo hice lo mismo.

Mi despertador sonó a las cinco. Intenté apagarlo antes de que le despertara, pero no hubo suerte. Soltó un gruñido y empezó a apartar las colchas, pero yo le besé en el hombro y le insté a volver a echarse sobre la almohada.

—Vuelve a dormir —dije—. Pondré otra vez el despertador a las seis y media. —Tendría que comprarse algo para desayunar en algún sitio de comida rápida de camino al trabajo, pero necesitaba dormir.

Farfulló algo que me tomé como una expresión de conformidad, enterró la cara en la almohada y ya volvía a estar dormido antes de que yo pusiera los pies en el suelo.

Había dejado mi ropa en el baño la noche anterior, pensando en la posibilidad de que él llegara tarde de verdad, así que me vestí ahí. Hoy no me hacía falta maquillaje, ya que iba a estar en Great Bods todo el día, pero sí me cepillé el pelo, que dejé suelto: hoy tampoco iba a hacer ejercicio. El dolor de cabeza por la conmoción cerebral todavía no había desaparecido del todo. Mierda. Me había hecho ilusiones de que así fuera.

Una vez vestida, me llevé el cepillo y la pasta de dientes al piso de abajo, para cepillarme los dientes después del desayuno. El temporizador había puesto en marcha la cafetera y el café me esperaba ya hecho. Disfruté de veinte minutos tranquilos en la mesa, tomando el desayuno y bebiendo café. Luego me cepillé los dientes en el baño auxiliar de la planta baja, me serví el resto del café en una gran taza termo y programé la cafetera otra vez para la hora de levantarse de Wyatt. Metí una manzana para el almuerzo en la bolsa, cogí un jersey y salí por la puerta lateral que daba al pórtico donde aparcaba el coche. Bien, casi. Tuve que pararme a reprogramar la alarma porque Wyatt era un fanático de esas cosas.

Hacía una mañana lo bastante fría como para ponerse el jersey. Tirité un poco mientras bajaba la escalera y daba al control remoto para abrir el coche. La rutina cotidiana era reconfortante, señal de que las cosas volvían a la normalidad o casi. Me he lesionado infinidad de veces; las animadoras se lesionan tanto como los jugadores de fútbol. Siempre es un coñazo, pero he aprendido a ser paciente porque, aunque puedas empezar a hacer cosas, no quiere decir que debas hacerlas: la tensión añadida a la que sometes a un músculo lastimado o un hueso roto hace la curación más lenta. Siempre he querido recuperar mi nivel de rendimiento lo antes posible, y por ese motivo he aprendido a hacer exactamente lo que hay que hacer, aunque deteste cada minuto que pasa. Quería encontrarme en Great Bods, supervisando todos los detalles. Ese sitio es mío, y me encanta. Quería volver a hacer ejercicio, emplear los músculos a los que tanto esfuerzo he dedicado y que durante tanto tiempo he ejercitado y cuidado. Aparte, mantenerme en forma es un gran anuncio para la empresa.

Casi no había tráfico en la calle. Incluso en verano, abrir Great Bods a las seis de la mañana significaba conducir al trabajo de noche. En pleno verano, el cielo empezaba a clarear justo cuando llegaba para abrir el local, pero el trayecto normalmente lo hacía de noche. Pero se podía decir que a mí casi me gustaba el vacío en las calles, la tranquilidad de primeras horas de la mañana.

Mientras ocupaba mi plaza en el aparcamiento para el personal situado en la parte trasera, el sensor de movimientos encendió las luces. Las había instalado el propio Wyatt, justo el mes pasado, tras quedar conmigo aquí una noche y advertir lo oscuro que estaba el aparcamiento bajo la cubierta que protegía los coches del personal del mal tiempo. Todavía no me había acostumbrado a esas luces; su intensidad me parecía poco natural, como si me hallara en un escenario mientras abría la puerta trasera que daba acceso al gimnasio. Tenía un pequeño emisor de luz en la cadena del llavero que siempre empleaba para ver la cerradura, y para mí era perfectamente suficiente. No obstante, Wyatt quería que aquel lugar estuviera iluminado como una pista de aterrizaje.

La oscuridad bajo la cubierta nunca me había molestado. De hecho, me había permitido ocultarme del asesino de Nicole Goodwin cuando la mató justo en este aparcamiento. Aun así no me había opuesto a que instalaran las luces —quiero decir, ¿por qué iba a hacerlo?— y me alegré cuando Lynn confesó que se sentía más segura las noches que le tocaba a ella cerrar, sabiendo que esas luces se encenderían en el momento en que abriera la puerta.

Abrí y anduve por el interior del edificio encendiendo todas las luces. También conecté el termostato y puse en marcha la cafetera, tanto en la zona de empleados como en mi despacho. Me encantaba esta parte del día, ver cómo cobraba vida este lugar. Las luces se reflejaban en los espejos brillantes, las máquinas de ejercicios relucían, y las plantas se mostraban exuberantes y saludables. Este lugar era sencillamente precioso; me encantaba incluso el olor a cloro de la piscina pequeña.

El primer cliente llegó a las seis y cuarto, un caballero de pelo cano que había sufrido un infarto leve y estaba decidido a mantenerse en forma y evitar más ataques; se pasaba un rato en la cinta de andar cada mañana y luego daba unas brazadas en la piscinita. Cada vez que hacía una pausa para charlar, me contaba que le habían bajado los niveles de presión sanguínea y colesterol, y me explicaba lo contento que estaba su médico. A las seis y media ya se le habían sumado tres clientes más, habían llegado dos empleados y el día estaba ya animadísimo.

Aunque los lunes eran días ajetreados de por sí, el papeleo adicional, después de haber faltado dos días, me hizo ir acelerada. El dolor de cabeza volvió a darme guerra, de modo que intenté limitar mis movimientos cuanto pude, pero si eres la jefa no puedes quedarte sentada en el despacho.

Wyatt llamó para ver cómo estaba. Lo mismo hicieron mamá, Lynn, Siana, la madre de Wyatt, Jenni, papá, y luego Wyatt una vez más. Pasé tanto rato al teléfono tranquilizando a todo el mundo que casi eran las tres de la tarde cuando por fin tuve tiempo de comerme la manzana, aunque para entonces ya me estaba muriendo de hambre. También debía ir al banco y hacer un ingreso que tenía pendiente desde el viernes. Las cosas estaban más tranquilas a esas horas o todo lo tranquilas que pueden estar en el gimnasio; había pasado la hora punta del mediodía y el ritmo no volvería a subir hasta que llegara la gente que venía a sudar un poco al acabar las clases y los trabajos, de modo que me busqué otra tarea múltiple yendo al banco al tiempo que comía la manzana.

Lo admito, estaba un poco paranoica con lo de descubrir Buicks conducidos por mujeres, pero creo que es comprensible. Era imposible que reconociera a la zorra psicópata, pero quería rehuir a cualquier posible candidato. Y dado que estaba observadora, me fijé en cosas en las que normalmente no hubiera reparado, y que me crisparon del todo los nervios, como la mujer en el Chevy blanco que tuve pegada a mi parachoques durante un par de manzanas o la que conducía un Nissan verde que cambió de carril justo delante de mí, obligándome a frenar en seco con la consiguiente sacudida de cabeza, motivo por el que la llamé subnormal. Detesto que pase esto, porque la gente que no está atenta se cree que estoy metiéndome con personas que padecen el síndrome de Down. Gracias a Dios llevaba subidas las ventanas, ya me entendéis.

Continué hasta el autobanco y luego me abrí camino entre el tráfico de regreso a Great Bods. Me mantuve atenta por si volvía a ver ese Nissan verde —y de paso algún Buick— lo cual propició que volviera a fijarme en el Chevy blanco, bueno, un Chevy blanco, conducido por una mujer. Eso no es tan inhabitual, de modo que no podía asegurar que fuera el mismo Chevy blanco de antes. ¿Qué posibilidades había de que la misma mujer hiciera el mismo trayecto de vuelta y se situara otra vez detrás de mí? No muchas, pero, eh, ahí estaba yo haciendo el mismo trayecto de vuelta, ¿o no?

Cuando llegué a Great Bods, doblé por la calle lateral para dirigirme al aparcamiento trasero y el Chevy blanco siguió adelante. Solté un suspiro de alivio. O superaba esta paranoia recién descubierta o empezaba a prestar más atención para saber si de verdad me seguía el mismo coche o tan sólo uno parecido. No tenía sentido una paranoia tan imprecisa.

Aún me dolía la cabeza de la sacudida, de modo que fui al despacho y me tragué un par de ibuprofenos. Por regla general disfruto con lo que hago, pero hoy no había sido un gran día.

Hacia las siete y media, la concurrencia de última hora empezó a dejar de concurrir, para mi propio alivio. Saqué un paquete de galletas con mantequilla de cacahuete de la máquina expendedora que teníamos en la sala de descanso, y eso fue mi cena. Estaba tan cansada que lo único que quería era sentarme y no moverme durante, oh, diez horas o así.

Wyatt apareció a las ocho y media para quedarse conmigo hasta la hora de cerrar. Me dedicó una mirada severa que me hizo pensar que probablemente mi aspecto no era el mejor, pero lo único que dijo fue:

—¿Qué tal te ha ido?

—Bien hasta que he ido al banco y casi me doy contra una imbécil que se ha metido delante de mi coche y me ha obligado a frenar en seco —le expliqué.

—Ay.

—¿Y a tí que tal te ha ido?

—Normal.

Lo cual podía significar cualquier cosa, desde cadáveres encontrados en un basurero a un robo en un banco, aunque estaba bastante segura de que me habría enterado si hubieran robado en alguno de los bancos del centro. Necesitaba echar mano a sus papeles para asegurarme de que no me había perdido algo.

Cuando se fue el último cliente, el personal empezó a limpiar para dejarlo todo en orden. Tengo nueve personas empleadas, contando a Lynn, y como mínimo siempre cuento con tres personas en cada turno de siete horas y media, y cuatro en cada turno de viernes y sábados, los días de más ajetreo. Todo el mundo tiene dos días de fiesta, excepto yo, que tengo uno. Algo que tendría que cambiar pronto y, con eso en mente, escribí una nota para recordarme que contratara a una persona más.

Uno a uno, el personal acabó y se despidió mientras salía. Me estiré bostezando, sintiendo el eco del dolor provocado por mi colisión con el suelo del aparcamiento del centro comercial. Quería sumergirme mucho rato en una bañera caliente, pero eso tendría que esperar porque sobre todo quería meterme en la cama.

Di un último repaso para comprobar que todo estaba en orden y me aseguré de que la puerta de entrada estuviera bien cerrada. Siempre dejaba un par de luces tenues encendidas en la zona de la entrada. Wyatt me esperaba junto a la puerta posterior y, una vez conecté la alarma, él abrió mientras yo apagaba las luces del pasillo, y salimos afuera. Las luces del sistema sensor de movimientos se encendieron de inmediato, y yo me volví para cerrar la puerta con llave. Cuando volví a girarme, él estaba agachado al lado del coche.

—Blair —dijo adoptando el tono uniforme que emplean los polis cuando no quieren revelar nada. Dejé de andar mientras el pánico y la furia crecían con igual fuerza y creaban una mezcla potente. Ya había tenido bastante de esta basura, y estaba harta de ello.

—¡No me digas que alguien ha puesto una bomba debajo de mi coche! —dije llena de indignación—. Esto es la gota que colma el vaso. Ya he tenido suficiente. ¿Qué pasa, que se ha abierto la temporada Matemos-a-Blair? Si todo esto pasa porque fui animadora, entonces la gente tiene que repensarse las cosas; hay cuestiones mucho más graves en este mundo...

—Blair —repitió, esta vez con voz traviesa.

Yo ya me había embalado, y no me gusta nada que me interrumpan.

—¿Qué?

—No es una bomba.

—Oh.

—Parece que alguien te ha rayado el coche.

—¿Qué? ¡Mierda!

Enfurecida de nuevo, me apresuré a ir a su lado. No había duda, un rayón largo y feo marcaba todo el lado del conductor de mi coche. Las luces del sistema sensor tenían suficiente intensidad como para verlo a simple vista.

Empecé a dar patadas al neumático. Ya había retrasado la pierna cuando recordé la conmoción cerebral. El dolor de cabeza me salvó probablemente de romperme los dedos del pie, porque, ¿alguna vez habéis dado una buena patada a un neumático, con fuerza, como si estuvieras despejando el coche entre los palos de la portería? No es una buena idea.

Ni tampoco había nada cerca que pudiera patear sin que me rompiera los dedos de los pies. La pared, los postes de la cubierta, era mis únicas dianas, y todas ellas eran más duras aún que los neumáticos. No había manera de aplacar mi mal genio; pensé que iban a saltarme los ojos por la presión interna.

Wyatt miraba alrededor, evaluando la situación. Su Crown Vic del cuerpo de policía se encontraba al final de la fila; minutos antes los coches del personal habrían estado aparcados entre su coche y el mío, lo que impidió que viera el destrozo al llegar.

—¿Alguna idea de cuándo ha podido suceder esto? —me preguntó.

—En algún momento después de regresar del banco. Volví hacia las tres y cuarto, tres y veinte.

—Entonces después de acabar las clases.

Resultaba fácil seguir su hilo de pensamiento. Un adolescente aburrido, cruzando el aparcamiento, podría haber encontrado divertido fastidiar el Mercedes. Tenía que admitir que era el guión más previsible, a menos que Debra Carson volviera a tener ganas de pelea, o la zorra psicópata del Buick me hubiera seguido la pista de algún modo. Pero ya había considerado estas posibilidades, tras recibir aquella extraña llamada telefónica que me puso la piel de gallina, y ahora no eran más verosímiles que antes. De acuerdo, Debra era la posibilidad más factible, porque sabía dónde trabajaba yo y sabía cuál era mi coche. Lo de mi Mercedes le había tocado especialmente la fibra, porque Jason era de la opinión que ella debía conducir un coche de fabricación estadounidense, porque quedaría mejor de cara a los votantes.

De todos modos, aquello suponía asumir demasiados riesgos porque ya estaba acusada de intento de asesinato —aunque Dios sabe cuándo irá a juicio, dados los contactos de la familia de Jason— y acosar a la víctima no le harían ganar puntos en absoluto.

Por otro lado, Debra estaba como una regadera. Cabía esperar cualquier cosa de ella.

Así se lo expliqué a Wyatt, pero, por su reacción, no dio muestras de encontrar aquella teoría demasiado brillante. En vez de eso, se encogió de hombros y dijo:

—Lo más probable es que haya sido algún chaval. No podemos hacer mucho al respecto teniendo en cuenta que no hay cámaras de vigilancia aquí atrás.

Aprecié cierto retintín en su tono, dado que él había mencionado las cámaras de vigilancia en el momento de instalar el sistema sensor de movimiento, y yo había dicho que no veía ninguna necesidad de hacer ese gasto.

—Adelante —repliqué y suspiré—. Dilo, «ya te lo dije».

—Ya te lo dije —repitió con satisfacción inexpresiva.

No podía creerlo. Me quedé boquiabierta.

—¡No puedo creer que hayas dicho eso! ¡Qué maleducado!

—Me has dicho que lo dijera.

—Pero ¡se supone que no debes decirlo! ¡Se supone que debes mostrarte magnánimo y decir algo así como «a lo hecho pecho»! ¡Todo el mundo sabe que nunca llegas a decir «Ya te lo dije»!

Bueno, ahí tenía otro punto para la problemática lista de transgresiones: descortés. Y poco comprensivo. No, tendría que tachar «poco comprensivo», porque al fin y al cabo el pobre hombre acababa de pasar el fin de semana cuidándome. Al final lo dejaría en «Se tomó a broma que me rayaran el coche».

Se sacudió las manos al levantarse.

—Entiendo que esto significa que aceptas el sistema de vigilancia.

—¡Para lo que va a servir ahora!

—Si sucede alguna cosa más, podrás ver quien lo hizo. Con tu historial, creo que puedes dar por sentado que se producirá algún otro incidente, casi con toda seguridad.

¿No era una idea alentadora? Lancé una mirada de odio a mi precioso y pequeño descapotable negro. Sólo hacía dos meses que lo tenía y alguien ya me lo había estropeado a posta.

—De acuerdo —dije enfurruñada—, instalaré el sistema de vigilancia.

—Yo me ocuparé de eso. Sé cuál funcionará mejor en este caso.

Al menos no había dicho, «Si me hubieras hecho caso antes...», porque probablemente le hubiera soltado un grito.

Entonces dijo:

—Si me hubieras hecho caso antes...

—¡Aaaaaaah! —chillé, tan frustrada que pensaba que iba a explotar. Ahora podía añadir a la lista «Me lo restrega por las narices».

Sorprendido, retrocedió un poco.

—¿A qué viene eso?

—¡Tiene que ver... con todo! —grité—. ¡Tiene que ver con imbéciles, con chiflados y zorras psicópatas! ¡Tiene que ver con que no haya nada aquí para darle una patada sin hacerme daño! ¡Tiene que ver con esta estúpida conmoción que no me permite patear nada! Necesito pisar fuerte, necesito arrojar algo, necesito una muñequita de vudú para clavarle alfileres y quemarle el pelo y arrancarle las piernecitas y brazos...

Pareció interesarse un poco por mi berrinche.

—Así que haces vudú, ¿verdad?

Como dato informativo, diré que no es posible echar pestes y al mismo tiempo soltar una risotada. No quería reírme porque estaba hecha una fiera, pero qué demonios, a veces la risa se escapa de todas maneras.

Pero tenía que devolvérsela, de modo que le dije.

—Tengo que tomar prestado tu Avalanche mientras tenga el coche en el taller.

Se quedó quieto, pensando otra vez en mi historial, tal y como había mencionado apenas un momento antes.

—Oh, mierda —contestó, y suspiró con resignación.

Capítulo 12

En cuanto llegamos a casa, hice las nuevas anotaciones en la lista de transgresiones de Wyatt, pero para la atención que prestó, como si hubiera usado tinta invisible: ni siquiera le dedicó una mirada, pese a que la libreta estaba encima del mostrador que separaba la sala de estar de la cocina. En vez de ello se instaló en un sillón con el diario de la mañana, que evidentemente no había tenido tiempo de leer. Se lo leyó y luego me preguntó si lo quería una vez que finalizó. Bien, puñetas, era mi periódico, ¿no? ¿Para qué iba a comprar aquella cosa si no quisiera leerlo? ¿Y por qué estaba él leyendo el periódico en vez de prestar atención a mi lista? Las cosas no acababan de cuadrar en mi mundo.

Pero yo estaba agotada y harta de aquel condenado dolor de cabeza.

—Ya lo leeré mañana —contesté—. Voy a tomar más ibuprofeno, me daré una ducha y luego me meteré en la cama. —También me sentía de mal humor, pero casi nada era culpa de Wyatt, de modo que no quise tomarla con él.

—Subo dentro de un minuto —me contestó.

Me di la ducha todavía malhumorada sólo de pensar en mi coche. Debería existir un sistema de seguridad para los coches, que permitiera tenerlos electrificados de manera que cuando algún desgraciado te rayara la pintura con una llave se le friera el culo. Me divertí visualizando los ojos desorbitados, el pelo a lo Einstein y tal vez incluso los pantalones mojados, para que la gente pudiera señalar y reírse. Así aprendería el muy hijoputa.

Por si no lo habéis advertido todavía, no soy de las que ponen la otra mejilla.

Después de la ducha, me curé las diversas magulladuras y rasguños, que por suerte no necesitaban vendajes, de modo que me limité a ponerles algo que facilitara el proceso curativo. Hice un pequeño experimento conmigo misma consistente en poner La Mer en una rozadura, pomada antibiótica en otra y gel de aloe en otra más, sólo para ver cuál curaba mejor. Después apliqué vitaminas en aerosol a mis magulladuras, tal vez sirviera de algo, tal vez no. Era por hacer algo.

Acababa de apagar la luz y meterme en la cama —desnuda, para ahorrar a Wyatt la molestia de quitarme la ropa— cuando él subió del piso de abajo. Me quedé dormida mientras se duchaba, me desperté lo suficiente para darle un beso de buenas noches cuando se metió en la cama a mi lado, y no sé nada más hasta que sonó el despertador a la mañana siguiente.

Lynn siempre abría el gimnasio los martes, de modo que no tenía que presentarme por ahí hasta la una y media, aunque por lo habitual llegaba antes de esa hora. Sin embargo, este martes tenía muchas cosas que hacer antes de ir al trabajo. Primero llamé a la compañía de seguros para informar de lo del coche, luego hablé con Luke Arledge, después pedí hora para cortarme el pelo —a las once de aquella misma mañana, qué increíble—, y finalmente me fui de compras, a buscar la tela para el traje de novia. De camino a la tienda de telas, paré en un sitio donde restauraban antigüedades y pregunté un par de cosas, y como bonificación encontré un precioso escritorio reina Ana que quedaría genial en el despacho que estaba montando en casa de Wyatt. Todo esto para las diez de la mañana, de modo que estaba imparable.

Me sentía mucho, mucho mejor. El dolor de cabeza apenas era una punzada, y entonces fue cuando pude olvidarme y casi empecé a brincar un poco, por el día soleado tan precioso que hacía, así de sencillo. El tiempo había mejorado bastante, la ola de frío había cesado por el momento, y todo el mundo con quien hablaba estaba de buen humor.

En la tienda de telas, tuve tiempo suficiente de examinar sus sedas y satenes y saber que no tenían lo que yo quería. Llevaba prisa, por la cita en la peluquería, de modo que aunque vi a una mujer que me sonaba de vista, aparté la mirada intencionadamente, por si acaso la conocía de verdad y me veía obligada, si nuestras miradas se encontraban, a charlar al menos unos minutos con ella. A veces ser sureña es una lata: no puedes hacer un saludo con la cabeza sin más y continuar con tus asuntos, tienes que preguntar por la familia y, por regla general, acabas la conversación invitando a la otra persona a hacerte una visita, algo que acabaría de trastocarme toda la agenda si, Dios me perdone, alguien me tomaba la palabra.

Shay, mi peluquera, estaba dando los toques finales a una clienta cuando llegué, de modo que aproveché unos pocos minutos para mirar las revistas de peinados. Parecía uno de esos días en que las cosas buenas parecen caer del cielo —¡ya era hora de que me tocara uno de esos días!— y encontré en seguida el peinado que me gustaba.

—Éste —dije a Shay, indicando una foto cuando me tocó ponerme en sus manos.

—Monísimo —contestó, estudiando las líneas del corte—. Pero antes de coger las tijeras, asegúrate de que lo quieres así de corto. Vas a perder más de diez centímetros de pelo.

Me aparté un poco el cabello para mostrarle la parte afeitada del nacimiento del pelo.

—Estoy segura.

—Supongo que sí. ¿Qué ha pasado?

—Me di de cabeza en el aparcamiento del centro comercial. —Esta versión me ahorraba más explicaciones. Tal vez en alguna otra ocasión tuviera el día para las expresiones de drama y lástima, pero en aquel preciso instante me estaban subiendo los ánimos y quería dejar todo aquello atrás.

Me humedeció el pelo con un pulverizador de agua, me lo peinó hacia atrás y empezó a cortar. Experimenté un momento de pánico cuando un mechón de quince centímetros de pelo rubio cayó en mi regazo, sobre la capa que me tapaba, pero fui fuerte y no me puse a lloriquear, de eso nada. Aparte de todo, era demasiado tarde para dar marcha atrás; no tenía sentido perder el tiempo con lloriqueos.

Cuando Shay finalizó de ejercer su magia con el secador y las tenazas para rizar, yo estaba contentísima. Mi nuevo peinado, con melena hasta la barbilla, era *chic*, desenfadado y sexy. Un lado quedaba peinado hacia atrás y dejaba ver claramente mis pendientes, mientras que el otro caía cubriendo la mitad exterior de mi ceja, lo que por supuesto significaba además que cubría los puntos y el pedazo afeitado. Sacudí la cabeza con un poco de vacilación, no fuera que el dolor esperara ahí agazapado para volver a machacarme, pero continué sin dolores y mi cabellera se meneó y rebotó de forma muy satisfactoria antes de volver a su sitio.

Cuando sabes que estás guapa, el mundo entero parece un lugar mucho mejor.

Llamé a Wyatt en cuanto volví a estar en el coche.

—Acabo de cortarme el pelo —le dije—. Lo llevo corto.

Hizo una pausa, y pude oír un ruido en el fondo que me revelaba que no estaba solo.

—¿Cómo de corto? —preguntó al final, con voz recelosa y tono grave.

Aún no he conocido un solo hombre al que le guste el pelo corto en una mujer. Creo que tienen el ADN dañado por envenenamiento de testosterona.

—Corto.

Refunfuñó algo así como «mierda».

—Sabía que no iba a gustarte —dije con regocijo— así que he pensado que ya te haré una mamada para resarcirte. ¡Chau!

Colgué, sintiéndome muy satisfecha conmigo misma. Me sorprendería que fuera capaz de pensar en otra cosa aparte de mí durante el resto del día.

Tenía tiempo para buscar algo de comer antes de ir al trabajo, de modo que paré junto a mi brasería favorita y me compré un bocadillo para llevar. El tráfico era denso, porque el gentío de la hora del almuerzo hacía lo que podía para regresar al trabajo antes de la una. Yo era la última de la fila en un carril para girar a la izquierda, esperando a que la flecha se pusiera verde, cuando algo blanco llenó de súbito mi ventanilla posterior.

De forma automática miré por el retrovisor. Tenía un coche blanco pegado a mi parachoques, tan cerca que ni podía ver el modelo que era. El conductor llevaba una gorra de béisbol y gafas de sol. ¿Un hombre? No podía estar segura. Un hombre más bien menudo, tal vez. Dejé que mi coche rodara hacia delante, lo suficiente para ver el emblema en la parte delantera del coche blanco: era un Chevrolet. El conductor volvió a pegarse de inmediato, dejando el Chevy aún más cerca que antes.

Se me hizo un nudo en el estómago. Tenía que superar esta paranoia. Me había embestido un Buick beige, no un Chevrolet blanco, de modo que, ¿qué lógica tenía aquello? ¿Sólo por haber visto ayer dos veces un Chevrolet blanco detrás de mí? No podía decirse que hubiera pocos Chevrolets blancos; si prestaba un poco de atención lo más probable era que tuviera al menos un Chevrolet detrás de mí en algún momento cada vez que conducía hacia algún lado. Ya ves.

Pero mi estómago no atendía a lógicas, y el nudo seguía ahí. Se encendió la luz verde del semáforo y la línea de vehículos empezó a moverse hacia delante como una serpiente, primero la cabeza, luego el siguiente segmento, hasta que toda ella se movió. Puse cierta distancia entre mi coche y el Chevrolet blanco, distancia que de inmediato desapareció. Miré por el espejo; podía distinguir al conductor con ambas manos puestas en el volante, lo que hacía parecer que él o ella se pegaba a mí de forma intencionada.

Yo conducía un coche ágil y sensible, con un motor poderoso que alcanzaba las siete mil revoluciones por minuto, aproximadamente, sin necesidad de forzarlo. Si no conseguía escapar de un Chevrolet que se me pegaba, entonces mejor cambiaba esta ricura por un Yugo.

Tras dar un rápido vistazo al tráfico a mi alrededor, di un golpe de volante a la derecha para colocarme en el carril de en medio, aprovechando un espacio apenas suficiente para meterme. Me pegaron un bocinazo desde atrás, fue espantoso lo cerca que sonó, pero me metí hasta el carril más alejado por la derecha y luego salí disparada hacia delante, pasando a tres coches en otros tantos segundos. Una ojeada al espejo retrovisor me mostró que el Chevy blanco intentaba hacer un brusco viraje y meterse en el carril de en medio, donde pasó casi rozando a una furgoneta de reparto, antes de verse obligado a retroceder precipitadamente al carril de la izquierda.

Oh, Dios mío. Estaba sucediendo de verdad, por lo tanto no era paranoia. ¡Ese coche me estaba siguiendo!

Frené con brusquedad y me apresuré a coger la primera calle a la derecha y luego otra vez la primera a la derecha. Hubiera dado la vuelta a la manzana para ponerme detrás del Chevy blanco, pero los urbanistas modernos ya casi nunca crean cuadrículas en las calles. En vez de bonitas manzanas normales, me encontré conduciendo por una amplia calle que se curvaba por delante y por detrás, con montones de travesías sin salida. En las calles sin salida había varios negocios, de modo que ni siquiera se trataba de una zona residencial. Con las debidas excusas, pero, ¿nadie ha dicho a estos estúpidos urbanistas que las cuadrículas son los medios más eficaces de mover el tráfico?

Tras varios minutos frustrantes, renuncié a encontrar la manera de volver a la calle en la que quería estar y simplemente di media vuelta y regresé por donde había venido.

Esto era el colmo de las cosas raras. No me refiero a la disposición de las calles de la ciudad, sino a este asunto del Chevrolet blanco. ¡Ni siquiera conozco a alguien que conduzca un Chevrolet blanco! Es decir, a lo mejor sí que conozco a alguien, pero no lo sé. Pongamos por ejemplo a Shay, no tengo ni idea de qué coche de los que están estacionados en el aparcamiento de la peluquería es el suyo. O mi dependiente favorito de la tienda de ultramarinos de mi barrio. ¿Me entendéis a dónde quiero ir a parar? Cualquiera de ellos podría conducir un Chevy blanco y yo no estaría enterada.

¿Había algo en mí que sacaba de quicio a los chiflados? ¿Una atracción indetectable que les absorbía dentro de mi órbita? ¿Y había alguna manera de expulsarlos y mandarlos por donde habían venido? Ahí fuera había mucha gente que merecía ser acosada antes que yo.

Antes de volver a meterme en la calle principal, di una buena mirada a mi alrededor y detecté cuatro modelos distintos de Chevrolets blancos. Ya os digo, estaban por todas partes. De cualquier modo, ninguno de los conductores me prestó la menor atención, por lo tanto me metí entre el tráfico y conduje todo recto hasta la zona del centro donde se localizaba Great Bods.

Había un Chevrolet blanco aparcado directamente enfrente del gimnasio, y alguien sentado al volante miraba por el retrovisor lateral del conductor. Vi las gafas de sol reflejadas en el espejo, y se me encogió el estómago.

Giré sobre dos ruedas, los neumáticos echaron humo, pero no fui a la parte trasera del gimnasio porque estar allí sola no me pareció inteligente en ese momento. En vez de eso, me metí en la zona de aparcamiento público situada delante y paré con una derrapada. Salté de un brinco y me lancé a la puerta de entrada de Great Bods mientras sacaba el móvil del bolso. Si ese chiflado o chiflada quería llevarse un trocito mío, tendría que atacarme al menos ante testigos y no en un aparcamiento trasero vacío.

Tal vez debiera haber llamado al 911, pero no lo hice. Simplemente opté por la clásica rellamada y di un telefonazo a Wyatt mientras me giraba en redondo para mirar por los ventanales el Chevrolet aparcado al otro lado de la calle.

—¿Blair? —preguntó Lynn a mi espalda—. ¿Qué pasa?

—Blair —dijo Wyatt en mi oído, de modo que mi nombre me llegó en estéreo.

—Alguien me está siguiendo —dije con un castañeo consecuencia de toda la adrenalina que chisporroteaba por mi cuerpo—. Un Chevrolet Malibu de cuatro puertas... parece un modelo nuevo, del 2006 o tal vez del 2005. Me siguió ayer también...

Al otro lado de la calle, el Chevrolet arrancó y la persona al volante salió conduciendo con calma, sin acelerar ni nada parecido, ante todo el mundo, como si hubiera acabado sus compras y esperara que se hiciera un hueco en el tráfico antes de incorporarse a él.

—Acaba de marcharse —concluí, desinflándome de repente como sucedía con los suflés de mamá. Los suflés que hacía mama no valían nada. Lynn se quedó a mi lado mirando por la ventana con expresión perpleja.

—¿Has conseguido la matrícula? —me preguntó Wyatt.

—Tenía el coche detrás. —Estoy casi segura de que nadie sigue a alguien por delante.

Pasó ese comentario por alto. Qué detalle por su parte.

—¿Qué quieres decir con que acaba de marcharse?

—Estaba aparcado al otro lado de la calle de Great Bods. Acaba de arrancar y se ha marchado.

—¿Te ha seguido hasta Great Bods?

—No, hice unas cuantas piruetas para escaparme de ellos.. de ella… de él… lo que sea, jolín, pero cuando llegué aquí a Great Bods estaban esperando al otro lado de la calle.

En ese preciso instante me percaté yo solita de la imposibilidad de aquello; aunque el silencio al otro lado del hilo estuviera recalcando precisamente eso con toda claridad. Estaba claro, igual que no puedes seguir a alguien por delante, el coche estaba aquí antes de que yo llegara. Sólo había una manera de que fuera el mismo coche, y eso parecía imposible.

—Me conocen —dije asombrada—. Saben quién soy y dónde trabajo.

Oí a Lynn preguntar.

—¿Quién lo sabe?

Wyatt dijo:

—¿Reconociste a la persona que iba al volante?

Cerré los ojos, pues me mareaba un poco escuchar una voz diferente en cada oído. Wyatt era el poli, de modo que me concentré en él.

—No. Él... ella... ¡Puñetas, no sabría decir siquiera si era un hombre o una mujer! Gorra de béisbol, gafas. No podría decir mucho más. Llevaba el parabrisas ahumado.

—Y en cuanto a ayer, ¿estás segura de que era la misma persona?

—Ayer conducía una mujer. Pelo largo. Se me pegó al coche.

—¿La reconociste?

—No, pero... me siguió hasta aquí. —Me invadió un gran alivio al sentirme capaz de ofrecer explicaciones lógicas al hecho de que el Chevrolet estuviera aquí antes que yo—. ¡Por eso sabía dónde trabajo!

—Pero no estás segura de que sea la misma persona.

Estaba siendo cabal y lógico, como tenían que ser los polis. Eso lo sabía yo a nivel intelectual. No obstante, a nivel emocional, quería que dejara de hacerme preguntas e hiciera una redada para detener a todos los conductores de Chevrolets blancos y pegarles una paliza que los dejara desangrándose. Bueno, a excepción de la gente mayor; reconocía que el conductor ni siquiera llegaba a la mediana edad. Tampoco debería pegar a los chicos jóvenes, porque estaba segura de que ninguno de los conductores que había visto era un adolescente. Es algo que se nota, ya me entiendes. Los adolescentes tienen algo inacabado, se nota que están creciendo. Los mayores también estaban descartados, igual que los jóvenes, o sea, que, de acuerdo, la gente a la que quería que dejara sangrando era de tamaño normal, edades entre veinte y tal vez cincuenta. ¿Sería eso muy difícil?

Tomando mi silencio como una respuesta negativa, que no lo era, Wyatt preguntó:

—¿Había alguna otra persona en el coche aparte del conductor?

Yo había mencionado «ellos», por lo tanto él tenía que hacer esa pregunta, pero el único motivo de tal confusión era que ayer el conductor era una mujer y hoy, no lo tenía claro, de modo que bien pudieran ser dos personas diferentes, pero, ¿cómo diablos iba a saberlo yo?

—No.

—¿Y no estás segura de que fuera la misma persona en las dos ocasiones?

Lo estaba. Mi parte visceral, la que había sufrido un susto de muerte, estaba del todo segura, porque de otro modo tendría que creer que distintos conductores de Chevrolets blancos se había pegado a mi coche dos días seguidos. Vale, eso no era muy factible. Pero las respuestas más verosímiles no tienen por qué ser siempre las correctas.

Wyatt lo volvió a intentar.

—¿Podrías declarar en un juzgado, bajo juramento, que estás segura de que era el mismo conductor en ambos casos?

Vaya, ponme contra las cuerdas, venga. Totalmente cabreada, contesté:

—No, si estuviera bajo juramento, no podría declararlo. —Luego añadí con obstinación—. Pero era la misma persona. —Para que lo sepas.

Wyatt suspiró y dijo:

—Aquí no hay nada contra lo que yo pueda actuar.

—Eso ya me lo había imaginado.

Con impaciencia, me respondió:

—La próxima vez, consigue el número de la matrícula.

—Lo haré —dije con amabilidad—. Siento no haber pensado en ello esta vez.

Ya lo creo, mientras permanecía en ese carril antes de girar, debería haber bajado del coche, debería haber pasado con toda la calma del mundo junto a esa chiflada, para ir hasta la parte posterior del Chevrolet y anotar su número de matrícula. La chiflada no debería haber puesto ninguna objeción, ¿verdad que no?

Tras una larga pausa, dijo:

—No sé si conseguiré llegar a Great Bods a tiempo antes de que cierres esta noche.

—No pasa nada. No te preocupes. —Llevo mucho tiempo cerrando Great Bods sin él, y estaba convencida de que no se me había olvidado hacerlo—. Oye, cuídate, ¿vale? Adiós.

Wyatt dijo «joder» con violencia contenida y a continuación colgó el teléfono.

A mi lado, Lynn dijo:

—Supongo que lo que estás haciendo podría describirse como sonreír, porque estás enseñando todos los dientes, pero das un miedo espantoso. Por cierto, un corte de pelo genial.

—Gracias —dije, ahuecándome un poco el peinado, y luego sacudí la melena. Y en todo momento mantuve la sonrisa, eso también.

Capítulo 13

Wyatt no estaba en Great Bods cuando llegó la hora de cerrar, ni en mi casa cuando yo llegué allí. Me sentí un poco mal por haberle preocupado, porque él habría venido de no haber estado liado con el trabajo, y eso quería decir que habían asesinado a alguien o algo parecido. Ya no hacía trabajo de detective, pero de todos modos tenía que supervisar la escena del crimen, y cosas de ese estilo.

Por otro lado, digamos que me alivió un montón que no estuviera en casa, porque me estaba costando mucho mantener a raya mi enfado. La única razón de que me esforzara era que entendía en realidad su punto de vista: él tenía que trabajar dentro del marco de la ley, y si yo no tenía información concreta que darle, no podía hacer nada.

Pero una cosa es la opinión profesional, y otra la opinión particular, igual que hay diferencias entre cómo debería sentirme y cómo me siento de verdad. Aparte de lo que él pudiera hacer formalmente, podría haber dicho algo como: «Mira, te creo, no puedo hacer nada al respecto, pero confío en tu intuición».

Sin embargo, no había dicho nada por el estilo, igual que no se había creído en realidad lo de aquella llamada de mal gusto. Era probable que tuviera razón en lo del teléfono, puesto que no había habido más llamadas, pero el principio era el mismo. Lo único que yo quería era un poco de apoyo en mis momentos de necesidad.

Vale, a veces, mis propios pensamientos me dan risa. Lo que yo en realidad quería de verdad era el sol, la luna y las estrellas, ¿por qué hay que quedarse corto a la hora de soñar? Nunca he sido de las que se contentan con bagatelas. Lo quería todo y lo quería ya; incluso ayer si fuera posible. ¿Qué hay de malo en eso?

Me metí en casa, luego cerré la puerta y volví a conectar la alarma. Aunque sabía que había cerrado el coche, me di la vuelta y dirigí el control remoto a través de la ventana de la puerta trasera para volver a dar al botón de «cerrar», sólo para estar segura. Se suponía que el hogar era un santuario, un lugar donde podías relajarte y dormir segura.

Sin embargo, mi percepción de seguridad en esta casa había quedado malograda después de que la esposa de Jason intentara matarme, y nunca la había recuperado del todo. Cuando nos casemos, estaré contenta de trasladarme a casa de Wyatt. ¿Y por qué no me instalaba ya con él? Bien... porque... Primero, no quería que él diera por sentado lo de tenerme allí; Wyatt debería sentir que había logrado algo cuando por fin me tuviera en su casa. Que no me diera por cosa hecha era la segunda razón. Y número tres, cuando estuviéramos casados y me viera sentada a la mesa junto a él, debería sentirse como si hubiera librado una gran batalla y logrado algo, a saber, ganarme a mí. Me apreciaría como un tesoro, y me gusta sentirme un tesoro.

Es lo mismo que hace que los jóvenes cuiden más un coche por el que han tenido que trabajar y que han comprado con su propio dinero, que el que les regala su familia. Es la naturaleza humana. Quería ser el coche por el que Wyatt había tenido que pagar.

Estaba deseosa de dejar atrás mi casa, pero a la vez me daba mucha pena. Era mi hogar, o al menos lo había sido; había decorado cada centímetro de esa vivienda y había quedado bonita, si se me permite dar una opinión. Tendría que poder venderla sin problemas. De hecho, debería ocuparme ya de eso y ponerla en el mercado, al menos para poner las cosas en marcha.

Parte del mobiliario podríamos aprovecharlo en casa de Wyatt: nuestra casa. Tenía que acostumbrarme a pensar en ella como nuestra, y Wyatt tendría que poner mi nombre en la escritura junto al suyo. Yo no pensaría en serio en la casa como «nuestra» hasta que llevara mi sello: volver a pintarla, decorarla y reformarla. Gracias a Dios, él había comprado la casa una vez divorciado, porque de ninguna manera podría vivir allí si su ex mujer también hubiera habitado entre las mismas paredes. Ni de coña. Ése fue el mayor error de Jason después de nuestro divorcio: cuando volvió a casarse, metió a su nueva mujer directamente en la casa donde había vivido conmigo. Eso la volvió loca, literalmente, aunque pienso que ya estaba un poco mal de la cabeza cuando se casaron.

Ya me había duchado y estaba recorriendo el apartamento colocando mentalmente algunos de los muebles en las diversas habitaciones de la casa de Wyatt, cuando él llegó. Me encontraba en el piso de arriba —podría trasladar todos los muebles de mi habitación, porque él tenía dos dormitorios completamente vacíos— cuando oí abrirse la puerta, luego el pitido del sistema de alarma, seguido de otros pitidos mientras cerraba la puerta y reprogramaba el sistema.

Mi corazón se reanimó. ¡Wyatt estaba aquí! Pasara lo que pasara, el mero hecho de estar cerca de él era tan estimulante como una dura tanda de ejercicios. Nos pelearíamos, porque estábamos enfadados uno con el otro, pero haríamos las paces con una palpitante sesión de sexo. Hacía casi una semana que no teníamos relaciones sexuales, y yo me sentía casi capaz de quitarle los pantalones a mordiscos.

Bajé la escalera. No estaba desnuda, porque sólo lo estoy en la cama o cuando me doy un baño. A Wyatt probablemente le gustaría verme desnuda por casa a todas horas, pero no era práctico, así de sencillo. Llevaba una camiseta floja sin mangas —sin sujetador, por supuesto— de color rojo cereza y esos pantalones blancos de pijama tan monos, con pequeñas cerezas por todos lados. Cuando peleo, quiero estar guapa, por si acaso me enfurezco tanto que al final no hay sexo, y entonces él tendría que lamentarlo en serio.

Wyatt había ido a la cocina por un vaso de agua y la chaqueta del traje estaba colocada sobre el respaldo de la silla. Tenía la camisa de etiqueta mustia y arrugada tras haberla llevado todo el día con el buen tiempo, y aún llevaba el arma —una gran automática negra— en la cadera derecha. Se me encogió el corazón sólo mirarle. Era alto, musculoso, y tenía un aspecto peligroso, ¡y era mío!

Tal vez podíamos saltarnos lo de la pelea y pasar directamente al sexo. Le dije:

—Un caso difícil el de hoy, ¿ajá?

Alzó la vista, con sus ojos verdes entrecerrados y centelleantes de mal genio.

—No especialmente. Pero han sido muchos.

Era evidente que estaba soberanamente cabreado. Wyatt no se enfurruñaba, más bien mostraba ese rasgo agresivo dominante en él. Cuando estaba enojado, estaba dispuesto a pelear, y eso me gustaba. Más o menos. Al menos él no hacía mohines. Yo no paro de hacerlos, y con una que se enfurruñe en casa ya basta.

Dejó el vaso con un golpe seco y a continuación invadió mi espacio con su formidable figura.

—La próxima vez que se te ocurra otra idea delirante y pienses que alguien te está siguiendo, no te pongas borde conmigo porque no las paso canutas para encontrar a tus acosadores imaginarios. Si algo te pone paranoica en mis ratos libres, bien, llámame, pero si estoy en el trabajo ocupándome de delitos de verdad, no voy a malgastar recursos públicos ni tiempo en tonterías. —Apretaba los dientes, algo que no auguraba nada bueno.

Retrocedí un paso, tambaleándome mentalmente un poco. ¡Guau!, no escatimaba munición conmigo. Pese a que yo ya me esperaba algo y tenía que admitir a mi pesar que él llevaba bastante razón en su planteamiento, había tantas cosas ofensivas en aquel primer aldabonazo suyo que por un momento pestañeé, intentando decidir por donde empezar.

¿Imaginarios? ¿Paranoica? ¿Delirante?

—¡No estoy imaginando cosas! Alguien me ha seguido en un Chevrolet blanco, dos días seguidos. —Alcé la voz llena de indignación, porque aunque me preguntaba si mis experiencias recientes me habían vuelto paranoica, al menos tenía la certeza de que había tenido detrás un Chevrolet blanco, o tal vez un par de Chevrolets diferentes.

—Pero, puñetas, ¡cualquiera que se mueva en coche por esta ciudad lleva probablemente un Chevrolet blanco detrás en un momento u otro! —soltó—. Me venía uno detrás de camino hacia aquí, pero no he asumido de inmediato que fuera el mismo vehículo que has visto tú hoy. ¿Tienes idea cuántos Chevrolets hay, sólo en este condado, y eso sin tener en cuenta los condados vecinos?

—Seis o siete por hectárea, probablemente —contesté de muy mal genio después de tanta provocación. Wyatt tenía razón. Si callara un minuto le diría que tenía razón. Mecachis, no es nada fácil hacer las cosas bien.

—¡Exactamente! Así que si viste un coche blanco detrás ayer, y otro hoy, conducidos por personas diferentes, ¿cómo diablos llegas a la conclusión de que se trata del mismo coche?

—¡Lo sé! Lo sé, ¿vale? —Intenté no ponerme a gritar, porque los vecinos tenían niños en edad escolar que a esas horas estarían durmiendo en la cama, y retrocedí un par de pasos más para apoyarme en el armario de la cocina con los brazos cruzados debajo de mis pechos. También respiré hondo un par de veces—. Entiendo tu punto de vista, lo que dices tiene sentido. —Me daba rabia admitirlo, pero seamos justos—. Sé que sin una matrícula ni algo concreto, no puedes hacer nada, no es posible que puedas investigar...

—¡Blair! —chilló, era evidente que no le importaban los niños de mis vecinos—. ¡Joder! Apúntate esto, para que no lo olvides: Nadie. Te. Está. Siguiendo. ¡No hay nada que investigar! No voy a hacer lo que tú digas y gastar presupuesto municipal porque estés nerviosa. Desde el punto de vista personal, sí, acepté esta relación a sabiendas de que exigías demasiadas atenciones, pero deja mi puto trabajo fuera de esto, ¿vale? Trabajo para la policía de esta ciudad. No soy tu poli privado, al que puedes llamar para que indague cualquier cosilla que se te meta entre ceja y ceja. Estas triquiñuelas tontas no tienen gracia. ¿Entendido?

Vale. Vale. Abrí la boca para decir algo pero, curiosamente, mi mente se había quedado en blanco. Era como si tuviera los labios entumecidos, así que volví a cerrarlos. Había entendido. Vaya si había entendido.

De hecho, me parecía que ya no había nada más que decir.

Miré por la cocina, y afuera, a mi pequeño patio, con los árboles con luces blancas colgadas, para que pareciera un país de hadas. Un par de luces se habían fundido, tendría que reemplazarlas. Las flores del jarrón colocado encima de la mesa del rincón donde comíamos se estaban marchitando, tendría que cogerlas frescas mañana. Miré a cualquier sitio menos a Wyatt, porque no quería ver en sus ojos lo que temía ver. No le miré porque... simplemente no podía.

La cocina se llenó de silencio, interrumpido tan sólo por los sonidos de nuestra respiración. Debería moverme, pensé. Debería ir arriba y hacer algo, tal vez volver a doblar las toallas del armario de la ropa blanca. Debería hacer cualquier cosa en vez de estar ahí parada, pero no podía.

Había muchas cosas que alegar por mi parte, sabía que sí. Podía explicarle la situación, pero por algún motivo ahora ya no tenía sentido. Había muchas cosas que debería contarle, cosas que tendría que hacer... pero no podía, así de sencillo.

—Creo que deberías irte a casa.

Fue mi voz la que pronunció esas palabras, pero no sonaba a mí; sonaba sin tono, como si toda expresión se hubiera agotado. Ni siquiera fui consciente de que iba a decirlo.

—Blair... —Wyatt dio un paso hacia mí y yo retrocedí dando un traspiés hasta donde no me alcanzara. No podía tocarme ahora, decididamente no debía tocarme, porque había demasiadas cosas que me estaban desgarrando por dentro y tenía que aclararme.

—Por favor, mejor... que te vayas.

Se quedó ahí de pie. Retroceder ante una pelea no era propio de él. Yo lo sabía, sabía lo que le estaba pidiendo que hiciera. Esto era demasiado importante para mí como para andarme con miramientos; era una cuestión demasiado vital como para arriesgarme a algún apaño cosmético que no pasara de la superficie de la piel. Quería mantener la distancia con él, tenía que apartarme y estar a solas por completo durante un rato. Los latidos fuertes y lentos de mi corazón estaban dejando mis entrañas doloridas, y si no se marchaba pronto, podría ponerme a gritar de dolor.

Tomé aliento con un estremecimiento, o al menos eso intenté; notaba la opresión en el pecho, como si el corazón se interpusiera entre mis pulmones y no les dejara funcionar.

—No voy a devolverte el anillo —dije con el mismo tono débil y uniforme—. La boda sigue en pie… —¡A menos que quieras cancelarla!—. Sólo necesito tiempo para pensar, por favor.

Durante un minuto, largo y angustioso, pensé que Wyatt no iba a marcharse. Pero luego giró sobre sus talones y se fue, cogiendo la chaqueta del traje del respaldo de la silla al salir. Ni siquiera dio un portazo.

No me derrumbé en el suelo. No subí corriendo al piso de arriba para arrojarme encima de la cama. Me limité a quedarme allí, de pie en la cocina, durante un largo, largo rato, agarrándome al extremo del mostrador con tanta fuerza que las uñas se me quedaron blancas.

Capítulo 14

Al final, con movimientos lentos, fui a comprobar que las puertas estuvieran cerradas. Lo estaban. Aunque no me había percatado de los pitidos adicionales, Wyatt además había conectado el sistema de alarma al salir. Por enfadado que estuviera conmigo, seguía tomándose en serio mi integridad física. Aquella noción me resultó dolorosa; todo esto hubiera sido más fácil si hubiera habido algún indicio de despreocupación por su parte, pero no era el caso.

Apagué todas las luces del primer piso y luego subí la escalera con esfuerzo. Cada movimiento era un esfuerzo, como si algo se hubiera desconectado entre mi mente y mi cuerpo. Me fui a la cama, pero no apagué la luz, y sólo me senté en ella con la vista desenfocada mientras intentaba poner en orden mis pensamientos.

Mi método favorito para sobreponerme era concentrarme en alguna cosa secundaria hasta que me sintiera capaz de hacer frente al asunto importante. Esta vez no funcionó, porque todo mi mundo parecía ocupado por las cosas que me había dicho Wyatt. Me sentía azotada, ahogada, aplastada bajo su peso, sencillamente eran demasiadas como para asimilarlas. No podía aislar ningún pensamiento, afrontar alguna cuestión por separado, aún no, al menos.

Sonó el teléfono. *¡Wyatt!*, fue mi primer pensamiento, pero no fui directa a descolgar para contestar la llamada. No estaba segura de querer hablar con él en ese preciso instante; de hecho, tenía la certeza de que no quería. No quería que enredara las cosas con una disculpa que restara importancia al problema principal que yo percibía; y eso era asumir que él consideraba que me debía una disculpa, lo cual era suponer mucho.

Cogí el inalámbrico tras el tercer timbrazo, sólo para ver si era él quien llamaba o alguna otra persona, y el identificador de llamadas mostró otra vez aquel extraño número de Denver. Dejé el teléfono sin responder la llamada. De cualquier modo, dejó de sonar después de sonar cuatro veces, momento en que se activó el contestador en el piso de abajo. Escuché, pero no oí que dejaran ningún mensaje.

Casi de inmediato volvió a sonar el teléfono. Otra vez Denver. Una vez más, dejé que saltara el contestador. Una vez más, ningún mensaje.

Cuando llegó la tercera llamada, inmediatamente después de la segunda, me harté. Era obvio que nadie hacía encuestas por teléfono después de las once, porque eso garantizaba que no contestaran a tus preguntas. No conocía personalmente a nadie que viviera en Denver, pero, claro, en el caso de que fuera un conocido, ¿por qué demonios no dejaba un mensaje?

Wyatt había dicho que el número y localización de Denver podía corresponder a alguien que utilizara una de esas tarjetas prepago, en cuyo caso supongo que podría tratarse de alguien conocido que llamaba e intentaba despertarme. Incluso había leído alguna noticia breve en un diario local sobre las tarjetas telefónicas: sus tarifas eran tan bajas que algunas personas las empleaban para sus conferencias. Tal vez no conociera a nadie en Denver, pero sí conocía a mucha gente que vivía en otros lugares, de modo que la siguiente vez que sonó el teléfono lo cogí.

Clic.

Un minuto después, sonó otra vez. El número de Denver aparecía en el visor.

Era obvio que se trataba de alguna gamberrada telefónica. Algún canalla de mierda se había enterado de que esas llamadas con tarjeta no dejaban rastro y se estaba divirtiendo. ¿Cómo iba a concentrarme en Wyatt con estas llamadas casi constantes?

Fácil. Me levanté y quité el sonido tanto del teléfono de mi dormitorio como del piso inferior. De este modo ese canalla de mierda seguiría quemando su dinero y sus minutos de crédito, y yo no me enteraría de nada.

Las llamadas eran tan irritantes que habían logrado perforar mi lánguida amargura. Ahora podía pensar, al menos lo suficiente como para saber que este problema me superaba y me impedía tomar cualquier tipo de decisión esta noche. Necesitaba pensar las cosas en profundidad, punto por punto.

Ya que escribir me ayuda a ordenar las ideas en la cabeza, cogí papel y boli y me acomodé encima de la cama con la libreta apoyada en mis rodillas levantadas. Wyatt había hecho muchas acusaciones, tanto directas como indirectas, y yo quería considerar cada una de ellas.

Anoté los números del uno al diez y al lado de cada número escribí un punto hiriente, tal y como yo lo recordaba.

1. *Delirante*
2. *¿Esperaba yo que las pasara canutas y me cabreaba si no era así?*
3. *Paranoica*
4. *Imaginarios*
5. *Demasiadas atenciones*
6. *Triquiñuelas tontas*
7. *¿Le llamaba con cualquier ocurrencia insignificante y esperaba que él hiciera indagaciones?*

Por más que lo intentara, no di con nada para los números ocho, nueve y diez, de modo que les puse una cruz. Con esos siete puntos ya bastaba.

Sabía que Wyatt se equivocaba en una cuestión. Yo no había imaginado nada. Alguien al volante de un Chevrolet blanco sin duda se había pegado a mi coche, sin duda había intentado seguirme y sin duda había aparcado al otro lado de la calle, delante de Great Bods. La gorra de béisbol, las gafas de sol, la estructura facial... había visto suficiente como para saber que la persona que me esperaba aparcada era la misma que había intentado seguirme un rato antes. Y ayer, una mujer al volante de un Chevrolet blanco sin duda me había seguido hasta Great Bods. Quedaba por aclarar si eran una sola persona, la misma persona, pero ¿de qué otro modo podía explicarse que quien me seguía hoy supiera dónde trabajaba?

Pero mi imaginación se estancaba cuando intentaba encontrar algún motivo de que me siguieran. No iba por ahí con grandes sumas de dinero. No había robado un banco ni enterrado el dinero en algún sitio. No era el contacto de ningún espía y, la verdad, ¿qué iba a hacer un espía en el oeste de Carolina del Norte? Tampoco tenía un antiguo amante ni amigo ni familiar que fuera espía o ladrón de bancos, que se hubiera escapado de la cárcel, y que hubiera obligado a los federales a mantenerme vigilada, por la posibilidad de que ese antiguo amante, amigo, o lo que fuera, intentara contactar conmigo y... Vale, esto estaba ampliando los límites del enredo hasta Hollywood.

Comprendí que mi forma de pensar se alejaba de la de Wyatt precisamente en eso. Para él, no existían motivos de que me siguieran, *ergo* nadie me seguía. En lo que diferíamos era en que yo sabía que quien se puso detrás en el carril de girar era además el conductor que había aparcado al otro lado de la calle, y que por cierto había llegado antes que yo. No tenía ninguna prueba, pero las pruebas y estar segura de algo no son lo mismo.

Por lógica, si no imaginaba las cosas, entonces tampoco era una paranoica. Había tenido mis dudas yo también, porque no entendía por qué alguien iba a seguirme. Pero en cuanto comprendí que estaba claro que me habían seguido, el motivo dejó de importar, al menos en lo que respecta a la paranoia, a no ser que tuviera delirios, en cuyo caso nada de esto importaba porque no estaría sucediendo.

Dos puntos revisados; sólo quedaban cinco.

El comentario sobre «ideas delirantes» me molestaba. No estoy loca ni tengo ideas delirantes. A veces empleo un medio enrevesado para conseguir lo que quiero, pero suelo hacerlo para inducir a alguien a pensar que soy un peso ligero mental y a subestimarme, o porque disfruto con los medios tanto como con los fines. Wyatt nunca me había subestimado. Él ve mi representación de la cabezahueca como lo que es: una estrategia. A mí me gustaba ganar tanto como a él.

Entonces, ¿a qué se refería con lo de delirante? No sabía cómo contestar a aquello. Él tendría que ofrecer su propia respuesta.

Los otros cuatro puntos eran complicados y excesivamente serios como para intentar afrontarlos en ese momento. Estaba demasiado cansada, demasiado estresada, demasiado afectada. Wyatt y yo estábamos a punto de dejarlo, y no sabía qué podía hacer al respecto.

Empezaba a dormirme cuando me di cuenta de que no había dicho una sola palabra sobre mi nuevo corte de pelo. Lo demás no lo había conseguido, pero eso sí: me eché a llorar.

Dormí, pero no demasiado bien y no mucho. Tampoco mi subconsciente proporcionó alguna respuesta milagrosa a mis problemas.

No obstante, el sentido común me decía que no podía actuar como si el tiempo se hubiera detenido. La fecha de la boda seguía programada hasta que Wyatt y yo decidiéramos lo contrario; eso significaba que tenía mucho trabajo que hacer. Mi nivel de entusiasmo no estaba a la altura del día anterior —de hecho, estaba bastante próximo a cero— pero no podía permitir que el ritmo aflojara.

Mi primera parada aquella mañana fue el negocio de Jazz: Calefacción y Aire Acondicionado Arledge. Jazz ya no llevaba personalmente el trabajo de instalación, tenía empleados para eso, pero sí acudía a las obras nuevas y calculaba cuántas unidades iban a ser necesarias, cómo de grandes, dónde colocarlas, dónde situar los conductos de ventilación para lograr la máxima eficacia, ese tipo de cosas. Gracias a Luke y a que había husmeado un poco, sabía que esta mañana iba a estar en su oficina en vez andar por la calle en alguna obra.

La oficina era un pequeño edificio de ladrillo en un polígono industrial con una necesidad lamentable de programas de embellecimiento; toda la sección, no sólo el edificio de Jazz. Nunca antes había estado ahí, de manera que ver el edificio me dio una nueva perspectiva del papel de Jazz en su situación matrimonial. Imaginad algo vulgar y sin adornos, ni siquiera un arbusto plantado en el resquebrajado sendero de cemento que llevaba del aparcamiento de grava a la puerta de entrada. Las ventanas delanteras al menos tenían persianas enrollables, pero, claro, el edificio estaba orientado hacia el oeste y si alguien no hubiera instalado esas persianas, el personal de la oficina estaría deslumbrado cada tarde, así que servían para algo ¿no?.

Había dos escritorios de metal gris en la sala de la entrada y el primero de ellos lo ocupaba un acorazado con forma humana. Ya conocéis ese tipo de mujer: enorme cardado de pelo gris, gafas colgadas de una cadena, enorme seno precediéndola cada vez que entraba en una habitación. La mujer sentada en el segundo escritorio era más joven, pero tampoco tanto; cuarenta y tantos en vez de los cincuenta y pico de la primera, supongo. Al entrar las oí cotilleando un poco, pero dejaron de hacerlo nada más verme.

—¿En qué puedo ayudarla? —preguntó el acorazado con una sonrisa, sin dejar de hojear una pila de papeles con sus dedos enrojecidos llenos de anillos.

—¿Está Jazz? —pregunté.

Las dos mujeres se quedaron de piedra, la sonrisa se les heló en el rostro y la hostilidad centelleó en sus ojos. Comprendí con retraso que al llamarle «Jazz» en vez de «señor Arledge» había causado la impresión errónea. Me resultó un poco desconcertante, pues yo siempre pensaba en él como mi tío. ¿Y tenía Jazz la costumbre de enredarse con mujeres tan jóvenes como para ser sus hijas?

Intenté romper el hielo.

—Soy Blair.

No encontré indicios de reconocimiento en aquellos ojos iracundos. De hecho, me parecieron aún más hostiles.

—Blair Mallory —aporté otro detalle.

Nada.

Bueno, qué demonios, ¿estábamos en el Sur o no? ¡No me digáis que esta gente no reconocía el nombre de la hija de la mejor amiga de la esposa de su jefe! Por favor.

Pero no se encendió ninguna bombilla, de modo que les di en la cabeza con la información.

—Soy la hija de Tina Mallory, ya sabéis, la mejor amiga de la tía Sally.

De repente se hizo la luz. Fue lo de la «tía Sally» lo que lo logró. Las sonrisas regresaron a sus rostros, y el acorazado salió de su posición tras la mesa para darme un abrazo.

—¡Vaya, cielo, no te había reconocido! —dijo mientras yo me veía atacada por un par de domingas tan blandas como cualquier neumático hinchado de tu coche. Me percaté de que tenía esas mamas constreñidas y guardadas con tal sujeción cruel que podría sufrir un traumatismo cervical al soltarlas por la noche. La idea me dejó helada. Aún más espeluznante era visionar el sujetador capaz de contenerlas en su sitio. Probablemente podría usarse como lanzadora en un portaviones.

La manera más rápida de librarme de ella era no dar muestras de miedo y hacerme la muerta. De modo que me quedé ahí quieta y dejé que me abrazara, parpadeando e intentando no coger aire, sin dejar de sonreír un momento con la sonrisa más dulce que conseguí esbozar. Cuando por fin me soltó, respiré una profunda bocanada de aire preciosísimo.

—¿Cómo iba a reconocerme? Nunca antes he estado aquí.

—¡Por supuesto que sí! Sally y tu mamá vinieron un día al poco tiempo de que Jazz abriera el negocio. Sally trajo a Matt y a Mark con ella, y tu mamá os trajo a ti y a tu hermana de la mano, y erais las muñequitas más monas que he visto en la vida. Tu hermana acababa de echar a andar.

Puesto que le llevo dos años a Siana, la visita que recordaba esta señora debió producirse cuando yo tenía unos tres años. ¿Y no me reconocía? Dios mío, ¿qué le pasaba? No podía haber cambiado tanto entre los tres años y los treinta y uno, ¿a que no?

En algún lugar, el tonto del pueblo se les había escapado.

—No recuerdo bien. —Intenté salir por la tangente, preguntándome si no sería preferible echar a correr y ponerse a cubierto—. He tenido una conmoción cerebral hace pocos días y tengo bastantes lagunas en la memoria...

—¿Una conmoción? ¡Santo cielo! Tienes que sentarte, aquí mismo... —Me cogió del brazo derecho y me guió hasta el sofá de vinilo naranja, donde casi me deja plantada—. ¿Qué haces fuera del hospital? ¿No tienes nadie que te cuide?

¿Desde cuándo «conmoción» era sinónimo de «daño cerebral irreparable»?

—Estoy bastante recuperada —me apresuré a tranquilizarla—. El viernes pasado me dieron el alta en el hospital. Esto, ¿se encuentra aquí el tío Jazz?

—¡Oh! Oh, por supuesto. Está en el taller.

—Le avisaré por megafonía —dijo la otra mujer mientras cogía el teléfono. Apretó un botón, luego tecleó dos números, y un fuerte zumbido sonó en el exterior. Tras un minuto, dijo—: «Alguien ha venido a verle». —Se quedó escuchando y colgó. Luego me sonrió—. No tardará ni un minuto en estar aquí.

De hecho tardó aún menos, porque el taller estaba justamente detrás de la oficina, y sólo tuvo que andar veinte metros tal vez. Entró con aspecto apurado, con su estatura mediana, calvicie y la constitución musculosa de un hombre que ha trabajado duro toda la vida. Encontré su expresión más agobiada que en otras ocasiones. Antes de su problema con Sally había engordado un poco, pero por lo que vi, ya había perdido ese peso extra, e incluso un poco más. Se paró en seco al verme y frunció el ceño lleno de confusión.

—¿Blair? —dijo finalmente, como vacilante, y yo me levanté.

—Te veo muy bien —dije acercándome a darle un abrazo para luego besarle en la mejilla como siempre hacía—. ¿Puedo hablar contigo un momento?

—Claro —contestó—. Entra en mi despacho. ¿Quieres un café? Lurleen, ¿hay café?

—Siempre puedo preparar un poco —dijo el acorazado con rostro sonriente.

—No, no hace falta, gracias de todos modos. —Le devolví la sonrisa a Lurleen.

Jazz me hizo pasar a su despacho, un espacio deprimente dominado por el polvo y el papeleo. Su escritorio era del mismo tipo de metal gris que los de la oficina exterior. Había dos vapuleados archivadores verdes, una silla para él —con parches de cinta adhesiva plastificada—, y dos sillas para las visitas en un tono verde que casi iba a juego de los archivadores. Tenía un teléfono encima de la mesa, una bandeja clasificadora y una taza de café que sostenía la colección habitual de bolis y un destornillador con el mango roto; ésa era toda la decoración del despacho.

El término «desorientado» se quedaba corto a la hora de describir a Jazz. Pobre hombre, Monica Stevens hizo lo que le vino en gana con él cuando la contrató para redecorar el dormitorio que compartía con Sally.

Cerró la puerta, su sonrisa se desvaneció como si nunca hubiera estado ahí y me preguntó con recelo:

—¿Te ha enviado Sally?

—¡Dios Santo, no! —respondí, sinceramente sorprendida—. No tiene ni idea de que estoy aquí.

Jazz se relajó un poco y se frotó la cabeza con la mano.

—Bien.

—Y ¿por qué te parece bien?

—No me habla, pero envía mensajes con gente con la que sabe que voy a hablar.

—Oh, bien, lo siento, no traigo ningún mensaje.

—No tienes por qué disculparte. —Repitió lo de frotarse la cabeza—. No quiero ningún mensaje de ella. Si quiere hablar conmigo, sólo tiene que actuar como una adulta y coger el teléfono, carajo. —Me lanzó una rápida mirada culpable, como si yo aún tuviera tres años—. Lo lamento.

—Creo que no es la primera vez que oigo «carajo» —dije con

cortesía y una amplia sonrisa—. ¿Quieres oír mi lista de palabrotas?

—Cuando era pequeña, recitaba todas las palabras que creía que no debía decir. Ya tenía listas por entonces.

Él también me sonrió.

—Supongo que no es la primera vez que las oigo. Entonces, ¿qué puedo hacer hoy por ti?

—Dos cosas. Una, ¿aún conservas la factura de Monica Stevens, por el trabajo que hizo para vuestra habitación?

Crispó el rostro.

—Puedes apostar a que sí. Son veinte mil dólares tirados a la puñeter… oh, quiero decir, malgastados.

¿Veinte mil? Di un silbido, largo y grave.

—Sí, ya puedes decirlo —refunfuñó Jazz—, se llama hacer el primo. Recuperé una parte con lo que sacó de la venta de los muebles viejos en su tienda, pero, eso no cambia la cosa.

—¿La tienes aquí?

—Seguro. No enviaría esa factura a casa, para que Sally pueda verla, ¿no crees? Era una sorpresa para ella. Vaya sorpresa. Ni que le hubiera rajado el cuello. —Se levantó y abrió uno de los cajones del archivador más próximo, revolvió en varias carpetas y luego sacó un fajo de papeles que arrojó sobre el escritorio—. Ahí está.

Cogí las facturas y las miré por encima. La cantidad total no llegaba a veinte mil, pero casi. Jazz se había gastado un ojo de la cara en mobiliario, de estilo vanguardista, hecho a mano, feo como un pecado y el doble de caro. Monica también había cambiado la moqueta de la habitación, había puesto obras de arte nuevas, que habían costado una pequeña fortuna… y ¿qué demonios era exactamente «Luna»? Entendía el significado de esa palabra, pero ¿habría colgado una falsa luna en medio del dormitorio?

—¿Qué es «Luna»? —le pregunté fascinada.

—Es un jarrón blanco. Es alto y estrecho, y lo puso encima de este pedestal iluminado… Mencionó algo sobre el teatro.

Jazz había pagado más de mil pavos por aquel montaje teatral. Lo único que podía decir era que Monica era fiel a su propia «visión»:

Le gustaba el vidrio y el acero, el blanco y negro, lo excéntrico y lo caro. Era su firma.

—¿Te importa que me las quede de momento? —pregunté, metiéndome ya las facturas en el bolso.

Se mostró un poco perplejo.

—Adelante. ¿Para qué la quieres?

—Información. —Me apresuré a continuar antes de que pudiera preguntarme qué tipo de información—. ¿Y podrías hacer otra cosa por mí? Sé que tal vez no sea el mejor momento...

—No estoy demasiado ocupado, es un momento como otro cualquiera —contestó—. Tú dirás.

—Ven conmigo a una tienda de muebles.

Capítulo 15

Jazz estaba desconcertado, pero le pareció bien. Pensó que yo necesitaba su ayuda para algo, de modo que vino conmigo sin ni siquiera preguntar por qué no había pedido ayuda a papá o a Wyatt; no es que conociera el nombre de Wyatt, pero sabía que iba a casarme porque el anuncio de nuestro compromiso había salido en el periódico, por no mencionar que Tammy se lo habría contado. Me preguntó cuándo era la gran fecha y contesté que dentro de veintitrés días.

Quizá, susurró una vocecilla en mi oído, y noté que se me arrugaba el corazón con una mezcla de dolor y pánico.

Había puesto el móvil en modo silencioso para que no me distrajera el teléfono, pero mientras conducía lo saqué del bolso para ver si tenía alguna llamada. El mensaje en el pequeño visor decía que había tres llamadas perdidas. Desplazando la mirada del teléfono a la carretera —sí, sé que es peligroso, bla, bla, bla— accedí al registro de las llamadas entrantes: había llamado mamá, la madre de Wyatt y Wyatt.

Me dio un brinco el corazón, literalmente. Wyatt había llamado. No sabía si eso era bueno o malo.

No devolví ninguna de las llamadas en ese momento porque tenía que concentrarme en Jazz. Además, me sentí contenta de tenerle a él para concentrarme, porque no estaba preparada aún para pensar en el gran problema. Aun así, me mantenía al tanto de los coches blancos:

ningún Chevrolet de ese color me había seguido de camino a casa de Jazz, pero eso no significaba que pudiera relajarme.

Cuando me metí en el aparcamiento de un restaurador de muebles, Jazz explotó y la tomó conmigo, por decirlo de alguna manera.

—¡No! ¡En absoluto! No voy a gastarme ni un centavo más en comprar algo que Sally no va a apreciar. Tal y como ella ha comentado tan amablemente, en lo que a decoración se refiere, yo no distinguiría un agujero en el suelo de mi propio culo...

—Cálmate, no quiero que compres nada. —Mi voz sonó un poco brusca también, porque, a esas alturas, Sally y él casi estaban dejando de darme pena ¿vale? Me resultó raro, quiero decir, consideraba a Jazz y a Sally de verdad un tío y una tía para mí, o sea, que usar mi voz de adulta con él era una novedad. Él también me miró sorprendido, como si todavía me viera como una niña en su cabeza.

—Lo siento —dijo entre dientes—, sólo he pensado que...

—Y ella tenía razón en una cosa: no tienes ni idea de decoración. Sólo echar una mirada a tu despacho ha servido para darme cuenta. Y por eso voy a mantener una larga conversación con Monica Stevens.

Pensó en ello un segundo, y luego me miró esperanzado.

—¿Crees que recuperará los muebles de Sally?

Di un resoplido.

—Sácatelo de la cabeza. Eran reliquias. Quienquiera que comprara esas mercancías a Monica no va renunciar ahora a su botín así por las buenas.

Suspiró y su expresión se volvió otra vez depresiva. Miró el local del restaurador, que de verdad tenía un aspecto un tanto asqueroso, con piezas desechadas apiladas sin orden ni concierto alrededor del establecimiento. Un cabezal de hierro oxidado estaba apoyado en la pared, a un lado de la puerta de entrada.

—¿Has encontrado aquí algo parecido a alguna cosa que tuviéramos?

—No estamos aquí por ese motivo. Vamos.

Me siguió obedientemente. Yo empezaba a descifrar su forma de comportarse. Obstinado por naturaleza, había dejado clara su postura y no tenía intención de ceder ni un ápice. De cualquier modo, como también amaba a Sally a muerte, quería con desesperación que alguien hiciera algo, cualquier cosa, que le obligara a él a cambiar de postura —y así sentir que no le quedaba otra opción— o bien que convenciera a Sally.

A mí no me importaba quién diera el primer paso, yo tenía una fecha límite, y estaba desesperada.

Entramos en aquel local cutre, que por dentro estaba tan repleto de cosas amontonadas como en el exterior. Sonó un timbre encima de la puerta que avisó al señor Potts, el propietario, de que alguien había llegado. Una cabeza se asomó desde el cuarto trasero, donde él realizaba su trabajo.

—¡Estoy aquí atrás! Oh, buenos días, señorita Mallory. —Vino hacia nosotros limpiándose las manos con un trapo. Como había comprado aquí mi escritorio y había hablado con el un buen rato, se acordaba de mi nombre. Una mirada de cierto desconcierto apareció en su rostro—. La veo diferente.

—El pelo —contesté de manera sucinta, moviendo la cabeza y meneando mi peinado. Un hombre al que sólo había visto una vez se había fijado en mi peinado, bueno, más o menos, y Wyatt, no. Volví a notar la opresión en mi corazón. Aparté aquellos pensamientos y me concentré en el problema que teníamos entre manos: presenté a Jazz y al señor Potts—. ¿Podríamos ver en qué está trabajando?

Le había hecho un resumen de la situación, así que contaba con su colaboración.

—¡Por supuesto! Estoy trabajando en este fantástico armario viejo de dos puertas. Pero vaya trabajo, permítanme decirlo. Ya llevo unas sesenta horas sólo para quitar la pintura y el barniz. Nunca entenderé por qué a alguien se le ocurre pintar un mueble así. —Fue comentando esto mientras nos guiaba hacia la parte trasera, a su taller.

El taller estaba aún más atestado de cosas, pero tenía buena luz gracias a las grandes ventanas ubicadas a lo largo de cada pared.

Todas estaban abiertas por motivos de ventilación, y además había un gran extractor de pared en marcha. El olor era de todos modos penetrante. El suelo estaba cubierto de una resistente lona impermeabilizada; por sí sola era una colección de manchas y salpicaduras de pintura al estilo Leroy Neiman. En medio de la lona se encontraba el mueble en cuestión: un enorme armario de caoba de dos puertas, de más de dos metros de altura, con intrincadas volutas en las puertas y en torno a la estructura.

Jazz pestañeó al mirarlo.

—¿Cuántas horas dice que ha dedicado ya a esto?

—Unas sesenta. Esta cosa es una obra de arte. —El señor Potts pasó su áspera mano por la madera con gran dulzura—. Miren el diseño de volutas; complica aún más la restauración, porque tienes que quitar el barniz y la pintura de estas hendiduras, pero es el precio que hay que pagar por algo así. La gente ya no hace trabajos de este tipo.

—¿Cuánto le llevará acabarlo?

—No sabría decirlo. Otras dos semanas, tal vez. Retirar toda esta porquería sin dañar la madera es la parte complicada.

Jazz rodeó el armario haciendo más preguntas, luego pasó a otros muebles del taller, la mayoría de ellos en distintas fases de restauración. Lo que él sabía de antigüedades, restauración y muebles en general era nada, aparte de que las sillas se usan para sentarse, las camas para dormir y cosas por el estilo, así que el señor Potts se dio el gusto y no escatimó detalles. Cuando Jazz se enteró de que el armario tenía doscientos setenta y nueve años, se volvió con una mirada de asombro.

—Esta cosa ya corría por aquí cuando nació George Washington.

Tomo nota de muchas cosas en mi vida, pero el año de nacimiento de George Washington no es una de ellas. Sin embargo, el señor Potts no pestañeó.

—Por supuesto que sí. ¿Conocen a la familia Ever?

Tanto Jazz como yo negamos con la cabeza.

—Pasó de generación en generación. Emily Tylo lo heredó de su abuela… —A contiuación explicó cómo había acabado el armario en la actual casa de Emily Tylo, fuera quien fuera esa señora.

Por fin Jazz llegó a lo que más le interesaba.

—¿Cuánto vale?

El señor Potts sacudió la cabeza.

—No lo sé, porque no está a la venta. No sé qué valor tendrá para un coleccionista de antigüedades, pero Emily Tylo lo valora muchísimo porque pertenecía a su abuela. Si yo tuviera que venderlo, no aceptaría menos de cinco mil por él, sólo por las horas de trabajo que he metido.

Pude ver el número formándose en la cabeza de Jazz. ¡Cinco mil! Nada atrae tanto la atención de un hombre de negocios como una larga sucesión de ceros. Misión cumplida. La parte difícil ahora iba a ser alejarle del señor Potts, que estaba disfrutando de la ocasión de tener un público tan interesado. Al final me limité a coger a Jazz del brazo y empecé a tirar de él hacia la puerta.

—Gracias, señor Potts, ya le hemos interrumpido bastante. —Me despedí dirigiéndome a él por encima del hombro.

Hizo un ademán con la mano y continuó con su trabajo frotando el armario de caoba.

Jazz no era tonto, sabía exactamente por qué le había llevado a ver al señor Potts. Cuando nos metimos en el coche, dijo:

—Eso me ha hecho abrir los ojos por completo.

Yo no dije nada, sobre todo porque él solito lo estaba haciendo muy bien, deduciendo las cosas.

—No tenía ni idea de cuánto trabajo supone la restauración —murmuró—. Sally siempre estaba trabajando en algo en el sótano, de modo que nunca presté mucha atención. Sea como fuere, a mí no me parecía que hiciera tanto trabajo.

—Eso es porque no trabajaba en el mueble cuando tú estabas en casa. Siempre ha dicho que prefería pasar el tiempo contigo. —La sal cura las heridas. Impide que se pudran.

Se estremeció y pasó varios minutos mirando por la ventana. Casi habíamos llegado a su oficina cuando volvió a hablar.

—Ella amaba de verdad todos esos viejos muebles, ¿no es cierto?

—Pues sí. Había pasado meses buscando la pieza perfecta.

Movió un poco la boca, luego la cerró con firmeza. Tras tragar saliva un par de veces, dijo con agresividad.

—Y supongo que piensas que debería pedirle disculpas.

—No.

Sorprendido, me miró.

—¿Ah no?

—Antes sí lo pensaba. Ahora no lo sé. Lo que ahora pienso es que ella debería ser la primera en pedirte disculpas. Luego tú deberías hacerlo.

Vale, yo misma estaba sorprendida, pero era verdad. Jazz había cometido un error al no prestar más atención a su esposa y había cometido un error por ignorancia, pero no había intentado hacerle daño de forma intencionada. Sally había intentado deliberadamente embestirle con el coche. Wyatt tenía razón: eran dos errores diferentes. Herir los sentimientos de alguien no es lo mismo que el daño corporal.

Por otro lado, yo prefería hacer frente a una conmoción cerebral que a esto que sentía en esos momentos, como si la parte inferior de mi mundo se hubiera desprendido y estuviera descendiendo en caída libre. Entendía muy bien el significado de la palabra desconsuelo. No iba a morir de depresión si rompía con Wyatt, no descuidaría mi negocio, ni me metería a monja. Reservo el dramatismo para asuntos menos importantes, como salirme con la mía, aunque, vale, eso es bastante importante para mí, pero no es cuestión de vida o muerte. Pero sin Wyatt no sería igual de feliz, y tal vez no volviera a ser feliz en mucho tiempo.

No podía hacer nada al respecto en ese instante, pero podía hacer algo para que la situación entre Sally y Jazz avanzara.

Aparqué delante de su edificio y permanecimos sentados mirándolo.

—Un poco de diseño en el jardín iría bien —dije al final.

Me miró con expresión perpleja.

—El edificio —apunté para ayudarle—. Parece una cajita fea ahí puesta. Necesitas que te diseñen un jardín. Y, por el amor de Dios, deshazte de ese sofá.

Por hoy ya había hecho bastante, y casi había pasado la mañana. No obstante hice la prueba e intenté encontrar a Monica Stevens, de modo que paré en Sticks and Stones.

Como he mencionado, le va el vidrio y el acero, son la marca de la casa, y era una decoradora popular. A mí no me convence, pero tampoco tiene por qué hacerlo. Sticks and Stones, por supuesto, estaba decorado a su estilo. Entré e hice una pausa, para darme tiempo y dejar de temblar antes de ponerme a hablar con alguien.

Una mujer delgada como un palillo, muy *chic*, de unos cuarenta y pico, se acercó majestuosamente.

—¿Puedo ayudarla?

Le dediqué la sonrisa genuina de animadora, amplia y blanca.

—Hola, soy Blair Mallory, dueña de Great Bods. Me gustaría hablar con la señorita Stevens, si se encuentra aquí.

—Lo siento, pero ha salido para atender un compromiso. ¿Quiere que le diga que la llame?

—Por favor. —Le di una de mis tarjetas profesionales y me fui. No podía hacer nada más hasta que hablara con la propia Monica, y puesto que no estaba, ahora tenía tiempo para almorzar, así como para devolver llamadas.

Primero fui a comer algo, siguiendo el razonamiento de que si hablaba con Wyatt antes de comer podría perder el apetito. Si iba a ser infeliz, entonces mejor mantener las fuerzas.

Cuando volví al coche, permanecí sentada en el aparcamiento y —sí, estaba dejando las cosas para más tarde— devolví primero la llamada a mamá. Luego a Roberta. Mamá me informó de que finalmente había dado con una pastelera y estaba negociando con ella un encargo de emergencia. Roberta me informó de que estaba controlado el tema de las flores, pues tenía una florista amiga que iba a hacer los preparativos en su tiempo libre, y yo sólo debía ponerme de acuerdo con ella respecto a mi ramo.

Estaba a punto de echarme a llorar cuando acabé de hablar con ellas, porque no sabía si la boda iba a celebrarse o no, pero tenía que fingir que todo marchaba a las mil maravillas. No podía permitirme llorar porque no quería empezar a moquear, pues cuando hablara luego con Wyatt parecería que hubiera estado llorando y, por supuesto, eso era lo que había hecho, pero... no importa. Es complicado.

Confié en que no contestara. Confié en que se encontrara en una reunión con el jefe de policía Gray, o con el alcalde, y que tuviera el móvil apagado, aunque yo sabía que nunca lo apagaba, sólo lo ponía en función vibradora. De modo que entonces confié en que se le hubiera caído el teléfono por el váter. Era obvio que me estaba costando dejar de dar vueltas a lo de anoche.

Pero le telefoneé. Cuando ya llevaba tres timbrazos, aumentaron mis esperanzas de que no contestara. Entonces respondió:

—Blair.

Yo tenía medio preparado lo que iba a decir, pero cuando oí su voz me olvidé de todos los preparativos. O sea, que dije algo totalmente genial:

—Wyatt.

Contestó con sequedad.

—Ahora que ya hemos dejado claras nuestras identidades, tenemos que hablar.

—No quiero hablar. No estoy preparada para hablar, todavía estoy pensando.

—Estaré en tu casa cuando salgas del trabajo. —Concluyó la llamada del mismo modo abrupto con el que la había iniciado.

—¡Burro! —aullé; de pronto la furia me hizo temblar y arrojé el teléfono al suelo del coche, algo que por supuesto no sirvió de nada porque luego tuve que buscarlo. Por suerte soy ágil, y el coche es pequeño.

Todavía no quería hablar con él. Los cuatro puntos que me quedaban por considerar eran tan importantes que aún no podía afrontarlos. Lo que más me asustaba era que Wyatt me convenciera para olvidar esta pelea y seguir adelante, pero estaba claro que más adelante estas cuestiones importantes volverían a importunarnos. Wyatt podía convencerme, porque yo le quería. Y él quería convencerme porque también me quería.

Eso era lo que me preocupaba. Por primera vez desde que sabía que Wyatt me quería —ya hacía tiempo que yo sabía que quería a ese pedazo de burro— tenía serias dudas de que consiguiéramos que el matrimonio funcionara.

El amor por sí solo no es suficiente, nunca es suficiente. Tiene que haber otras cosas, como gustarse y respetarse, o el amor se desgasta con la realidad de la vida cotidiana. Quería a Wyatt, le adoraba, pese a las cosas que me ponen furiosa, como esa necesidad agresiva de ganar que le había hecho tan buen jugador de fútbol americano y se extendía a todas las facetas de su carácter. Wyatt era una persona lo bastante fuerte como para que yo no tuviera que poner freno a mi propia tendencia alfa: él aguantaba toda la caña que yo le diera.

Pero una de las cuestiones que aún no había abordado, de repente se me hizo muy evidente: tal vez Wyatt no estaba dispuesto a aceptar tanta caña.

Hace dos años, había decidido pasar de todo después de sólo tres citas, porque había llegado a la conclusión de que yo requería muchas atenciones, es decir, que yo no merecía tantas molestias. Pero cuando asesinaron a Nicole Goodwin en mi aparcamiento, hacía dos meses y pensó, por un momento, que yo era la víctima, se vio obligado a admitir que lo que había habido entre nosotros era demasiado especial, algo que no iba a repetirse así como así. De modo que había vuelto y me había convencido de cuánto me quería, y desde entonces no nos habíamos separado, pero —y aquí tenemos un gran «pero», tamaño hotentote— no había que olvidar que durante dos años había estado perfectamente satisfecho sin mí. Eso siempre me había irritado, como un sarpullido, y ahora entendía por qué.

Yo no había cambiado. Exigía la misma atención que siempre.

Él tampoco había cambiado. Habíamos transigido en algunas cosas, nos habíamos adaptado en cierta manera, pero en esencia seguíamos siendo las mismas personas de hace dos años, cuando no le merecía la pena el trastorno que yo suponía en su vida. Este último par de meses, mientras peleábamos por encontrar nuestro sitio en la relación, tal vez lo que para mí había sido una diversión deliciosa, para él hubiera resultado algo duro de soportar.

Era evidente que había muchas cosas en mí que o bien desconocía o bien no le gustaban. Y afrontar esa idea me estaba rompiendo el corazón.

Capítulo 16

—La empresa de seguridad ha llamado para venir a hacer la instalación —dijo Lynn cuando llegué a Great Bods y me pasó la lista de llamadas—. He redactado un anuncio de oferta de trabajo de «ayudante del ayudante de dirección,» ya que he pensado que, con la boda tan cerca, estarías demasiado ajetreada como para ocuparte de eso. Lo tienes encima del escritorio.

—Gracias —dije—. ¿Ha habido alguna queja hoy?

—No, todo va bien. Y tú ¿qué tal? —Puso cara de arpía al mirarme—. ¿Te ha seguido hoy alguien?

—No he visto a nadie. —Lo cual, pensándolo bien, era bastante fastidioso. Después de dos días seguidos vigilada, acabas pensando que quienquiera que fuera al volante del puñetero Malibu blanco haría aparición de nuevo, sobre todo el día después de haber mantenido una fuerte discusión con Wyatt sobre si me seguían de verdad o no, ¿vale? Eso me hubiera permitido mandar a Lynn a verificar la presencia del vehículo, conseguir la matrícula y cosas por el estilo. Pero no, los majaretas complacientes no existen.

Cuando Lynn se marchó, me obligué a concentrarme en el trabajo. Estar enfadada con Wyatt ayudaba y me centré en esa sensación en vez de la de desconsuelo, porque la rabia resulta mucho más productiva. La gente enfadada consigue hacer cosas. La gente desconsolada se limita a quedarse sentada con el corazón roto, lo cual supongo que está bien si tu intención es dar pena alguien.

Yo prefiero estar enfadada. Me puse las pilas y pasé el resto del día liquidando tareas y asuntos pendientes. Sin motivo aparente, la clientela escaseó esa tarde y noche, y eso me dio tiempo a ponerme al día con mis cosas, aparte de permitirme también darme algún respiro.

Por primera vez desde que casi acaban conmigo en el aparcamiento, hice una tanda de ejercicios: nada brusco, nada de gimnasia ni cinta de correr, porque quería olvidarme de aquel dolor de cabeza infernal. Hice unos ejercicios intensivos de yoga, para sudar un poco, luego levanté unas pesas ligeras y también nadé un rato, aunque era como si me asustara la idea de que se me pasara el mal genio. No había por qué preocuparse, mi enfado seguía en buen estado cuando acabé.

Esta noche no tenía prisa por cerrar e ir a casa. No es que me demorara a posta, ya me entendéis, simplemente no me daba prisa. Si había que hacer algo, lo hacía, y me sentía orgullosa de ser tan diligente.

Nunca antes me había inquietado salir sola del gimnasio por la noche, pero en ese momento abrí la puerta y, antes de salir al exterior, miré a mi alrededor para asegurarme de que nadie acechaba por allí. Gracias, acosadora majareta, por hacerme tener miedo en mi propio negocio. El «miedo» no es un estado natural en mí, y no se me da bien. Me cabrea.

Mi coche era el único bajo la cubierta del aparcamiento, igual que tantos miles de noches antes —esto lo digo a ojo; encuentro preocupante que la gente se quede sentada contando cosas como cuántas noches ha trabajado—, pero esta noche estaba alterada y profundamente agradecida de que esas luces brillantes iluminaran cada centímetro del aparcamiento. Una vez que cerré con llave la puerta, me dirigí a toda prisa al coche y cerré las puertas del vehículo en cuanto entré. La puertas se cierran de forma automática al poner en marcha el coche, pero eso deja, no sé, tal vez cinco segundos en los que eres vulnerable, ahí sentada. Pueden suceder muchas cosas en cinco segundos, sobre todo cuando tratas con chiflados. Como grupo, son muy rápidos. Supongo que eso es porque la conciencia no es un lastre para ellos.

Tampoco seguí mi ruta habitual para llegar a casa. En vez de girar a la derecha al salir del aparcamiento para ir a parar a la calle principal donde se ubica el gimnasio, giré a la izquierda y seguí una ruta más intrincada por la zona residencial, donde al instante detectaría cualquier coche que viniera tras de mí, y luego seguí un camino largo para regresar a mi hogar. Nada. Nadie venía detrás, al menos no en un Chevrolet blanco.

Cuando llegué a mi vecindario, Beacon Hills Condominiums, sí advertí unos pocos coches blancos aparcados delante de varios edificios, pero como Wyatt había recalcado, los coches blancos no eran inusuales y, sí, esos coches blancos probablemente siempre habían estado ahí aparcados a estas horas de la noche porque nadie más les prestaba atención. Hay una señora en la vivienda contigua a la mía que se lo toma con filosofía cada vez que alguien aparca en el espacio que a ella le corresponde: le desinfla los neumáticos. En uno de los otros edificios, un vecino aparca su camioneta detrás del vehículo que ha invadido su propiedad para que no pueda marcharse sin antes hablar con él. Como puedes ver, el aparcamiento urbano se parece a la guerra de guerrillas. No aprecié ninguna guerra en marcha en aquel momento, de modo que era evidente que esta noche no había ningún intruso en la zona.

El gran Avalanche de Wyatt estaba aparcado delante de mi casa. Vivo en el tercer edificio, en la primera unidad del extremo. Las casas adosadas situadas en los extremos tienen más ventanas y espacio adicional para aparcar bajo pórticos cubiertos, de modo que son más caras. En mi opinión, el coste adicional merecía la pena. Tener una casa adosada así significaba también tener vecinos sólo en un lado, algo que podía ser una bendición teniendo en cuenta que podíamos tener una pelea que quizá acabara a gritos.

Subí la escalera y entré por la puerta lateral. Llegaba el sonido de la tele desde la sala de estar. Wyatt no había vuelto a poner la alarma, pues sabía que yo iba a venir a casa, y aunque cerré la puerta con llave no volví a conectarla tampoco... porque él iba a marcharse. Yo sabía de buena tinta que él no había venido hoy aquí con intención de pasar la noche. Diría lo que tenía que decir y luego se marcharía. Tampoco yo iba a intentar detenerle, esta noche no.

Dejé en el suelo la bolsa con mis ropas sudadas del gimnasio, delante de la lavadora, luego crucé la cocina para entrar en el comedor. Desde allí podía ver el salón, donde él estaba despatarrado, en el sofá, viendo un partido de béisbol. Su postura era relajada y desahogada, con sus largas piernas estiradas, y los brazos extendidos a cada lado, a lo largo del respaldo del sofá. Solía hacer eso: tomar el control de un mueble, de una habitación, del lugar de los hechos, con su presencia física y con su seguridad. En otro momento, yo hubiera entrado en el salón y me hubiera acurrucado junto a él, hubiera disfrutado del contacto de sus brazos al abrazarme y estrecharme, pero me quedé donde estaba, clavada en el suelo.

Por algún motivo no podía entrar en mi propio salón y sentarme en cualquiera de mis muebles, en este momento, no; no si él estaba ahí. Dejé el bolso en la mesa del comedor y me quedé de pie, observándole a una distancia segura.

Él me oyó entrar, por supuesto; lo más probable es que hubiera advertido las luces de mi coche reflejadas en las ventanas al llegar. Bajó el volumen de la tele y luego tiró el mando a distancia sobre la mesita de centro antes de volverse a mirar.

—¿No vienes a sentarte?

Negué con la cabeza.

—No.

Entrecerró los ojos; aquello no le hacía gracia. La atracción sexual entre nosotros ya se notaba en toda la habitación, pese a nuestra actual... ¿era «indiferencia» una palabra demasiado fuerte? Wyatt no había tenido miramientos al aprovecharse de nuestra atracción sexual cuando intentaba conquistarme; había recurrido a todas sus armas para derribar mis defensas. El tacto es algo poderoso, y él estaba acostumbrado a tocarme —y a que yo le tocara, los dos lo hacíamos— cada vez que quisiera y como le viniera en gana.

Se levantó y sus poderosos hombros parecieron ocultar casi el resto de la habitación. Había ido a su casa y se había cambiado; llevaba puestos unos vaqueros y una camisa verde con botones en el cuello, con las mangas enrolladas sobre los antebrazos.

—Lo siento —dijo.

Se me encogió el estómago mientras esperaba a que acabara la frase y dijera «No puedo seguir con esto, no puedo casarme contigo». Mentalmente me tambaleé y estiré el brazo para apoyar la mano en la mesa, por si acaso mi cuerpo imitaba a mi mente.

Pero no dijo nada más, sólo esas dos palabras. Oí el tic tac de los pocos segundos que transcurrieron antes de que me percatara de que se estaba disculpando.

Aquello no estaba bien y fue como una bofetada en la cara. Retrocedí:

—¡No se te ocurra disculparte! —estallé—. No si piensas que tienes razón y lo dices sólo para... apaciguarme.

Alzó las cejas con gesto de incredulidad.

—Blair, ¿alguna vez te he apaciguado?

Aquella pregunta me dejó parada, y tuve que admitir:

—Bien... nunca. —Me sentí mejor al caer en la cuenta de eso, excepto por esa pequeña diva adolescente que forma parte de mí, que querría que la apaciguaran de vez en cuando—. Entonces, ¿por qué te disculpas?

—Por herirte de esa forma.

Maldito, maldito, ¡maldito! Me aparté para no permitir que viera las lágrimas repentinas que escocían en mis ojos. Desde el principio, Wyatt había tenido una habilidad asombrosa para sortear mis defensas con la simple verdad. No quería que supiera que me había lastimado; prefería que pensara que estaba furiosa.

No me estaba diciendo que comprendía que se había equivocado al decir todas aquellas cosas anoche, sólo decía que lamentaba haberme hecho daño. Desde luego, no había dicho esas cosas para hacerme daño, no pretendía ser malicioso de forma intencionada. Wyatt no era un hombre rencoroso: decía lo que decía porque creía que era cierto. Y sí, eso era lo que hacía tanto daño.

Para dominar las lágrimas pensé a posta en algo asqueroso, como la gente que va de compras descalza. Eso funciona a las mil maravillas. Intentadlo alguna vez. Se me fueron totalmente las ganas de llorar y fui capaz de volverme hacia él con mis emociones controladas.

—Gracias por la disculpa entonces, pero no hacía falta —dije escogiendo las palabras con cuidado.

Él me estaba observando con atención, estaba concentrado en mí igual que solía concentrarse en el jugador con la pelota en juego.

—Deja de evitarme. Tenemos que hablar de esto.

Yo negué con la cabeza.

—No, no tenemos que hablar. Todavía no. Lo único que estoy pidiéndote es que lo dejes correr un poco, que me dejes pensar.

—¿En esto? —preguntó, inclinándose para coger una libreta abierta sobre el sofá donde había estado sentado. Reconocí la libreta que había usado yo anoche, con la lista de cosas que él había dicho; y estaba segura de haberla dejado encima de la mesilla del dormitorio.

Me quedé horrorizada.

—¿Has estado husmeando arriba? —le acusé—. ¡Esa lista es mía, no tuya! ¡La tuya está encima del mostrador! —Señalé la lista de sus transgresiones, que nadie había tocado, pues seguía tirada sin que nadie le hiciera caso. No me gustaba que supiera que anoche me había quedado obsesionada con las acusaciones que él había hecho, aunque probablemente no necesitara ver esa lista para imaginar que yo no había dormido demasiado.

—Me estás evitando —indicó con calma, sin incomodarse lo más mínimo—. De algún modo tengo que conseguir información. Y puesto que mi manera de afrontar las situaciones complicadas no consiste en huir de ellas...

La acusación era obvia. Le respondí.

—No estoy huyendo de esta situación. He intentado aclararlo todo en mi cabeza. Si quisiera eludirla, no pensaría para nada en ella. —Eso era verdad, y él lo sabía, pues yo tengo grandes dotes para eludir cosas. Lo que no dije fue que él tenía razón, que había mucho que aún no era capaz de afrontar, porque podría significar el final para Nosotros, con mayúsculas, para nosotros como pareja.

—Pero me estás evitando.

—Tengo que hacerlo. —Encontré su mirada—. No puedo pensar si estás cerca. Te conozco, sé cómo somos. Sería demasiado fácil acabar en la cama, pasar por alto esto y no resolver nada.

—¿No puedes pensar cuando estás en el trabajo?

—Estoy ocupada cuando estoy en el trabajo. ¿Tú te pasas todo el tiempo pensando en mí cuando estás en el trabajo?

—Más de lo que debiera —dijo con expresión grave.

Que admitiera eso hizo me hizo sentir un poco mejor, pero sólo un poco.

—Hay demasiadas interrupciones en el trabajo. Necesito algún rato tranquilo, algún tiempo sola, para aclarar las cosas en mi cabeza y saber dónde me encuentro. Entonces podremos hablar.

—¿No te parece que esto es algo que debemos aclarar juntos?

—Cuando sepa con exactitud el qué... sí.

Frustrado, se pasó la mano por la cara.

—¿A qué te refieres...? Aquí lo pone con exactitud —dijo sosteniendo la libreta como si fuera la prueba «a» exhibida en un juicio.

Me encogí de hombros, incapaz de entrar en un desglose punto por punto, aunque probablemente era justo lo que él quería.

—Es obvio que anoche pensaste en estas cosas o no habrías escrito esta lista.

—En algunas. Bueno, las tres más obvias.

—Y has tenido toda la mañana para pensar en las otras cuatro.

Pero, bueno, ¿era yo sospechosa de un asesinato triple o qué? En cualquier minuto me enfocaría la cara con una luz.

—Da la casualidad de que he estado ocupada esta mañana. He estado con Jazz.

Su expresión cambió, se ablandó un poco. Estar con Jazz significaba que yo seguía dedicándome a nuestros planes de boda.

—¿Y?

—Y mañana por la mañana seguiré ocupada, también. Buscando

la tela para mi traje de novia y, si es posible, haciendo una visita a Monica Stevens.

—No me refiero a eso.

—Es todo lo que estoy dispuesta a contarte.

Todo este rato habíamos estado mirándonos como dos soldados enemigos: él en el salón, mientras yo seguía de pie en el comedor, separados por cuatro metros, tal vez cinco. No era distancia suficiente, porque yo podía notar el tirón de la química entre nosotros, aún veía la pasión en sus ojos, y eso significaba que estaba pensando en lanzarse a por mis huesos. Y mis huesos estaban encantados con la idea de recibir su ataque, pues, pese a todo este asunto inacabado entre nosotros, le quería.

La tentación de echarme en sus brazos y olvidar todo esto era fuerte. Me conozco a mí misma, y como conozco mi debilidad auténtica y patética en lo referente a él, aparté los ojos para romper el contacto visual. La luz roja parpadeante en la base del teléfono llamó mi atención, y fui de forma automática a apretar el botón para oír el mensaje.

Sé que estás sola.

El susurro no era casi audible, pero restregó con aspereza mis terminaciones nerviosas, me puso los pelos de punta. Retrocedí de un brinco como si el contestador fuera una culebra.

—¿Qué pasa? —preguntó él con brusquedad, de repente a mi lado, abrazándome con firmeza. Desde donde se encontraba, no había sido capaz de oír el mensaje.

Mi primer impulso fue no decírselo, no después de haberme acusado de llamarle por cada cosa insignificante que se me cruzaba por la cabeza. El orgullo herido puede llevar a la gente a hacer cosas estúpidas. De todos modos, cuando estoy asustada, el orgullo herido puede irse al cuerno, y este asunto de que fueran siguiéndome por ahí me tenía espantada.

Me limité a señalar el contestador.

Dio al botón de reproducir mensajes y el susurro regresó solícitamente.

—*Sé que estás sola.*

La expresión de Wyatt era dura e indescifrable. Sin mediar palabra, volvió al salón, cogió el mando a distancia y apagó el televisor. Luego regresó y reprodujo el mensaje una vez más.

—*Sé que estás sola.*

El visor daba la fecha y la hora del mensaje, así como el nombre y el número de teléfono de quien llamaba. El mensaje lo había dejado ese teléfono de Denver, a las 12:04 de la medianoche, fecha de hoy.

Wyatt accedió de inmediato al identificador de llamadas. Cuando la misma persona llama más de una vez, no muestra cada llamada independientemente de la anterior, sólo el número total de llamadas desde ese número. La chiflada de Denver me había llamado cuarenta y siete veces, la última a las 3:27 de la madrugada.

—¿Cuánto hace que está pasando esto? —me preguntó, circunspecto, mientras buscaba el móvil enganchado a su cinturón.

—Ya sabes cuánto hace. Tú mismo contestaste la segunda llamada, el viernes pasado por la noche después de volver del hospital, mientras cenábamos pizza.

Hizo un gesto afirmativo al tiempo que marcaba un número en el móvil con el pulgar.

—Foster, aquí Bloodsworth —dijo por el teléfono, aún sujetándome pegada a él, rodeándome con el brazo libre—. Tenemos un asunto aquí. Alguien ha estado llamando a Blair, cuarenta y siete veces desde el viernes pasado... —Se detuvo y me miró—. ¿Has borrado el registro de llamadas en algún momento desde que has vuelto del hospital?

Negué con la cabeza. Borrar la identificación de las llamadas no era algo prioritario en mi lista de tareas.

—Vale. Cuarenta y siete veces. Anoche, la persona que llamó dejó un mensaje que me hace pensar que la residencia de Blair está vigilada.

—¿Vigilada? —chillé totalmente turbada sólo de pensarlo—. ¡Hostias!

Wyatt me dio un pequeño apretón, bien para consolarme o para decirme que bajara el tono, como prefiráis. Yo me quedo con lo del consuelo.

—El registro de llamadas muestra un número y Denver, Colorado, lo cual me lleva a creer que se trata de un número de tarjeta de pago —continuó—. ¿Cómo lo tenemos para rastrear esos números? Eso pensaba yo. Mierda. Vale. —Escuchó un momento, luego miró mi teléfono contestador—. Es digital. Vale. Te lo traeré.

Cerró el móvil y volvió a engancharselo en el cinturón, luego desconectó el teléfono tanto de la clavija de la línea telefónica como de la toma de corriente, y enrolló los cables alrededor de la unidad para mantener el auricular inalámbrico sujeto en su sitio.

—¿Te llevas detenido mi teléfono? —quise saber.

—Sí, puñetas, ojalá hubieras dicho algo antes.

Bien, eso era el colmo.

—¡Perdona, pero ahora te vas a enterar! —chillé con indignación—. Creo que te llamé la primera vez que esa mujer abrió la boca. ¿Recuerdas el susurro del sábado, «*Qué lástima, no acerté*»? Dijiste algo sobre llamadas de bromistas. Y en cuanto a las demás veces, creo que todas las llamadas fueron anoche, porque no había visto nada en el visor y desde luego no habían dejado ningún mensaje antes de éste. Después de la cuarta llamada anoche, desconecté el sonido de todos los teléfonos.

Se dio media vuelta para lanzarme una mirada desafiante.

—¿Estás diciendo que es la misma voz que la otra vez?

—Sí, eso mismo —contesté en tono beligerante—. Sí, sé que es un susurro, y la vez anterior también susurró. No, no puedo estar segura al cien por cien, pero estoy segura al noventa y nueve por cien de que se trata de la misma voz, ¡y creo que es una mujer! ¡Ya está dicho!

Madura y razonable, así soy yo.

—Y no sólo eso —continué, pues ya estaba embalada—, ¡una mujer me ha estado siguiendo! ¡A ver si te enteras, teniente! Fue una mujer quien intentó aplastarme en el aparcamiento del centro comercial, y una mujer la que me ha estado acosando por teléfono. ¡Vaya!

¿Hay muchas probabilidades de que tres mujeres diferentes decidan de repente ir todas ellas por mí? No muchas ¿verdad? Santo cielo, ¿no crees que podría ser la misma condenada mujer?

Alguien podría añadir, con toda la razón, «sarcástica» a mi lista de características.

—Podría serlo, sí —dijo Wyatt con gravedad—. ¿A quién has cabreado esta vez?

Capítulo 17

—¿Aparte de ti? —pregunté con dulzura.

—Por si no te has fijado últimamente, no soy una mujer. —Lo demostró, atrayéndome hacia él con su brazo libre, sosteniendo todavía el teléfono en la otra mano. Yo esperaba que me besara y estaba preparada para responder con un mordisco, algo que no había hecho desde la primera vez que mamá me llevó al dentista, a menos que quieras contar la vez en que mordí a… no importa. Mi rostro debió de delatar parte de mis intenciones porque Wyatt se rió y me atrajo hacia sí sin reservas, haciéndome notar su erección.

Me aparté y le observé fijamente, boquiabierta de indignación.

—¡No puedo creerlo! ¿Acabas de descubrir que alguien me acosa y se te pone dura? ¡Qué pervertido!

Encogió un hombro como respuesta.

—Son esas pequeñas rabietas que te cogen. Tus bufidos siempre me producen ese efecto.

—¡No me coge ninguna pequeña rabieta! —grité—. ¡Es un enfado en toda regla!

—Prefiero los bufidos a cuando me miras como si te hubiera abofeteado —añadió—. Ahora presta atención.

No estaba de humor para prestar atención. Me fui ofendida al salón y me senté en una de las sillas, para que no pudiera ponerse a mi lado.

Dejó el teléfono en la mesa de centro y se inclinó sobre mí, apoyándose en los brazos de la silla para dejarme inmovilizada. Su mirada era dura y centelleante.

—Blair, vas a escucharme. Con toda sinceridad, me disculpo encarecidamente. Eres muchas cosas, pero no precisamente una paranoica. Debería haber escuchado con atención y tendría que haber juntado las piezas.

Apreté los labios a la espera del comentario de que, si hubiera tenido todas las piezas, habría llegado antes a esa conclusión. No fue así; él no tiene necesidad de manifestar lo obvio como hago yo.

—Dicho esto —continuó—, es muy posible que esta chiflada haya estado vigilando tu casa. Si no, ¿cómo iba a saber que estabas sola anoche? Lo normal es que estemos juntos.

—No vi ningún coche desconocido al llegar a casa.

—¿Sabes qué coche conduce todo el mundo en este vecindario? Pensaba que no. Si ella hubiera hecho alguna amenaza no te habría dejado sola, pero anoche aún no había llegado a eso.

—¿No piensas que intentar atropellarme es una amenaza?

—Esa persona conducía un Buick beige, no un Chevrolet blanco. No estoy descartando que forme parte de la secuencia, pero es perfectamente posible que sea un accidente fortuito, y hasta que aparezca alguna prueba de que el conductor del Buick también es el conductor del Chevrolet, se tratará como tal. Esas llamadas intimidatorias son delitos menores, clase dos, y si consigo descubrir quién las hace, entonces podrás presentar cargos, pero hasta entonces...

—Lo que estás diciendo es que no parece lo bastante serio como para que la policía le preste demasiada atención.

—Estás recibiendo bastante atención por mi parte —dijo—. No me tomo esto a la ligera. Quiero que prepares la maleta y te vengas a casa conmigo. No hay por qué sufrir acoso y molestias de forma innecesaria.

—También podría cambiar el número de teléfono para que no figure en el listín —comenté.

—De cualquier modo vas a cambiar de domicilio cuando nos casemos. ¿Por qué no hacerlo ahora?

Porque no estaba segura de que fuéramos a casarnos. Su disculpa acerca de mi supuesta paranoia y la mujer que me seguía eran satisfactorias, pero no abordaban los puntos importantes de nuestra situación.

—Porque... —contesté. Eso bastó. Breve y al grano.

Wyatt se enderezó, parecía increíblemente molesto, teniendo en cuenta que la parte ofendida aquí era yo.

Me pareció por un minuto que iba a intentar insistir en el tema, pero en vez de eso decidió que era mejor no tener una discusión y cambió de tema.

—Voy a llevar tu teléfono a jefatura y dejaré que uno de nuestros neuróticos de la tecnología vea si puede hacer algo con esa grabación, tal vez aislar algunos sonidos de fondo o destacar la voz. No contestes al teléfono a menos que sea yo quien llame. De hecho, conecta el móvil, te llamaré ahí. Si tienes alguna visita, no contestes, en vez de eso, llama al nueve-uno-uno. ¿Entendido?

—Entendido.

—Es bastante probable que nadie esté apostado vigilando en momentos concretos, sólo que pase conduciendo para ver si tu coche o mi furgo están aquí, así que voy a llevarme tu coche y dejaré la furgo aparcada delante.

—¿Cómo iba a saber que estás relacionado conmigo si literalmente no está apostada vigilándome?

—Si sabe donde trabajas, entonces habrá visto mi furgo aparcada en Great Bods las noches que te toca a ti cerrar. Es un vehículo que se distingue fácilmente. Bien podría habernos seguido hasta aquí alguna noche.

Se me ocurrió algo y solté un jadeo.

—¡Es ella quien rayó el coche!

—Lo más probable es que sí. —La prontitud en darme su conformidad reveló que ya había pensado en eso.

—¡Eso es vandalismo! Confío en que al menos eso lo eleve a

delitos menores clase a. —Me contrariaba un poco lo de ser clase b, o como se llame.

—Delitos menores clase uno —corrigió—. Y, sí, lo eleva. En el caso de que esta persona provocara ese destrozo o mandara hacerlo.

—Sí, sí, lo sé —dije con impaciencia—. Inocente mientras no se demuestre lo contrario, y toda esa basura que me tiene hasta el culo.

Soltó una breve risa y se inclinó para coger el teléfono de la mesita de centro.

—Me impresiona tu sentido de la justicia. Y me encanta tu culo.

De hecho, eso ya lo sabía.

Intercambiamos las llaves, o más bien fue Wyatt quien lo hizo; yo sólo le di la copia de la llave de mi Mercedes, que no estaba en ningún llavero, mientras que él tuvo que sacar la llave del Avalanche de su arandela porque la copia de la llave de su vehículo la tenía en casa. En una ocasión le había comentado que dejar una copia en su casa no servía de mucho si un día perdía las llaves, a lo cual había contestado con aire de suficiencia que él no solía perder las llaves.

—Ya he cerrado la puerta de la entrada antes al llegar —dijo mientras salía por la puerta lateral al pórtico—. No olvides conectar la alarma.

—No me olvidaré.

—Ya es tarde, y no tengo ropa aquí para mañana, de modo que esta noche no volveré a no ser que oigas o veas algo, pero si sucede algo, llama al nueve-uno-uno antes de llamarme a mí. ¿Entendido?

—Wyatt.

—Llama al nueve-uno-uno por el fijo para que tengan tu dirección, y usa el móvil para llamarme a mí.

—¡Wyatt! —dije enfadándome más cada vez que abría la boca.

Hizo una pausa y se volvió.

—¿Sí?

—¡Hola, aquí la experta en teléfonos! Crecí con uno pegado a la oreja. Además, sé cómo funciona el nueve-uno-uno. Creo que podré apañármelas.

—¡Hola, aquí el policía! —contestó, copiando mi tono—. Digo a la gente lo que tiene que hacer, es mi trabajo.

—Oh, genial —dije entre dientes—. Te estás convirtiendo en mí.

Sonrió, me cogió por detrás de la nuca y me estrechó contra él para darme un beso rápido y ansioso. No tuve tiempo de morderle, fue muy rápido.

—A propósito, tres cosas —dijo.

—¿Qué?

—Una: no son sólo tus rabietas las que me ponen cachondo. Por ahora, casi todo en ti consigue el mismo efecto.

No miré su entrepierna, aunque me sentí tentada de hacerlo.

—Dos: aunque pensaba que no, me encanta el peinado. Te queda de muerte.

Me toqué el pelo de forma involuntaria. ¡Se había dado cuenta!

—Y tres...

Esperé, expectante y llena de ansia a mi pesar.

—Aún me debes una mamada.

Comprobé cada puerta y cada ventana, y me aseguré de que la alarma estuviera conectada. Corrí las cortinas sobre el doble ventanal del comedor que daba al patio cubierto. Mi pequeño patio tenía una verja de menos de dos metros, para dar un poco de privacidad, y una puerta de acceso que sólo podía abrirse desde dentro. Pero una barrera de apenas metro ochenta y cinco no es insuperable. La verja no era de seguridad, era una verja de privacidad, que no es lo mismo.

Si yo fuera a irrumpir en algún lugar, escogería la parte posterior para reducir las posibilidades de que alguien me viera. Con eso en mente, encendí la luz del patio y las lucecitas blancas que adornaban los árboles. Luego encendí la luz de encima de la puerta lateral, la del pórtico. Encendí también la luz del porche de entrada. Me sentía idiota iluminando el lugar como si fuera un árbol de Navidad, pero no quería que ninguna entrada a mi casa quedara sumida en la oscuridad.

Pese a lo cansada que estaba, me sentía demasiado inquieta como para dormir. Además, aún necesitaba pensar un poco en Wyatt, para dilucidar con exactitud qué cuestiones se habían abordado hoy y cuáles no, pero sin dejar de pensar en una tarada al volante de un Malibu. No sé si es posible considerar en profundidad algunas cuestiones y al mismo tiempo mantenerse hipervigilante. Imagino que no.

Me resigné a quedarme despierta sin la tele puesta ni los auriculares del iPod en los oídos —para poder oír ruidos inusuales— y a hacer cosas mundanas que no necesitaran mucha concentración. Saqué la ropa que iba a ponerme al día siguiente. También los zapatos nuevos del armario y me los probé una vez más; seguían tan preciosos como el jueves pasado, cuando los compré. Anduve con ellos puestos para asegurarme de que los encontraba cómodos, ya que tendría que llevarlos durante horas. Sí lo eran. Y hacían que me sintiera en el paraíso de los zapatos.

Eso me recordó que mis llamativas botas azules de Zappos deberían haber llegado; solían dejar los repartos en los escalones del pórtico, pero no había encontrado nada ahí. Supongo que si hubieran cambiado de repartidor, éste habría dejado la caja en el porche de entrada, pero en ese caso Wyatt la habría recogido y la habría metido en casa. Por lo tanto, no había llegado ningún paquete.

Todavía llevaba un bolso de verano, y ya era hora de pasar a un bolso otoñal más sustancial, de modo que bajé a coger mi bolso al piso de abajo, lo subí conmigo y vacié el contenido encima de mi cama. El recibo de Sticks and Stones que me había dado Jazz atrajo mi atención, por supuesto, y volví a repasarlo punto por punto. Una parte de mí estaba indignada con Monica Stevens, pero otra parte tenía que admirarla. Hay que tener coraje para inflar tanto los precios de las cosas.

Lo pasé todo a una bonita bolsa grande de cuero, y guarde el bolso de verano en el estante superior de mi armario. Luego examiné el visor de identificación de llamadas del teléfono inalámbrico del piso superior para ver si había novedades de Denver. Nada.

Al final no se me ocurrió ninguna otra cosa trivial con la que perder el tiempo, y como bostezaba de sueño, me metí en la cama y apagué la luz. En cuanto lo hice, por supuesto, dejé de sentirme somnolienta. Cada sonido que oía me provocaba escalofríos, incluso los conocidos.

Me levanté, volví a encender las luces y bajé a la cocina donde escogí el cuchillo más grande de cuantos poseía. Tranquilizada con aquel arma —eh, esto era mejor que nada— subí otra vez al dormitorio. Cinco minutos después, volvía a estar en la planta inferior rebuscando en el armario situado bajo la escalera, donde desenterré aquel gran paraguas negro que parecía salido de *Mary Poppins*. Normalmente llevo paraguas más pequeños, más vistosos, pero tengo uno negro y grande sólo porque pienso que todo el mundo debería tener un paraguas serio. Con mi paraguas colocado sobre la cama encima de las colchas y el cuchillo de jefe de cocina sobre mi mesilla de noche, me sentía todo lo preparada que podía estar, a falta de una pistola.

Apagué las luces, me tumbé y no tardé en volver a sentarme. No era suficiente. Me levanté y encendí las luces del vestíbulo y las de la escalera. De ese modo tenía luz, pero sin que me diera directamente en los ojos. Además, si alguien se acercaba a la puerta de mi dormitorio, su silueta quedaría recortada contra la luz, pero no sería capaz de verme. Buen plan.

Empecé a sentir sueño de nuevo y me pregunté por qué no tenía una pistola. Mujer soltera que vive sola: una pistola tenía sentido. Toda mujer necesita una pistola.

Me desperté una hora después y me di media vuelta para mirar el reloj. Dos y cuarto. Todo estaba tranquilo. Comprobé una vez más el visor de identificación del teléfono; no había habido llamadas.

Debería haber ido a casa de mis padres, pensé. O a casa de Siana. Al menos entonces habría podido dormir un poco. Mañana estaría agotada todo el día.

Volví a echar un sueñecito y me desperté poco después de las tres. No se perfilaba la silueta de ninguna tarada contra la luz del pasillo. No verifiqué el teléfono, porque a esas alturas no me importaba si la zorra chiflada había llamado. Digamos que medio adormilada, intenté ponerme cómoda en la cama y me di con el paraguas en la rodilla. Tenía calor y estaba incómoda, y la luz parpadeante era un fastidio.

¿Luz parpadeante? Que se fuera la luz sí era para asustarse.

Abrí los ojos y observé el pasillo, parecía haber luz ahí; nada fuera de lo habitual, pero con toda certeza en mi habitación la luz parpadeaba.

Sólo que no había dejado ninguna luz encendida en mi dormitorio.

Me senté para observar las ventanas y, más allá de las cortinas corridas, vi unas luces rojas danzantes.

De pronto, un fuerte estrépito llegó desde abajo al mismo tiempo que algo rompía las ventanas y la alarma iniciaba sus pitidos, avisando que estaba a punto de empezar a sonar con toda estridencia.

—¡Mierda!

Bajé de un brinco de la cama, cogí el paraguas y el cuchillo de jefe de cocina y salí como un rayo al pasillo, dónde tuve que retroceder mientras una explosión de calor y chispas ardientes ascendía a mi encuentro.

—¡Mierda! —repetí una vez más, retirándome a la habitación y cerrando de golpe la puerta para bloquear el calor y el humo. Con retraso, la alarma inició su chillido penetrante.

Cogí el teléfono y marqué el 911, pero no sucedió nada. El servicio telefónico ya no funcionaba. Vaya con nuestro plan. ¡Tenía que salir de ahí! Asarme viva tampoco entraba en mi programa. Cogí el móvil y marqué el 911 mientras iba hasta la ventana delantera y miraba al exterior.

—Aquí la operadora de nueve-uno-uno de emergencias. Explíqueme la naturaleza de su emergencia.

—Mi casa está en llamas —grité, ¡Mierda! Toda la fachada delantera de la vivienda estaba envuelta en llamas—. ¡Mi dirección es tres-uno-siete Beacon Hills Way!

Fui corriendo a la otra ventana, la que daba al pórtico. Las llamas ya empezaban a devorar su techo inclinado, situado debajo de la ventana. ¡Mierda!

—Acabo de mandar al cuerpo de bomberos a su dirección —dijo la calmada operadora—. ¿Hay alguien más dentro de la casa con usted?

—No, estoy sola, pero es un edificio de casitas adosadas y hay cuatro unidades más. —La velocidad con que ascendían el calor y el humo era aterradora; todas mis ventanas estaban bloqueadas por el fuego. No podía bajar al piso de abajo y salir por los grandes ventanales que daban al patio porque lo que habían arrojado por las ventanas, fuera lo que fuese, por lo visto había prendido en todo el salón, y la escalera para bajar acababa justo ahí, junto a la puerta de entrada.

¡El cuarto de invitados! Sus ventanas daban a la parte de atrás, que estaba protegida por la verja de privacidad.

—¿Puede salir y dar indicaciones al cuerpo de bomberos para que lleguen al edificio correcto? —preguntó la operadora.

—Estoy en el piso superior y toda la planta baja está en llamas, pero voy a intentarlo como en los tiempos del colegio —dije tosiendo a causa del humo—. Voy a saltar por la ventana. Cuelgo ahora.

—Por favor no cuelgue —dijo con urgencia.

—A lo mejor no lo ha entendido —le grité—. ¡Voy a saltar por la ventana! ¡No puedo hacer eso y hablar por teléfono al mismo tiempo! A los bomberos no les costará distinguir la vivienda. ¡Sólo dígales que busquen la casa de la que salen llamas por las ventanas!

Tras cerrar el móvil, lo eché al bolso y luego salí disparada hasta el baño, donde humedecí una toalla con la que me cubrí la nariz y la boca, y otra con la que me envolví la cabeza.

Todos los expertos dicen que no te molestes en coger el bolso ni ninguna otra cosa, que te limites a salir de ahí, porque cuentas con tan sólo unos segundos para hacerlo. No hice ningún caso a los expertos. No sólo cogí el gran bolso, donde llevaba la cartera y el móvil y las facturas de Sticks y Stones a nombre de Jazz —las facturas parecían algo terriblemente importante—, sino también el cuchillo de jefe de cocina y lo eché dentro. El plan era que, una vez fuera de esta trampa mortal, si había alguna zorra psicópata esperando ahí, deleitándose apoyada en un Malibu blanco, iría por ella con intención de sacarle las tripas.

Ya había llegado a la puerta del dormitorio, pero entonces me di media vuelta y me abalancé de cabeza hacia el armario. Agarré los zapatos de la boda y los puse también en el bolso. Entonces, descalza, abrí como pude la puerta del dormitorio. Con un rugido, las llamas del salón parecieron precipitarse escaleras arriba. Las chispas danzaban en el aire y el humo negro ya oscurecía el pasillo. De todos modos, sabía con exactitud dónde me encontraba y sabía con exactitud dónde estaba la puerta del otro dormitorio. Me puse a cuatro patas y, con las asas trenzadas del gran bolso colgando del hombro, me arrastré todo lo rápido que pude por el pasillo. El humo quemándome los ojos era un calvario, de modo que me limité a cerrarlos y avanzar a tientas. Supe por el tacto cuándo alcancé la puerta y me puse de rodillas para buscar el pomo. Lo encontré, lo giré y empujé hacia dentro, casi cayéndome en el interior del aire relativamente limpio del dormitorio.

Relativamente, porque el humo rebasó la puerta abierta, pero yo me apresuré a cerrarla otra vez, tosiendo mientras la maligna cosa negra bordeaba los extremos de mi toalla húmeda y penetraba a través del tamiz del tejido. Al menos no era tan denso como para no ver el rectángulo más claro de la ventana. Me arrastré hasta ella, descorrí las cortinas a un lado, busqué a tientas los pestillos...

—¡Mecachis! —dije con aspereza al descubrir que uno de ellos no cedía—. ¡Será hijaputa! —No iba a permitir que esa zorra me quemara viva.

Me descolgué el bolso del hombro y metí la mano en su interior, y de milagro no me corté el dedo con la hoja afiladísima del cuchillo de jefe de cocina. Cogí el pesado cuchillo por el mango y empecé a golpear fuertemente con el extremo en el pestillo que se resistía.

Desde abajo llegó el estallido de más cristales haciéndose añicos con el calor. Golpeé con más fuerza, y el pestillo empezó a ceder. Dos golpes más y se abrió.

Tosiendo y respirando con dificultad, abrí de golpe la ventana doble y me eché sobre el antepecho, intentando mantenerme por debajo del humo que salía de la habitación para así poder respirar un poco de aire fresco. Me ardían los pulmones pese a la toalla mojada que me protegía la boca y la nariz.

Me pareció oír sirenas, pero podía tratarse de mi propia alarma que continuaba lanzando el pitido de alerta con toda valentía. Tal vez la alarma del vecino se hubiera disparado también. Tal vez hubieran llegado los bomberos. No sabría decir, pero no iba a esperar a ver de qué se trataba.

Retiré el edredón de la cama de cuatro postes para los invitados y quité ambas sábanas con tal rapidez que el colchón casi medio se sale de la cama por la fuerza del estirón. Tan deprisa como pude, anudé un extremo de la sábana a la pata de la cama, luego até la otra sábana al extremo opuesto de la primera, confeccionando una cuerda de sábanas que iba de la cama a la ventana y descendía por un lado de la vivienda.

No me detuve a ver si la cuerda era lo suficientemente larga; me limité a arrojar el bolso por la ventana, y luego me agarré a la sábana y salí por la ventana.

Es gracioso ver cómo funciona nuestro cuerpo. No pensé conscientemente en cómo iba a salir por la ventana, pero mi cuerpo sabía qué hacer gracias a tantos ejercicios de gimnasia. Primero saqué un pie, luego automáticamente me cogí el antepecho y me volví para quedarme de cara a la pared del edificio y poder apoyar los pies en ella.

Sujetando con fuerza la sábana, empecé a descender palmo a palmo, con mis pies «caminando» por el muro… hasta que comprendí que me quedaba sin sábana y sin muro. Permanecí ahí un minuto, luego me entró el pánico. A mi izquierda, las llamas surgían por la ventana de la cocina. La habitación de invitados conformaba un saliente que sobresalía sobre la planta inferior, y el suelo de este dormitorio proporcionaba una cubierta para el pequeño patio. Ya no había más muro por el que descender, y por debajo me quedaba una caída de casi dos metros y medio.

Qué puñetas. Había subido más alto que eso cuando tenía que

colocarme en lo alto de la pirámide de animadoras. Y, que alguien me corrija si me equivoco, mido metro sesenta y tres. Con los brazos estirados hacia arriba, probablemente no me faltaría tanto para los dos metros, centímetro arriba, centímetro abajo. Eso dejaba menos de medio metro para llegar al suelo, ¿cierto?

No es que estuviera ahí colgada haciendo operaciones matemáticas. Me limité a mirar hacia abajo y pensé, «¿Qué distancia puede haber?», y dejé que mis piernas se columpiaran por debajo de mi cuerpo. Cuando tuve los brazos extendidos al máximo, me solté.

Creo que había más de medio metro.

De todos modos, aterricé con las rodillas dobladas como me habían enseñado, y la húmeda y fresca hierba amortiguó parte del impacto; además; dejé rodar mi cuerpo.

Me puse de rodillas y observé el espectáculo ante mí. Las chispas salían disparadas por el aire como obscenos fuegos de artificio y el fuego producía un sonido rugiente, como si estuviera vivo. Nunca antes había oído el sonido de un incendio, nunca antes había estado tan cerca de un edificio en llamas, pero tiene… esta cosa tiene vida propia, algo con una identidad nueva por completo. Ahora mismo, mientras seguía ardiendo, esta cosa estaba viva y no iba a morir sin oponer resistencia.

Yo seguía atrapada, ahí en el diminuto patio vallado, mientras las llamas devoraban mi casa, elevándose sobre mí y ennegreciendo las paredes que amenazaban con caerse. Palpando el suelo, logré localizar al final el bolso oscuro, y esta vez me pasé las correas en diagonal por la cabeza y los hombros; entonces salí disparada hacia la verja. Levanté el pesado seguro, empujé la puerta… y no pasó nada. No quería ceder.

—¡Hija de perra! —chillé con la voz ronca. Estaba tan furiosa que reventaba. Nada de cuchillos, si le echaba las manos encima a esa zorra chiflada, psicópata e imbécil, no iba a hacerme falta ningún objeto cortante, pues remataría la faena con tan sólo mis propias manos. Le partiría el cuello con los dientes, le prendería fuego al pelo y prepararía malvaviscos en sus llamas.

No, espera, eso podría resultar un poco pringoso. Olvida los malvaviscos.

Después de saltar de la ventana del segundo piso, una valla de metro ochenta y cinco no iba a representar ningún obstáculo en mi batalla. Me estiré, alcancé la parte superior de la verja y me di suficiente impulso como para enganchar mi pierna derecha en ella y luego auparme hasta arriba, pasar la pierna izquierda al otro lado y saltar al suelo.

Por todas partes destellaban luces rojas. Hombres con buzos amarillos se movían de aquí para allá con intención urgente, desplegando gruesas mangueras que sujetaban a bocas de incendio y de riego. La gente iba saliendo a la calle en pijama, algunos de ellos con los pantalones puestos de cualquier manera por encima de la ropa de dormir, mientras las llamas y las luces intermitentes desplegaban formas y sombras extrañas sobre ellos. Un bombero me agarró y me gritó algo, pero no pude entenderle, porque los camiones de bomberos hacían un ruido atroz, sumado al rugido del fuego y de las sirenas de otros vehículos de servicios de emergencias que acudían a toda velocidad hacia nosotros.

Supuse que me preguntaba si estaba herida, por lo tanto aullé:

—¡Esoy bien! —Luego añadí a gritos—. ¡Ésa es mi casa! —Y la señalé.

Con un solo brazo, me puso en pie y me apartó a toda prisa del fuego, lejos de la lluvia de chispas y explosiones de vidrio, lejos de los chorros de agua, las líneas eléctricas combándose, y yo no le solté hasta que me encontré a salvo al otro lado de la calle.

Todavía llevaba la toalla mojada que me cubría la boca y la nariz; había perdido la que me rodeaba la cabeza en algún momento entre la caída y el posterior rodar por el suelo. Soltándome la toalla, caí de rodillas y tomé una bocanada de aire fresco tan honda como pude, tosiendo y jadeando al mismo tiempo. Cuando las toses se calmaron un poco y pude levantarme, empecé a abrirme paso entre el gentío, a empujones cuando fue necesario, en busca de la zorra psicópata que, obviamente, iría vestida con ropas normales en vez de bata y pijama.

Capítulo 18

¡Wyatt!

Su nombre relampagueó en mi cerebro e hizo que me detuviera en mi caza de la mujer para buscar el móvil en el bolso. Esta vez, mecachis, sí me hice un corte en el dedo con el cuchillo. Con un gruñido, lo guardé en uno de los bolsillos interiores con la hoja hacia abajo. ¿Por qué no se me había ocurrido antes? Pues porque estaba preocupada intentando escapar de un edificio en llamas... Me metí el dedo en la boca. Cuando volví a sacarlo para examinar los desperfectos, sólo había una fina línea roja en la base del dedo, de modo que no había para tanto.

Encontré el teléfono y, cuando lo abrí, el visor se encendió y me indicó que tenía cuatro llamadas perdidas, probablemente todas de Wyatt, porque o bien alguien había reconocido mi dirección y le había llamado, o bien se había dormido con la radio de la policía a su lado. Le llamé al móvil.

—¡Blair! —gritó con furia a modo de saludo—. ¿Por qué no has contestado al puto teléfono?

—¡No oía la llamada! —grité a mi vez. Mi voz sonó tan ronca que no la reconocí—. Un incendio y todas las alarmas disparadas en tu propia casa hacen mucho ruido, ¿sabes? Aparte, estaba ocupada saliendo por la ventana del primer piso.

—Dios todopoderoso —soltó. Parecía afectado—. ¿Te has hecho daño?

—No, estoy bien. Aunque mi casa se ha quedado en nada. —Observé la escena de destrucción al otro lado de la calle y me di cuenta con horror de un detalle más—. ¡Oh, no! ¡Tu furgoneta!

—No te preocupes por la furgoneta, la tengo asegurada. ¿De verdad te encuentras bien?

—De verdad. —Entiendo por qué insistía en preguntarme. Con mi historial reciente, sin duda esperaba que me encontrara en un estado crítico—. Aparte de un corte que me hecho en el dedo con el cuchillo que llevaba en el bolso, creo que no tengo otras heridas.

—Busca un agente de policía y no te despegues de él —ordenó—. Casi estoy ahí, cinco minutos como mucho. Apuesto a que no es un accidente, y podrías tener a la acosadora justo a tu espalda.

Asustada, me di media vuelta y me quedé mirando el rostro de un viejo caballero que se hallaba detrás de mí, observando el fuego con ojos muy abiertos, interesado y horrorizado. Retrocedió hacia atrás sorprendido.

—Por eso llevo el cuchillo —dije mientras la furia volvía a invadirme—. Cuando encuentre a esa zorra... —Los ojos del viejo se agrandaron aún más, y retrocedió otro poco.

—Blair, guarda el cuchillo y haz lo que te digo —ladró—. Es una orden.

—Tú no has estado en ese incendio —empecé a decir, defendiéndome con vehemencia, pero el sonido de la línea muerta me dijo que había desconectado.

¡Al cuerno Wyatt! Quería verme cara a cara con esa mujer. Cerré el teléfono, lo dejé caer en el bolso, y volví a abrirme camino entre el gentío de mirones, observando sus ropas en vez de sus rostros. Los hombres quedaban descartados de forma automática. Tal vez ella no estuviera allí, tal vez se hubiera marchado de inmediato después de arrojar por la ventana la bomba incendiaria o lo que fuera, pero había leído que los asesinos y pirómanos a menudo se quedaban rondando un rato por el lugar de los hechos, mezclándose con la multitud de mirones, para poder disfrutar del tumulto que habían ocasionado.

Alguien me tocó el brazo y me di media vuelta. El oficial DeMarius Washington estaba allí. Habíamos ido juntos al colegio, de modo que nos conocíamos desde hacía mucho tiempo.

—Blair, ¿estás bien? —me preguntó, su rostro moreno se mostraba tenso bajo la gorra de béisbol.

—Estoy bien —dije por lo que parecía enésima vez aquella anoche, aunque notaba mi voz más áspera por segundos.

—Ven conmigo —dijo, cogiéndome por el brazo, y volviendo la cabeza constantemente para mirar a su alrededor. Wyatt debía de haberse comunicado por radio para decirles que yo corría peligro. Con un suspiro, me rendí. Desengañémonos, no podía ir a la caza de una psicópata con DeMarius a mi lado, porque seguro que él impediría que yo le sacara las tripas. Los polis son así de raros.

Me alejó del gentío y me llevó hacia un coche patrulla. Intenté tener cuidado y ver dónde pisaba, porque habían caído muchos restos al suelo y yo iba descalza, pero con él tirándome del brazo, no tenía elección. Pisé algo afilado con el pie izquierdo y di un grito de dolor. DeMarios se volvió, desplazando la mano hacia su arma reglamentaria mientras recorría rápidamente el entorno con la mirada, en busca de alguna amenaza.

—¿Qué ha sucedido? —Tuvo que medio chillar a causa del barullo que había.

—He pisado algo.

Bajó la vista y por primera vez advirtió mis pies descalzos. Dijo un «Oh, carajo» que no era muy profesional por su parte, pero, como ya he dicho, nos conocíamos desde siempre, de hecho, desde que teníamos seis años. Di otro paso y volví a gritar en cuanto mi pie tocó otra vez el suelo. Apoyándome en él, me puse a dar brincos mientras levantaba el pie para estudiarlo. Lo único que podía decir era que la planta del pie estaba oscura. Sólo Dios sabía qué había pisado.

—Agárrate —dijo DeMarius y medio me llevó, medio me empujó, hasta el coche patrulla. Tras abrir una de las puertas traseras, me dejó de lado en el asiento, con las piernas y los pies hacia fuera, y cogió la linterna de su cinturón mientras se agachaba a echar un vistazo.

La linterna reveló que mi pie estaba rojo y húmedo. Una astilla de vidrio sobresalía justo detrás de la parte anterior de la planta.

—Voy a buscar el botiquín —dijo—. Quédate sentada.

Regresó con el botiquín y una manta con la que me cubrió los hombros. No me había percatado de que tenía frío; hay algo en intentar salvar la vida que te pone a cien. Ahora el frío de primera hora de la mañana calaba mis huesos mientras descendía el nivel de adrenalina, y por primera vez fui consciente de mis brazos y hombros desnudos. Lo único que llevaba era la camiseta sin mangas habitual —sin sujetador, por supuesto—, y unos finos pantalones de pijama con cordón que colgaban bajos sobre mis caderas y dejaban ver la parte inferior de mi vientre. No es que hubiera decidido escapar de un edificio en llamas vestida así, pero no había tenido tiempo de cambiarme de ropa; apenas había logrado rescatar los zapatos de la boda.

Ahora eran los únicos zapatos que poseía.

Me ceñí la manta mientras me giraba para mirar mi hogar en llamas. La urgencia de escapar había sido prioritaria, antes que cualquier otra cosa, pero ahora me percataba de que lo había perdido todo: mi ropa, todos mis muebles, mis platos, mis utensilios de cocina, mis cosas.

De repente DeMarius pegó un silbido, y al alzar la vista vi que llamaba a un médico. Dije:

—No es más que un fragmento de vidrio. Seguramente puedo sacarlo con las uñas.

—Quédate sentada —repitió.

Por lo tanto, el médico vino y DeMarius sostuvo la linterna mientras aquel tío —que no era ni Dwayne ni Dwight— vertía antiséptico por todo mi pie y luego extraía la astilla con una par de pinzas. Pegó una gasa a la incisión, me vendó el pie con un poco de ese material arrugado autoadhesivo y dijo:

—Ahora ya está.

—Gracias —le dijo DeMarius mientras se inclinaba para meterme los pies y piernas en el coche y cerrar luego la portezuela.

Por un segundo me quedé ahí sentada, de repente tan agotada

que lo único que podía hacer era desplomarme contra el respaldo, contenta de estar protegida del frío aire exterior, incapaz de absorber la enormidad absoluta del incendio y todo lo que significaba.

Observé un pequeño coche negro que se aproximaba a la entrada de las casas adosadas y se detenía cuando un agente alzaba la mano para hacerle parar; luego un rostro familiar apareció en la ventanilla que se bajaba. El agente dio un paso atrás e hizo una indicación hacia delante, y Wyatt pasó volando con mi pequeño y ágil descapotable, que aparcó sobre el césped a distancia segura del fuego. Mientras estiraba sus largas piernas y salía, busqué la manilla de la portezuela para salir a reunirme con él. De repente lo único que quería en este mundo era sentirme rodeada por sus brazos.

Mis dedos sólo encontraron una superficie lisa. Nada de manillas, ni mandos para las ventanas, nada.

Bien, listilla, esto era un coche patrulla. La idea era que quien estuviera aquí metido no pudiera salir.

Dio un golpecito en la ventanilla. DeMarius se volvió y me miró alzando las cejas.

—Déjame salir —articulé mientras indicaba en dirección a Wyatt. Se volvió y miró, y juro que una expresión de alivio atravesó su rostro. Hizo una señal a Wyatt, éste le vio —y a mí—, y mi amado le respondió con un único gesto conciso de asentimiento antes de que se diera media vuelta para alejarse.

Me quedé sin habla al darme cuenta. Wyatt se había comunicado por radio y les había dicho que me metieran en un coche patrulla y me retuvieran ahí. Qué desfachatez. ¡Que completa y absoluta desfachatez! ¿Cómo se atrevía? Vale, reconozco que había estado campando por ahí descalza, armada con un cuchillo de jefe de cocina, y buscando a la cerda que había intentado convertirme en un bichito crujiente, pero es una reacción comprensible, ¿o no? Poner la otra mejilla es una cosa, pero cuando alguien te quema la casa, ¿qué se supone que tienes que hacer? ¿Poner la otra casa? No creo.

Volví a dar unos golpecitos en la ventanilla. DeMarius no se volvió.

—¡DeMarius Washtington! —dije con todo el vigor que pude dado que mi garganta parecía de papel de lija. No sé si me oyó, pero hizo como si no se enterara, se apartó unos pasos del coche patrulla y se volvió de espaldas.

Frustrada y furiosa, me eché hacia atrás en el asiento y, malhumorada, volví a ajustarme la manta. Pensé en llamar a Wyatt por el móvil y transmitirle un «¿De qué vas?», pero eso significaba hablar con él, y ahora mismo no estaba dispuesta a hacerlo. Tal vez no le hablara durante toda una semana.

No podía creer que hubiera dado la orden de que me encerraran en un coche patrulla. ¡Luego hablan de abuso de poder! ¿No era esto ilegal o algo? ¿Detención ilegal? Se suponía que sólo encerraban a delincuentes en la parte trasera de una de estas cosas que, ahora que lo pensaba, olía fatal. Aquel olor sí que era un verdadero delito.

Arrugué la nariz y automáticamente levanté los pies del suelo, sosteniéndolos en el aire. Dios sabe qué gérmenes había por ahí. La gente vomitaba en la parte posterior de los coches patrulla, ¿no es cierto? Estaba bastante segura de haber notado también olor a orina. Y heces. Wyatt sabía el tipo de cosas que pasaban en la parte trasera de los coches patrulla, y aun así había mandado que me metieran ahí. Su insensibilidad me dejaba pasmada. ¿Estaba pensando en casarme con este hombre, un hombre que ponía en peligro la salud de su futura esposa por un juego de poder?

Dios mío, las cosas que podía apuntar en la lista de sus transgresiones.

Como la lista me había preocupado bastante en los últimos días, pensar en resucitarla casi me alegró. Casi. Todo esto era tan horrible que ni siquiera la lista compensaba.

Di en la ventana con el lado del puño.

—DeMarius —grité o más bien grazné, mi voz estaba empeorando de tal modo que sonaba horrible—. ¡DeMarius! Te haré un budín de donuts Krispy Kreme si me dejas salir de aquí.

Por lo tensos que se pusieron sus hombros supe que me había oído.

—Sólo para ti —prometí, todo lo alto que pude.

Apenas volvió la cabeza, pero vi la mirada de agonía cuando se giró un poco hacia mí.

—Puedes escoger entre glaseado de ron, glaseado de suero de mantequilla o baño de crema de queso.

Se quedó paralizado unos segundos, luego soltó un gran suspiro y se acercó a la puerta. ¡Sí! Empecé a prepararme para salir con sumo gusto de mi apestosa prisión.

DeMarius se inclinó sobre la ventana y miró adentro con sus ojos oscuros acongojados.

—Blair —dijo lo bastante fuerte como para que yo le oyera— por mucho que adore tu budín de donuts, no me gusta tanto como para contradecir al teniente y acabar degradado. —Luego volvió la espalda y regresó a la anterior posición.

Dios, vaya. Había merecido la pena intentarlo con un soborno, pero no podía culpar a DeMarius por no aceptar.

Ya que nada podía distraerme de aquello en lo que intentaba no pensar, arreglé la manta debajo de mí, subí las rodillas sobre el asiento y me volví a mirar mi casa por la ventana posterior. Los bomberos estaban haciendo un valiente esfuerzo para impedir que el fuego se propagara a la casa adosada de al lado, pero sabía que mis vecinos como mínimo sufrirían importantes daños aunque sólo fuera por las enormes cantidades de humo y agua que les estaban cayendo encima. La furgoneta de Wyatt y el coche aparcado a su lado estaban chamuscados de tanto calor. Mientras observaba, la fachada de la casa se derrumbó con un estruendo, lanzando hacia delante una cascada ascendente de chispas como en los fuegos artificiales de Disney World.

Entonces, el repentino destello de luces iluminó un rostro: el rostro de una mujer en medio de la multitud. Vestida con una sudadera, llevaba las manos en los bolsillos y la capucha subida, rodeando holgadamente su cabeza. Primero noté la palidez de su pelo rubio, luego observé su cara. Una punzada de inquietud recorrió poco a poco mi columna. Había algo vagamente familiar en ella, como si la hubiera visto en algún lugar pero no pudiera ubicarla.

De cualquier modo, ella no estaba observando el espectáculo de fuego: miraba directamente el coche patrulla, y a mí. Y por una décima de segundo, su rostro sólo reflejó una expresión triunfal.

Era ella.

Capítulo 19

Empecé a golpear otra vez la ventana, con toda la fuerza que pude, mientras chillaba:

—¡DeMarius! ¡DeMarius! ¡Ahí está! ¡Díselo a Wyatt! ¡Haz algo, coño, detenla!

Es decir, intentaba gritar. Él siguió de espaldas con obstinación y, aunque llegó a oír mi primer puñetazo contra la ventana, lo más probable es que no oyera nada de lo que estaba diciendo porque casi había perdido la voz. Me atraganté y empecé a toser con violencia, mientras la fuerza de los espasmos me doblaba y me lloraban los ojos.

La aspereza me provocó dolor de garganta; era como si estuviera irritada por dentro, desde la profundidad de mi nariz hasta el fondo de los pulmones. Incluso respirar dolía. Debía de haber inhalado más humo del que pensaba, pese a la toalla mojada alrededor de mi rostro. Gritar tampoco había sido de ayuda y, aparte, no me había reportado nada.

Cuando pude sentarme erguida, la busqué, busqué a la mujer que había quemado mi casa, pero ya había desaparecido. Claro que se había ido. Quería admirar su exquisito trabajo, deleitarse un poco, pero no iba a quedarse rondando por ahí.

Lágrimas de furia y dolor empezaron a surcar mi rostro. Me las sequé con rabia. No iba a permitir que esa zorra me hiciera llorar, no iba a permitir que nada de esto me hiciera llorar.

Cogí el móvil y llamé a Wyatt.

Medio esperaba que no contestara, lo cual podía enfadarme tanto que no estaba segura de que lo superara ni para cuando llegara a la jubilación... Me puse otra vez de rodillas y le busqué mientras lo escuchaba sonar. Entonces le vi..., más alto que la mayoría de hombres, con la cabeza un poco inclinada para escuchar al jefe de bomberos, que le explicaba algo a gritos en medio del ruido, le vi estirar el brazo para coger el móvil. Debía tenerlo en modo vibración, una decisión inteligente teniendo en cuenta el nivel de ruido. Dijo algo al jefe de bomberos, comprobó quién llamaba y luego lo abrió y lo sostuvo pegado a la oreja mientras se tapaba la otra con un dedo.

—¡Ten un pongo más de paciencia! —gritó por el teléfono.

Abrí la boca para echarle la bronca, para aullarle que estaba permitiendo que ella se escapara, pero no surgió ningún sonido de mi boca. Ni siquiera un chillido.

Volví a intentarlo. Nada. Había perdido la voz por completo. Di unos toques frenéticos en el micrófono con la uña, intentando que al menos me mirara. Mecachis, era imposible que oyera ese ruidito incoherente. Frustrada e inspirada al mismo tiempo, empecé a dar golpes con el teléfono en la ventana.

Nota personal: los móviles no son nada resistentes.

El maldito chisme se desmontó en mi mano: la tapa de la batería se soltó, la parte frontal salió volando contra el salpicadero, donde podía quedarse, tanto daba, porque no iba a hurgar precisamente por ese suelo para buscarlo. Otro pequeño admunículo electrónico se cerró también, por lo tanto, sería un esfuerzo inútil.

¡Aaaagh! Observé cómo Wyatt cerraba el teléfono y se lo enganchaba al cinturón. No miró en mi dirección ni una sola vez, pedazo de burro.

¿Qué más tenía en mi bolso? El cuchillo, por supuesto, pero rajar la tapicería no me reportaría nada y me costaría mucho, porque estoy prácticamente segura de que la ciudad no ve con buenos ojos que rajen y hagan pedazos sus coches patrulla. El cuchillo no iba a ser de ayuda. Tenía la cartera, el talonario, la barra de labios, pañuelos, bolis, mi agenda. ¡De acuerdo! Ahora la cosa iba en serio. Arranqué una página de la parte posterior de la agenda, saqué un boli y con la luz vacilante, intermitente y espectral, escribí: DILE A WYATT QUE LA ACOSADORA ÉSA ESTÁ AQUÍ. LA HE VISTO ENTRE EL GENTÍO.

Pegué la nota a la ventana y luego empecé a arrear golpes frenéticos al vidrio. Pegué y pegué, pero DeMarius, maldito cabezota, se negaba a volverse y a mirar.

Empezó a dolerme la mano. Si no fuera por el temor a sufrir otra conmoción cerebral, habría dado cabezazos contra la ventana; pero, de hecho, me sentía como si ya hubiera dado cabezazos contra la pared. Si no estuviera descalza, habría empezado a dar patadas. Había muchos «si» y todos ellos iban en mi contra.

Dejé la nota y empecé a tirar del chisme que separaba el asiento trasero del delantero en aquella jaula metálica, la división que protegía a los agentes. Era de suponer que no podía aflojarse porque, si no, seguro que mucha gente más fuerte que yo ya la habría aflojado. Esfuerzo en vano.

No había nada que pudiera hacer. Apreté la nota contra la ventana otra vez y apoyé la cabeza en el papel para sujetarlo en su sitio, cerrando los ojos mientras esperaba. Al final, alguien me dejaría salir, y entonces se enterarían todos ellos de lo burros y estúpidos que llegaban a ser.

Dada la atención que me estaba prestando todo el mundo, la psicópata acosadora podría haberse acercado al coche desde el otro lado para pegarme un tiro a través de la ventanilla. En cuanto esa idea me asaltó la cabeza, me incorporé otra vez y miré a mi alrededor llena de pánico, pero no se veía ninguna psicópata. Bien, al menos no ésa en concreto.

Recordé que había metido en el bolso algún chicle de esos refresca-tu-aliento. Rebusqué por el interior hasta encontrarlo, saqué una pastilla y empecé a mascar. Mientras mascaba arranqué otra página de la agenda y escribí: OLVÍDATE DE JAZZ Y SALLY. ¡BODA CANCELADA! Cuando acabé de mascar el chicle, me lo saqué de la boca, lo partí por la mitad, y utilicé una mitad para sostener la nota de la acosadora contra la ventana y la otra nota sobre Jazz y Sally justo debajo.

Luego saqué un chicle más del paquete y arranqué otra hoja de la agenda.

Ya que el vidrio posterior hacía inclinación, necesité dos mitades de ese chicle para hacer la faena. La nota decía: HOMBRES GILIPOLLAS.

El paquete tenía diez chicles. Los usé todos.

Para cuando alguien se dio cuenta, tenía casi todo el vidrio posterior y ambos vidrios laterales cubiertos de notas.

A través de uno de los espacios vacíos —no es que quedaran muchos— vi que un agente dirigía una mirada y hacía un gesto así como «¿Qué coño?» y luego daba un codazo a alguien y señalaba. Otro par de policías advirtieron su indicación y miraron también. DeMarius sí se dio cuenta de eso —pese a haber hecho caso omiso de mis golpes y gritos, cuando todavía podía gritar, quiero decir— y se volvió a mirar. Puso una mueca y sacudió la cabeza, sacando la linterna mientras se acercaba.

Le di la espalda y me crucé de brazos. Iba listo si esperaba ahora mis súplicas para que me dejara salir, cuando ya no iba a servir de nada.

Enfocó con la linterna mis notas, al menos las dos pegadas a las ventanas laterales. Un segundo después le oí gritar. Abrió la puerta de par en par, despegó del chicle la nota sobre la acosadora y volvió a cerrar la puerta de golpe. Aunque yo hubiera podido pronunciar una palabra de protesta, él no la habría oído, porque había salido corriendo hacia Wyatt.

El espacio que estaba ahora vacío en la ventana no quedaba bien estéticamente. Todavía tenía muchas cosas que decir, de modo que escribí otra nota y la sujeté. Tuve que emplear el mismo chicle que había sostenido la anterior nota sobre la acosadora, pero aún estaba maleable. Mejor así, porque desde luego no pensaba metérmelo en la boca y volver a mascarlo.

No miré a Wyatt para ver su reacción. No me importaba, porque hiciera lo que hiciera ahora, era demasiado tarde. Ella se había largado ya, y mi cabreo era descomunal, no había palabras con que describirlo.

Vi a Wyatt acercándose al coche patrulla con rostro grave, me desplacé hasta el centro del asiento, agarré la manta que me envolvía y miré hacia delante.

Se aproximó a la puerta de la izquierda. Mientras la abría, yo me fui a toda prisa hacia la derecha. Se inclinó y ladró:

—¿Estás segura? ¿Puedes darme una descripción? ¿Dónde estaba?

Era tanto lo que quería decir. Para empezar: «Por qué molestarte ahora; hace rato que se ha ido, gracias a lo burro que eres», pero no podía decir nada en ese instante, de modo que ni lo intenté. En vez de eso, cogí mi agenda una vez más y apunté con furia: «Pelo rubio, lleva capucha, ESTABA entre la multitud». Arranqué la página y estiré el brazo para darle la nota. Buscarla ahora sería un esfuerzo del todo inútil; era imposible que siguiera aún rondando por allí, pero al menos así él no podría acusarme de no cooperar. Se había escapado, era culpa suya, y mi intención era que continuara siéndolo.

En ocasiones ser superior moralmente es el único recurso que te queda.

Wyatt estudió la nota rápidamente, se la tendió a DeMarius y empezó a escupir órdenes mientras volvía a cerrar otra vez la puerta de golpe.

No había palabras.

Capítulo 20

Por fin Wyatt volvió al coche patrulla, pero para entonces el cielo empezaba a clarear con el amanecer, lo cual significaba que llevaba horas ahí encerrada. Mi casa había quedado reducida a escombros, hedor, humo y algunas brasas que relucían débilmente y que una unidad de bomberos estaba apagando con la manguera. La furgoneta de Wyatt ya no servía para nada, no había dudas al respeto, y lo mismo podía decirse del coche aparcado a su lado. La familia que vivía en la puerta de al lado estaba apiñada, los niñitos con los ojos muy abiertos y rostro solemne, mientras los padres estrechaban a sus hijos y se abrazaban entre sí. Su casa no se había perdido del todo, pero no iban a vivir ahí durante los próximos días.

¿Qué había hecho yo para que alguien me odiara tanto que no sólo intentara matarme, sino que le diera igual matar también a gente inocente en el intento? Bien, me refiero a otra inocente aparte de mí, porque no se me ocurría una sola cosa de la que yo fuera culpable y justificara un asesinato. Intento no quebrantar las leyes fundamentales, no eludo pagar impuestos, y si alguien me devuelve más cambio del debido siempre le doy la cantidad correcta. También dejo el veinte por ciento de propina. No encontraba una explicación lógica a este tipo de maldad y destrucción.

Y eso significaba que el motivo tenía que ser ilógico, ¿de acuerdo? Me enfrentaba a una psicópata. Sus procesos mentales estaban alterados.

Wyatt avanzaba a zancadas entre el destrozo y los escombros; su frustración y mal genio quedaron evidentes cuando dio una brutal patada a un trozo de madera que salió volando. Yo sabía que no había pillado a la rubia porque no había visto que se llevaran a nadie a la parte trasera de alguno de los otros coches patrulla —no, ese honor estaba reservado sólo para mí, la víctima—, pero tampoco confiaba en que la pillaran porque, para cuando me hicieron caso, haría rato que se habría largado. Wyatt llevaba la placa enganchada al cinturón, iba armado y tenía el rostro y los brazos negros de hollín. Un incendio no es nada limpio. No quería imaginar mi aspecto; al fin y al cabo, yo había estado ahí dentro. Digamos que era un milagro que DeMarius me hubiera reconocido entre la multitud, aunque tal vez el hecho de estar cubierta de hollín era precisamente lo que me había delatado.

En cuanto abrió la puerta, se inclinó hacia dentro y extendió la mano:

—Venga, vámonos a casa.

Yo no tenía ninguna casa —muchas gracias— y no tenía ganas de ir a casa de Wyatt. No sentía deseos de ir con él a ningún lado. Pensé que prefería volver a comisaría con DeMarius, puesto que, de hecho, ya estaba en su coche.

No dije nada, por supuesto, porque todavía no podía hablar. Me senté contra la puerta del lado derecho, envuelta en la manta, y mantuve la mirada hacia delante con decisión.

—Blair… —Había una advertencia implícita en su tono, pero se contuvo y, en vez de decir lo que iba a decir, se inclinó un poco más y tiró de mí, con manta y todo, hasta sacarme del coche. Luego se limitó a levantarme en sus brazos. Envuelta como estaba en la manta, no podía hacer nada para rechazarle, así que continué mirando hacia delante.

—Que alguien retire esas notas de las ventanas —ordenó, y DeMarius se inclinó por dentro del coche y empezó a arrancar los mensajes de los pedazos de chicle. El chicle, por supuesto, se quedó pegado. También recogió los restos de mi móvil, así como el bolso, que se había caído al suelo mientras Wyatt me arrastraba hacia fuera. Le tendió ambas cosas a una agente femenina que esperaba afuera y a la que yo no conocía.

—¿Qué le ha pasado a tu móvil? —preguntó Wyatt mirándolo con el ceño fruncido.

No contesté. Bueno no podía, ¿a que no?

DeMarius volvió a salir del coche patrulla y se estiró con el cuchillo de jefe de cocina en la mano y una mirada de asombro en el rostro.

—Qué demonios —soltó.

El cuchillo debía de haberse salido del bolso al caer al suelo. Un grupo de policías, tanto de paisano como uniformados, se habían reunido formando un grupo desordenado alrededor de nosotros y todos clavaron la mirada en mi cuchillo. Sólo la amplia hoja tenía sus buenos veinte centímetros, y la cosa medía en total unos treinta y cinco centímetros. Me sentí orgullosa, porque la visión era impresionante.

Wyatt suspiró.

—Metedlo en el bolso —dijo.

La agente que llevaba mi bolso lo abrió para que DeMarius pudiera depositar el cuchillo dentro y luego dijo:

—Espera un minuto.

Entonces metió la mano y sacó los zapatos de la boda.

Eran preciosos, relucían con los detalles de estrás y sus tiras, delicadas obras de arte. Resultaba muy evidente que no podías ir con estos zapatos a ningún trabajo, a menos que fueras tal vez una corista de Las Vegas, y mirarlos significaba casi desconectar de la realidad. Eran mágicos. Eran una fantasía cobrando vida, como si Campanilla se hubiera iluminado de repente en la mano de la agente.

—No quiero correr riesgos; sería un pecado que estas preciosidades sufrieran algún desperfecto —dijo con un apropiado tono de admiración—. Deja el cuchillo en el fondo.

Oh, Dios mío, ni siquiera había pensado en eso. Me acongojé. ¿Y si hubiera rajado accidentalmente mis zapatos?

DeMarius guardó el cuchillo en el fondo del bolso, y luego la agente depositó con reverencia los zapatos encima. DeMarius empezó a hojear las notas que llevaba en la mano; podía leerlas sin necesidad de una linterna, pues estaba a punto de salir el sol. Agrandó los ojos y soltó una especie de carcajada contenida.

—¿Qué pasa? —preguntó alguien a quien reconocí. El oficial Forester estiró el brazo para coger las notas. Las hojeó deprisa abriendo también los ojos, y luego estalló en carcajadas que intentó convertir en toses sin éxito.

Wyatt volvió a suspirar.

—Pasadme eso —dijo con cansancio—. Metedlas en el bolso junto con el arma y el calzado llamativo. Me ocuparé más tarde de eso.

De Marius agarró las notas y se apresuró a guardarlas en el bolso y Wyatt tuvo que moverme para coger el bolso con la mano con la que que me agarraba por las rodillas. Yo fulminé con la mirada tanto a DeMarius como al oficial Forester. Yo había dejado claros varios puntos de vista con mis notas, ¿y ellos se reían? Tal vez fuera una suerte no poder hablar en este momento, porque si hubiera dicho lo que pensaba, lo más probable es que me hubieran arrestado.

—Buena suerte —consiguió decir con voz ahogada Forester mientras daba una palmada a Wyatt en el hombro. No dijo «va a hacerte falta», pero era bastante probable que lo pensara.

Me negué a mirar a Wyatt mientras me llevaba al coche. En vez de eso, observé cómo recogían las mangueras las unidades de bomberos, mientras dos hombres que llevaban estampado «jefe de bomberos» en sus cazadoras husmeaban entre los cascotes ennegrecidos. El gentío de mirones fue dispersándose poco a poco, algunos en dirección a sus trabajos y otros a preparar a sus niños a toda prisa para ir al cole. Yo también tenía que hacer un montón de cosas, pero prácticamente todas requerían hablar, así como vestirse, de modo que me pareció que iba a tenerlo complicado por el momento.

No quería hablar con Wyatt en absoluto, pero ya que era mi único medio de comunicación, como mínimo hasta que llegara a su ordenador, tendría que intentar al menos escribirle notas. Con esto de no ser capaz de hablar podías morirte esperando.

Me puso en el suelo cuando llegamos al coche, sin dejar de rodearme con el brazo izquierdo mientras habría la portezuela con la mano derecha. Volví a ajustarme la manta para que no me quedara tan ceñida y me permitiera entrar en el coche por mi propio pie, aunque tuve que pelearme un poco con el tejido. Para cuando Wyatt se acomodó en el asiento del coche del conductor, yo ya había liberado mis brazos e intenté coger el bolso.

Lo apartó de mi alcance.

—Creo que no —dijo con gesto serio—. He visto el tamaño de ese cuchillo.

Necesitaba mi agenda, no el cuchillo; y no porque el cuchillo no me tentara. Aceptando lo inevitable, formé una libreta con mi mano izquierda y fingí apuntar algo en ella con la derecha. Luego indiqué el bolso.

—Me parece que ya has escrito suficientes notas —refunfuñó, metiendo la llave en el contacto.

Le di en el brazo, no con fuerza, pero sí con la suficiente como para atraer su atención. Me señalé la garganta, negué con la cabeza y luego hice gestos enérgicos para indicar la libreta y el boli otra vez.

—¿No puedes hablar?

Negué con la cabeza. ¡Lo entendía por fin!

—¿Nada?

Volví a negar con la cabeza.

—Eso está bien —dijo con satisfacción, arrancando el motor y metiendo primera.

Para cuando llegamos a su casa, estaba tan rabiosa que casi no podía permanecer quieta en el asiento. En cuanto detuvo el coche solté el cinturón de seguridad y salí disparada, metiéndome en la casa antes que él. Entré como una flecha en aquella lamentable habitación que no merecía llamarse despacho y cogí libreta y boli. Wyatt estaba justo detrás de mí, estirando el brazo para quitármelos, cuando vio que estaba escribiendo instrucciones en vez de insultos.

¡LLAMA A MAMÁ!, fue mi primera directriz. Lo subrayé tres veces, y puse cuatro signos de exclamación detrás.

Me observó con ojos entrecerrados, porque veía que lo que quería era acertado. Asintió y fue a coger el teléfono.

Mientras hablaba con ella y le comunicaba las malas noticias de que me habían quemado la casa, y las buenas de que no había sufrido ningún daño, yo continué escribiendo cosas.

Primero de todo, necesitaba ropa, al menos alguna cosa para ponerme hoy y poder ir luego a comprar más cosas. Apunté sujetador, bragas, vaqueros, zapatos y blusa, así como un secador de mano y cepillo moldeador. Le di la lista a Wyatt y él se la leyó a mamá. Sabía que ella se ocuparía a partir de ese momento.

La siguiente llamada de la lista era Lynn en Great Bods. Era posible que hoy yo llegara tarde a trabajar.

Wyatt dio un resoplido y dijo:

—¿Eso crees? —Pero hizo la llamada de todos modos.

Lo siguiente en mi lista era la compañía de seguros, pero todavía no había abierto. Como yo quería jugar limpio, también apunté la aseguradora de Wyatt. Él también tenía que ocuparse de algunas cosas. Luego empecé a apuntar todo lo que necesitaba comprar. Iba ya por la segunda página cuando Wyatt me quitó la libreta y me levantó de la silla.

—Puedes organizar tu salida de compras más tarde —dijo conduciéndome hacia la escalera—. Deberías verte. Los dos necesitamos una ducha.

Nada que discutir al respecto. Lo único que no me hacía falta era darme una ducha con él. Me solté de sus brazos, tropezando casi con el esfuerzo, y levanté la mano como un guardia de tráfico. Sacando el mentón, le señalé primero a él y luego a mí misma, y sacudí la cabeza con energía.

—¿No quieres ducharte conmigo? —preguntó inocentemente. Mecachis, sabía lo furiosa que estaba y se aprovechaba a posta de mi laringitis.

De acuerdo, a ver si lo entendía de una vez. Nos señalé a ambos otra vez, luego formé un círculo con el pulgar y el índice de la mano izquierda, y metí el anular de la mano derecha dentro y fuera del círculo con gran rapidez, después bajé las manos y negué con la cabeza aún con más energía que antes.

Él sonrió.

—No tienes idea de la pinta que tienes o no se te ocurriría que la idea de sexo pudiera pasarme por la cabeza en este momento. Lavémonos, luego iremos a comisaría y podrás responder a algunas preguntas y hacer una declaración. —Y se corrigió—. Escribir una declaración.

Me hacía una idea de mi aspecto, porque podía verle a él. Pero por eso no era menos consciente de sus intenciones. Era Wyatt, el señor Perpetuamente Cachondo. Sabía cómo funcionaba. Habíamos practicado sexo en la ducha unas cuantas veces.

Había tres baños en el piso superior pero, al típico estilo de decoración Wyatt, sólo el baño principal tenía toallas. Entré antes que él, saqué dos toallas y una manopla del armario de la ropa blanca, cogí el champú y el acondicionador de la ducha, una de sus camisas y un albornoz de su armario, y volví a salir.

—¡Eh! ¿Adónde vas?

Indiqué en dirección a los otros baños, y le dejé para que se duchara él solito. Le hacía falta meditar sobre la enormidad de sus pecados.

Pero tenía razón respecto a mi aspecto. Una vez a salvo tras la puerta cerrada del otro cuarto de baño, miré al espejo, y habría gemido de tener voz. Tenía los bordes de los párpados rojos e hinchados, estaba cubierta de hollín grasiento, y los bordes de la boca y orificios de la nariz estaban por completo ennegrecidos con aquella cosa negra. Tenía el pelo tieso de tantas cenizas y hollín, e iba a ser imposible retirar aquello con una sola pasada de champú y jabón; al menos, no con esta clase de jabón.

Regresé abajo y me quedé de pie pensando un momento. ¿Lavavajillas o detergente? Decidí que el lavavajillas resultaría menos corrosivo y aun así funcionaría con el aceite y la grasa. Saqué el frasco de debajo del fregadero de la cocina y volví arriba.

Media hora más tarde, pese a haber utilizado tan sólo agua tibia y haber cerrado el grifo mientras me enjabonaba, se acabó el agua caliente, pero claro, no me extrañó, con dos de nosotros duchándonos al mismo tiempo. El Palmolive había hecho un trabajo admirable lavando el hollín, auque había dejado mi pelo de una textura parecida a la paja, de modo que iba a necesitar aplicarme champú y acondicionador, pero eso requeriría más agua. Mientras me lo secaba con una toalla, estudié mi cara en el espejo. Aún tenía los ojos enrojecidos, pero ya no había rastro del hollín. Quedaban todavía algunos puntos oscuros en mis manos y pies, pero no quería restregarme la piel hasta dejármela al rojo vivo. Podían esperar.

No tenía ropa interior, por supuesto, no había dejado ropa en casa de Wyatt ninguna de las noches que me había quedado a dormir aquí. Por ridículo que pareciera, me sentía desnuda y me puse la camisa de Wyatt y luego su albornoz encima. Por fin, con el pelo mojado envuelto en una toalla, bajé a esperar a ver si me traían la ropa que había pedido.

Wyatt estaba en la cocina. Recién afeitado, se había vestido de traje y corbata como hacía siempre para ir al trabajo. Había preparado una cafetera —bendito fuera por eso, pese a lo enfadada que estaba— y permanecía en pie con mi fajo de notas en la mano, dándoles un repaso.

Alzó la vista cuando aparecí en la puerta. La expresión en sus ojos era casi de incredulidad. Volvió a echar un vistazo a una de las notas.

Alcancé a verla desde el umbral de la puerta, porque había escrito todas las notas con grandes letras mayúsculas. Esa nota en particular proclamaba:

WYATT ES UN CAPULLO

Capítulo 21

Di un rodeo para eludirle y fui a servirme una taza de café mientras él continuaba considerando mis notas. Escogió otra, que sostuvo con el brazo estirado, mientras inclinaba la cabeza como si nunca antes hubiera visto una nota.

—«Necesito una escopeta». Vaya, esta idea probablemente tendrá a todos mis hombres en máxima alerta.

A mí me parecía una gran idea; necesitaba una escopeta en aquel preciso instante. Acribillarle el culo a perdigonazos me ayudaría a sentirme mucho mejor. Dándole la espalda, me deleité con aquella fantasía mientras daba mi primer trago al café, que supuso mucho más trabajo de lo que había esperado. Mi garganta no quería cooperar, no quería ocuparse de lo de tragar. Una vez que lo conseguí, fue un gusto bañar mi garganta irritada con aquel calor. Beber cosas calientes por regla general va bien cuando tienes la garganta irritada, y yo quería recuperar mi voz. Tenía muchas cosas que decir.

Necesitaba escribir una lista con todo lo que quería decir para que no se me olvidara nada. También necesitaba retomar en serio la lista de transgresiones de Wyatt, porque esta vez iba a quedar muy bien.

Noté que sus brazos me rodeaban desde atrás, y luego Wyatt me acercó a él con delicadeza, apoyando su barbilla en lo alto de mi cabeza envuelta en la toalla.

—Estuviste hablándome por el móvil, y ahora de repente no consigues proferir un solo sonido. ¿De verdad te pasa algo en la garganta o sólo es que no quieres hablarme?

Di un trago al café con cuidado. ¿Qué se suponía que debía hacer, responderle?

Pensé en clavarle el codo en las costillas, pero todo ese entrenamiento policial que había recibido hacía que fuera peligroso entrar en el terreno físico con él. Además, nunca me dejaba ganar; me costaba creer que fuera tan altanero, porque dejarme ganar de tanto en tanto sería la manera caballerosa de hacer las cosas. Aparte, lo único que yo llevaba puesto era su camisa y albornoz, ambos demasiado grandes para mí. Si empezábamos a pelear, se me saldría el albornoz en un visto y no visto, y la camisa se me subiría hasta el cuello, que era justo lo que sucedía cuando nos enzarzábamos en una pelea.

En vez de eso, consciente de que esto le preocuparía y le fastidiaría más, dejé la taza y retiré con calma los brazos que me abrazaban. Y después de echarme un poco más de café, me la llevé a la mesa, donde me senté, y luego, momentáneamente, me distraje al ver mi gran bolso descansando en medio de la mesa. No había advertido antes que tenía el bolso ahí, de tan concentrada que estaba en pelearme con él, lo cual dice mucho del efecto horrible que Wyatt ejerce sobre mí. No me había olvidado del bolso —ni de mis zapatos— mientras luchaba por salvar la vida, pero en cuanto él hacía acto de presencia, yo perdía toda la concentración. Qué miedo me daba aquello.

Me pregunté durante un breve instante si Wyatt habría dejado el cuchillo ahí dentro o si me habría desarmado. Más tarde lo comprobaría. Justo en aquel momento tenía que emitir un comunicado, así que acerqué la libreta y empecé a escribir. Después de acabar la nota, la hice girar y la empujé al otro lado de la mesa.

Se sirvió más café y se acercó a la mesa, frunciendo un poco el ceño mientras leía. *Ambas cosas. Tosí mucho después de inhalar humo, luego forcé la garganta aún más de tanto gritar para que ALGUIEN me hiciera caso cuando la vi entre el gentío. Aparte no pienso hablarte, ¡y no hay boda!*

—Sí —dijo con ironía—. Ya leí la nota sobre la boda. —Alzó la vista, con sus ojos verdes entrecerrados y centelleantes, concentrados en mí con suma atención—. Dejemos claro una cosa entre nosotros. Haré lo que sea para protegerte, para mantenerte a salvo, por mucho que te cabree. Meterte en un coche patrulla y retenerte ahí era la mejor manera de tenerte alejada de líos y peligros. No voy a disculparme por haberlo hecho. Nunca. ¿Lo entiendes?

Tenía una gran habilidad para volver las tornas, había que reconocérselo. Podía exponer su punto de vista y formular una frase de tal manera que sólo alguien mezquino e insignificante estaría en desacuerdo con él. No pasa nada, no me importa ser mezquina e insignificante. Estiré el brazo y volví a acercar la libreta.

Ya no soy tu problema. En cuanto alguien venga aquí y me traiga algo de ropa, me largo.

—Eso es lo que tú te crees —dijo con calma después de leer la nota—. Tu culito va a quedarse aquí mismo donde yo pueda vigilarlo. No puedo permitir que te instales con nadie de tu familia, pues les estarías poniendo en peligro al hacerlo. Alguien intenta matarte, y no le importa que otras personas salgan malparadas con tal de cogerte a ti.

¡Maldito, maldito, maldito! Tenía toda la razón en eso.

A continuación escribí: *Pues me iré a un hotel.*

—Y un cuerno vas a irte. Te quedas aquí.

Era obvio que había que dejar alguna cosa clara al respecto, y así lo hice. *¿Y si ella logra seguirme hasta aquí? Tú correrás tanto peligro como cualquier otra persona con quien yo esté. Y tienes que ausentarte muchas noches.*

—Me ocuparé de esa cuestión —dijo tras hacer una pausa justo para leer lo que había escrito, por supuesto no lo suficiente como para reflexionar bastante—. Tienes que confiar en mí en esto. Un pirómano deja pistas. Además el procedimiento habitual es grabar en vídeo a los mirones de la escena de un crimen o de un incendio provocado. Mientras me dirigía allá en coche, transmití a todo el mundo la idea de que probablemente se tratara de un incendio provocado. Uno de los agentes ya tenía filmado el gentío mucho antes de que tú la localizaras. Lo único que tienes que hacer es decirnos quién es y nosotros continuaremos con el trabajo.

Qué alivio. Wyatt no tenía ni idea del alivio tan grande que suponía eso para mí, porque él no había estado en la casa conmigo. De todos modos, habría sentido un alivio aún mayor si ella ya estuviera detenida, y todavía mayor si no me hubiera tenido encerrada en aquel apestoso coche patrulla.

Escribí: *Conozco esa cara, la he visto en algún sitio, pero no puedo situarla. Está fuera de contexto.*

—Entonces alguien más de tu familia o incluso uno de tus empleados podría reconocerla. Por supuesto, la viste mientras te seguía, por lo tanto puede que te resultase familiar por eso.

Sonaba lógico, pero... equivocado. Negué con la cabeza. No había distinguido tantas cosas cuando me seguía, sólo que la persona al volante era una mujer.

El sonido de un coche en la calzada atrajo nuestra atención y Wyatt se levantó. El sonido continuó hasta llegar a la parte trasera, lo cual significaba que se trataba de algún familiar o amigo que entraba por ahí; cualquier otra persona hubiera ido a la entrada principal. Wyatt abrió la puerta que daba al garaje y dijo:

—Es Jenni.

Wyatt había llamado a mamá hacía menos de una hora, así que me sorprendía que alguien hubiera llegado hasta aquí tan pronto con la ropa. Jenni entró con paso enérgico en la cocina y con una bolsa de WalMart en cada mano.

—Tu vida sí que es interesante —comentó sacudiendo un poco la cabeza mientras dejaba las bolsas encima de la mesa.

—Ni un momento de aburrimiento —corroboró Wyatt con ironía—. Además, tiene una laringitis colosal, por inhalación de humos, y por eso escribe notas.

—Ya veo —dijo Jenni cogiendo la que decía HOMBRES GILIPOLLAS. La estudió durante un momento—. Y está muy enfadada, también. No es habitual en ella ser redundante. —Estaba de espaldas a Wyatt, de modo que él no pudo ver el guiño travieso que me lanzó.

Su única respuesta fue un resoplido.

—Vamos a lo nuestro —dijo Jenni con jovialidad mientras abría las bolsas—. Ya estaba levantada y vestida cuando llamó mamá, así que me fui directa a Wal-Mart. Sólo he traído cosas básicas, pero es todo lo que necesitas por ahora, ¿de acuerdo? Vaqueros, dos bonitas camisetas, dos conjuntos de ropa interior, secador de mano y cepillo moldeador, máscara, brillo, y pasta y cepillo de dientes. Y crema hidratante. Oh, y un par de mocasines. No puedo dar fe de su comodidad, pero son muy monos.

Busqué en la bolsa el recibo de la compra, aprobando con movimientos de cabeza cada uno de los artículos, y saqué mi talonario para reembolsarle el importe. Como Jenni estaba de pie, alcanzó a ver mis zapatos de la boda dentro de la bolsa y soltó un resuello.

—Oh. Santo cielo. Dios. —Sacó un zapato con reverencia y lo mantuvo en equilibrio sobre una mano—. ¿Dónde los has conseguido?

Dejé un momento el cheque que estaba preparando y pasé a escribir en la libreta, anotando obedientemente el nombre del comercio. No me preguntó cuánto habían costado, y yo no le ofrecí esa información voluntariamente. Algunas cosas son intranscendentes. Eran mis zapatos de boda, y el precio no era un factor en la decisión de compra.

—Qué suerte tienes de que estuvieran en la bolsa —me dijo en voz baja.

Acabé de escribir el talón y lo arranqué, luego negué con la cabeza y anoté: *No los llevaba ahí. Tuve que volver para cogerlos.*

Por supuesto, Wyatt me vio sacudir la cabeza y se acercó hasta nosotras en dos zancadas para ver lo que había escrito. Me observó con incredulidad por un momento, y luego juntó las cejas.

—¿Pusiste en peligro tu vida por un par de zapatos? —bramó.

Le dediqué una mirada de exasperación y escribí: *Eran mis ZAPATOS DE BODA. En ese momento aún pensaba que iba a casarme contigo. Me lo he repensado ahora.*

—Vaaaaale —dijo Jenni mientras cogía el talón y giraba sobre sus talones—. Yo me largo de aquí.

Ninguno de los dos le prestamos la menor atención mientras salía por la puerta. Wyatt soltó, furioso:

—¿Volviste a entrar en una puta casa en llamas para recuperar un par de zapatos? No me importa si están revestidos en oro…

Cogí la libreta y escribí: *Técnicamente, no. Todavía estaba EN mi habitación cuando me acordé de los zapatos y me fui hasta el armario para cogerlos.* Entonces dejé el boli con un golpe, cogí mis ropas nuevas y demás parafernalia y me lo llevé todo al piso de arriba. Y tampoco esta vez a la habitación principal.

Encerrada a salvo en el baño que había usado antes, bendije mentalmente a Jenni por acordarse de las cosas pequeñas. Me cepillé los dientes, me puse crema hidratante —mi piel la necesitaba terriblemente después de haber estado expuesta a todo ese calor y hollín, y haberla restregado con lavavajillas— y me sequé el pelo. Cuando acabé de vestirme, volví a sentirme humana. Muy cansada, pero humana.

Wyatt aún me esperaba cuando volví a bajar, aunque la verdad, no creía en serio que fuera a marcharse sin mí. Aún mantenía una expresión adusta, pero me dedicó un escrutinio y luego soltó de forma abrupta:

—Tienes que comer algo.

Mi estómago se animó. Mi garganta dijo que de comer ni hablar. Y yo negué con la cabeza mientras me señalaba la garganta.

—Entonces, leche. Puedes beber un poco de leche. —Wyatt siempre tenía leche a mano, para los cereales—. O gachas de avena. Siéntate y prepararé un par de tazones.

Lo dijo con decisión, y lo más probable era que tuviera razón; los dos necesitábamos comer después de la noche que habíamos soportado. Tenía la impresión de que hacía días que se había llevado el contestador a comisaría para que lo analizaran, cuando en realidad no habían pasado ni doce horas. El tiempo vuela cuando estás saltando desde un segundo piso de un edificio en llamas, trepando vallas, y buscando zorras psicópatas con la intención de destriparlas, para acabar encerrada en un apestoso coche patrulla durante horas mientras ella se burla de ti.

Se quitó la chaqueta del traje y preparó con eficiencia dos tazones de papilla instantánea de avena, añadiendo azúcar y leche suficientes al mío para que quedara más caldosa. Me metí una cucharada con cautela; estaba buena y caliente, y lo bastante blanda como para poder tragarla, aunque me hiciera toser. Toser era un rollo. Insistí de todos modos, hasta que conseguí comer la mitad del tazón, pero las toses que seguían a cada bocado eran demasiado bruscas para mi garganta, que ya parecía papel de lija, o sea, que me rendí tras medio cuenco. Tal vez debería seguir una dieta a base de batidos, yogur y postre de gelatina durante unos cuantos días.

Limpiamos juntos la mesa, aunque tampoco es que hubiera mucho que recoger: dos tazones, dos cucharas, dos tazas de café, y cuando todo estuvo dentro del lavaplatos, cogí mi bolso —sí, había retirado el cuchillo—, le miré, y simulé que giraba la llave en el contacto del coche.

—Aún están en el coche —dijo, refiriéndose a mi Mercedes. Él iba a conducir su coche del cuerpo de policía, el Crown Vic. Me asqueaba cómo había acabado su Avalanche; había visto cómo empezaba a arder uno de los neumáticos delanteros, por lo tanto supe desde el principio que el daño sería irreparable pese a que los bomberos acudieron de inmediato a rociarlo con agua. A esa distancia, el calor quemaba la pintura, fundía los faros y la parte delantera del motor, hacía todo tipo de cosas desagradables. Wyatt se había tomado con calma la pérdida de la furgoneta, pero, dado que había estado en un montón de incendios, supongo que había sabido a ciencia cierta que sería imposible salvarla.

No te preocupes por la furgoneta, había dicho. *¿De verdad te encuentras bien?*

Maldición. No era fácil seguir enfadada con un hombre que te quiere tanto como tú le quieres a él.

Y luego el muy ladronzuelo me debilitó aún más cuando me acercó a él para darme un beso largo y ansioso. Cuando alzó la cabeza me miró a la cara, casi medio sonrió, y luego volvió a besarme.

—Oh, sí —dijo—. La boda sigue en pie.

Capítulo 22

Wyatt permaneció detrás de mí durante todo el trayecto hasta jefatura, aunque no había muchas posibilidades de que me hubieran seguido a su casa. Nadie nos había seguido allí cuando dejamos el lugar del incendio, y su número de teléfono no aparecía en el listín telefónico, por lo tanto, localizarle no era tan fácil como había sido localizarme a mí. Mis números siempre habían estado en la guía, pues nunca había intentado ocultarme de nadie. Por supuesto, si alguien sabe dónde trabajas, siempre sabe dónde y cuándo puede encontrarte.

Lo cual hacía que me preguntara si todo esto no estaría conectado de algún modo con Great Bods. La mujer que descubrí entre la multitud era alguien que había visto con anterioridad. No era una total desconocida, tenía alguna conexión conmigo. Simplemente yo no podía acordarme de a quién correspondía la cara. No conozco personalmente a todos los socios de Great Bods, pero sí reconozco sus caras, por lo que, pensándolo bien, aquello eliminaba a Great Bods como conexión. Cuando alguien te resulta familiar pero no sabes de qué, se debe a que no está en el lugar acostumbrado. Aunque trasladara ese rostro a Great Bods, seguía sin provocar un «¡ajá!» de reconocimiento, y eso significaba que no era en el trabajo donde la había visto.

Por lo tanto, lo más probable era que ella trabajara en los demás puntos de contacto habituales: la tienda de ultramarinos, el centro comercial, correos, el banco, tal vez incluso en las oficinas de UPS o FedEx. Sin embargo, por más que lo intentara, no podía ubicarla.

Cuando salimos de los ascensores a la agitada y ruidosa sala de la brigada, las cabezas se volvieron en nuestra dirección y la mayoría de rostros esbozaron amplias sonrisas. Bien, las personas esposadas a las sillas no sonrieron, y tampoco la gente que estaba allí presentando quejas y otras cuestiones, pero los polis sí que lo hicieron.

Yo me sentí un poco dolida. ¿Qué tenía de gracioso que mi casa se hubiera achicharrado?

Dirigí una ojeada rápida a Wyatt para ver si se percataba de todas aquellas sonrisas. Tenía la mirada puesta en la puerta de su despacho, donde había un cartel. No se detuvo hasta que nos acercamos lo suficiente como para leerlo: ¡WYATT ES UN CAPULLO Y YA NO HAY BODA! No era una de mis notas, pero estaba claro que incorporaba elementos de dos de ellas.

Me giré en redondo y lancé una mirada fulminante a toda la sala. Algunos de los polis estaban a punto de atragantarse de la risa. Estaban burlándose de mis notas.

—Ninguno de vosotros —anuncié a viva voz— me dejó salir de ese coche. —O más bien, intenté anunciar, porque había olvidado que no podía hablar. No surgió ni un solo sonido de mi boca. Estar ahí de pie con la boca abierta era humillante.

Pero mi intención era hacer una lista de gente despreciable, y pensaba ponerles a todos ahí.

Wyatt alargó el brazo y retiró con calma el letrero.

—La boda sigue en pie —dijo, y se oyeron algunos aplausos porque, como hombres que eran en su mayoría, dieron por supuesto que me había bajado los humos con un buen revolcón. Le miré llena de ira, pero se limitó a sonreír mientras abría la puerta y me hacía entrar.

—Necesito la cinta del lugar de los hechos —dijo por encima del hombro antes de cerrar la puerta.

Su despacho no era muy grande y estaba atiborrado de archivadores y papeleo burocrático. La visión de tantos papeles me animó un poco. Si me dejaba a solas aquí, podría continuar con mis lecturas clandestinas.

Me senté enfurruñada en una de las sillas para las visitas mientras él se acomodaba en el gran sillón de cuero situado tras el escritorio.

—Asombroso —dijo con un gesto caprichoso en los labios, como si quisiera sonreír.

Yo alcé ambas manos con un impaciente gesto de «¿El qué?».

—Te lo contaré más tarde —dijo arrojando el letrero sobre el escritorio—. Tenemos mucho trabajo que hacer.

No bromeaba al respecto. Primero yo tenía que hacer una declaración sobre lo que había sucedido anoche, o más bien, de madrugada. Wyatt no tomaba declaraciones, eso era cosa del oficial Forester y, para ser precisos, yo haría la declaración por escrito, por supuesto.

El oficial todavía estaba en ello, pero el jefe de bomberos no había dudado en calificar el incendio de provocado; era evidente que no había habido intentos de disimularlo. Los perros del cuerpo le habían alertado de la gasolina rociada por toda la parte delantera y la derecha de mi vivienda. En cuanto prendió fuego, las llamas bloquearon de inmediato la salida por ambas puertas. Quedaban los ventanales dobles del comedor, pero al arrojar la bomba incendiaria por la ventana del salón y extender el fuego por toda la sala, mi ruta desde arriba había quedado bloqueada. Para asegurarse todavía más, la verja también había sido bloqueada. Si por casualidad hubiera conseguido salir al patio, la intención de la pirómana era dejarme atrapada ahí. Por lo rápido que el fuego se había propagado a los perales de los Bradford a través del pequeño patio, si yo no hubiera sido capaz de trepar por la verja, hubiera muerto ahí.

Lo más probable es que ella no contara con que yo fuera capaz de escapar desde el piso de arriba. El humo asciende, y lo cierto es que cuentas con muy poco tiempo para salir de un edificio en llamas sin que el humo te alcance. Lo sé porque vi un documental sobre incendios en casas y lo rápido que se propagaban. Al taparme la boca y la nariz con la toalla húmeda, había dispuesto de un par de minutos valiosísimos. La otra toalla húmeda cubriéndome la cabeza y los hombros probablemente había impedido que me quemaran las chispas y las cenizas calientes. El resto, salir por la ventana del dormitorio del segundo piso y trepar la valla, tenía mucho que ver con estar enfadada y desesperada, y también con tener un tronco superior bastante fuerte.

Nunca sabes cuando te va a servir lo de haber sido animadora.

Para conseguir una secuencia temporal de los hechos, mi declaración se coordinó con mi llamada al 911, de la cual tenían copia. Por este motivo, todo el mundo en el edificio me oyó decir a la operadora del 911 que el departamento de bomberos podía determinar cuál era mi vivienda, porque le salían llamas por las ventanas. Por alguna razón, todos tuvieron que oírlo más de una vez también.

Luego tuve que ver el vídeo de la multitud en el lugar de los hechos.

Permanecí sentada en el despacho de Wyatt mirando con él y los oficiales Forester y MacInnes la filmación en un pequeño monitor. Wyatt había pedido grabar el vídeo incluso antes de hablar conmigo, de modo que tuve que verme a mí misma —y no recordaba haberme visto nunca con un aspecto tan horrible— entrando y saliendo en el encuadre mientras la cámara filmaba al gentío de izquierda a derecha y luego repetía la panorámica. Pero lo que no vi fue a la rubia con la capucha.

Me sentí muy decepcionada. Escribí: *No la veo. No está ahí.*

—Sigue mirando —dijo Wyatt—. Filmaron a la multitud más de una vez.

De modo que lo vimos fotograma a fotograma. Al final, la cámara la captó de refilón, volviendo la cara hacia otro lado, con la capucha subida y un rizo de pelo muy rubio escapándose de debajo de la sudadera y cruzando su clavícula, tal vez también la mitad de su maxilar derecho. Se la veía detrás de un tío con camisa roja casi todo el rato, por lo que no había manera de ampliar la imagen para verla mejor.

Revisé mentalmente mis recuerdos y analicé el instante en que me percaté de que ella era la acosadora, cuando se quedó mirándome fijamente con aquella maldad no disimulada. La grabación debió de haberse hecho segundos antes o segundos después, probablemente después, porque había vuelto el rostro como si fuera a marcharse. MacIness dijo que era probable que hubiera detectado la cámara.

—El tío de la camisa roja puede ser un punto de partida —determinó Wyatt—. Tal vez recuerde algo de ella, puede que incluso la conozca.

—Aún estamos sondeando al vecindario —dijo Forester—. Llevaré esta foto a los compañeros. Alguien le reconocerá.

Yo llevaba toda la mañana bebiendo cosas calientes para aliviar mi garganta. Wyatt incluso había gorroneado una bolsita de té a alguien y me había preparado una taza; no sé cuál es la diferencia, pero el té sienta mejor que el café cuando tienes la garganta irritada. Un par de aspirinas también ayudaron a calmar el dolor, pero seguía sin poder proferir sonido alguno. Entonces él mencionó que iba a llevarme a Urgencias para que me examinaran, una idea que veté con un *¡NO!* en la libreta que precisó una página entera.

Las cosas parecieron eternizarse un rato. Durante una pausa, Wyatt habló tanto con mi agente de seguros como con el suyo. También llamó a mi madre —algo que decididamente sumó varios puntos en su marcador— para darle el parte, y a la suya, para tranquilizarla y asegurarle de que yo estaba bien, igual que él.

Para la hora del almuerzo, estaba harta de tanto repasar el lugar de los hechos. Estaba cansada, y punto. Necesitaba ir de compras y nutrir mi ropero, pero por primera vez en mi vida no sentía el menor entusiasmo por hacer esas cosas. Me gustaban mis antiguas ropas, quería recuperarlas. Quería mis libros, mi música, mis platos. ¡Quería mis cosas! Y sólo ahora empezaba a hacerme a la idea de que mis cosas se habían esfumado, de verdad, de modo irrevocable.

Jenni, bendita ella, me había traído dos conjuntos de ropa interior y dos camisetas; no había ninguna necesidad de ir a comprar hoy, podía esperar a mañana. Tal vez mañana ya pudiera volver a hablar. Hoy sólo quería hacer cosas normales. Quería ir a trabajar.

Ya había hecho mi declaración por escrito para la policía; había visto el vídeo y había detectado a la zorra psicópata, aunque no había servido de mucho. No veía motivos para quedarme por ahí más rato.

Escribí una nota a Wyatt en la que le decía que me iba al trabajo.

Se reclinó en la silla, con expresión adusta, al estilo teniente.

—Creo que no es buena idea.

Escribí otra nota. *Creo que es una idea genial. Sabe que allí puede encontrarme.*

—Y por eso prefiero mandar a una de las agentes femeninas a que conduzca tu coche por ahí.

Entonces organízalo para mañana. Estoy cansada de esto. Quiero recuperar mi vida. La única cosa normal que puedo hacer ahora es ir a trabajar, o sea, que me voy al trabajo.

—Blair. —Se inclinó hacia delante, mirándome fijamente con sus ojos verdes—. Ha intentado matarte hace apenas unas horas. ¿Qué te hace pensar que no vaya a hacer lo mismo en Great Bods?

Oh, Dios, no había pensado en eso. Great Bods corría peligro, aunque de todos modos quizá pensara que yo sólo trabajaba allí, no que era la propietaria. Quiero decir, no contesto al teléfono con un «Hola, soy Blair y soy propietaria de Great Bods». Es probable que la mayoría de los socios no estén enterados de que yo soy la propietaria, porque no es el tipo de información que anuncias a todo el mundo. Podía ser la directora perfectamente, que por supuesto era el trabajo que yo hacía.

Lo único que me diferenciaba de otros empleados era que conducía un Mercedes, pero ni siquiera eso era una singularidad, porque Keir, uno de los instructores de preparación física, tenía un Porsche.

Me pellizqué el caballete de la nariz mientras pensaba. Tal vez no estuviera pensando con claridad —vaya, me pregunto por qué sería—, pero por lo visto no podía dejar a Lynn en la estacada otra vez. Tenía una vida fuera de Great Bods, y aunque lo hacía fenomenal como sustituta mía, no podía aprovecharme tanto de ella o acabaría perdiendo una ayudante de primera.

Puse todo eso por escrito, explicándoselo a Wyatt lo mejor que pude. Me estaba cansando de escribir tanto.

Para mi sorpresa, leyó la explicación y luego se limitó a estudiar mi rostro un rato. No sé que vio ahí: tal vez la necesidad verdadera de ir a trabajar o tal vez, pensándolo bien, estuvo de acuerdo conmigo en que el riesgo que corría en Great Bods no era tan grande.

—De acuerdo —dijo al final—. Pero voy a asignarte una persona a todas horas. Siéntate aquí y lo aclararé con el jefe Gray.

Podría haberme hecho una jugarreta, ya ha pasado en otras ocasiones, pero me quedé allí sentada. Cuando regresó, cogió la chaqueta del traje del colgador de detrás de la puerta y dijo:

—Vamos.

Cogí el bolso y me levanté, y mi expresión se encargó de hacer la pregunta por mí.

—Seré tu guardaespaldas durante el resto del día —explicó.

Aquello me puso bastante contenta.

Capítulo 23

Lynn mostró un tremendo alivio cuando me presenté en el trabajo, no sólo a la hora, sino un poco antes incluso. Wyatt no había mencionado que me faltaba la voz al telefonearla aquella mañana, y le preocupó tanto que yo ni siquiera pudiera susurrar, que al salir del trabajo se fue a una herboristería y volvió con una selección de infusiones que se suponía ayudaban a aliviar una garganta inflamada. Incluso se ofreció a quedarse hasta tarde y ayudarme, pero la envié a casa. Wyatt estaba allí si necesitaba que alguien hablara por mí.

En conjunto, fue un día normal y agradable en Great Bods. No había Malibus blancos aparcados al otro lado de la calle, ni psicópatas rubias arrojando bombas incendiarias a través de la entrada. Era el tipo de día que a mí me gustaba, justo el terreno intermedio que necesitaba para volver a sentir los pies sobre la tierra. De todos modos, me sentía haciendo equilibrios al borde de la desesperación, y no paraba de darme charlas de ánimo a mí misma, para levantarme la confianza. Sí, mi casa se había quemado, pero nadie había muerto. Sí, había perdido todas mis posesiones personales, pero, eh, el fuego no me había alcanzado el pelo. Sí, la brutalidad de mi desconocida acosadora y aspirante a asesina me espantaba, pero ahora sabía qué aspecto tenía y yo estaba francamente cabreada, o sea, que cuando volviera a verla mi intención era ir a por ella, a menos que Wyatt me encerrara en algún apestoso coche patrulla otra vez.

Me estaba costando mucho superar el resentimiento por eso.

Él merodeaba por allí como el poli que era, inspeccionando la calle constantemente, el aparcamiento, rodeando el edificio. Ordenó a una de las instructoras del segundo turno que contestara al teléfono por mí y eso resultó un regalo del cielo, porque cuando mencioné mediante papel y boli que estábamos buscando una ayudante para la ayudante de dirección, se excitó mucho y preguntó si podría prepararse para ese trabajo.

Bien, ¿quién sabe? Ella, se llamaba JoAnn, era de hecho mi instructora menos popular entre los socios, por su actitud puramente comercial. Por otro lado, también era una de las instructoras más inteligentes. No tenía experiencia administrativa en absoluto, pero me gustaba de veras su forma de desenvolverse por teléfono. Cuando no sabía qué hacer, sonaba como si en realidad lo supiera, digamos que como un político. Sin duda iba a hablarle a Lynn de ella.

Fueran las infusiones o el hecho de haber dado un descanso completo a mi voz, al final del día tragar parecía más fácil. Tenía tanta hambre que sentía náuseas, de modo que JoAnn fue a una hamburguesería y trajo una hamburguesa con patatas para Wyatt y un gran batido muy denso para mí: de fresas, mi favorito. El frío le sentó tan bien a mi pobre garganta como las infusiones.

Era jueves, casi había pasado una semana desde mi primer encontronazo con la chalada sobre ruedas. Recordé que en teoría hoy me tenían que quitar los puntos del nacimiento del pelo. Metí la mano por esa parte del cabello y los palpé: parecían secos y tiesos, y la piel que los rodeaba pinchaba con el crecimiento del pelo.

¿Sería muy difícil retirar los puntos? Ya me habían quitado puntos con anterioridad y no era doloroso, a lo sumo escocía un poco, por lo tanto no parecía gran cosa. Tenía unas tijeras de manicura en el despacho y pinzas en el botiquín de primeros auxilios. Necesitaba quitarme esos puntos. Necesitaba dejar atrás aquel episodio. Sí, había salido ganando un genial corte de pelo, pero en conjunto había sido un latazo.

Me llevé el equipo conmigo al baño de señoras, donde descubrí que el pelo no se mantenía apartado, pues se empeñaba en balancearse hacia delante con esa gran curva que Shay había moldeado. No tenía ninguna horquilla, pero sí un par de gomas en la oficina. Salí volando del lavabo y entré en el despacho, cogí una goma y volví a salir como una flecha. Wyatt me vio y gritó, «¡Eh!», pero le hice un ademán y continué con lo mío. Lo más probable era que pensara que tenía una necesidad urgente de ir al baño de señoras.

Pero al cabo de un rato entró mientras yo estaba dando un tijeretazo al tercer punto.

—¡Santo Dios!

Di un brinco, algo nada recomendable cuando tienes unas tijeritas afiladas apuntando a una laceración recién cicatrizada. Miré su reflejo en el espejo con el ceño fruncido, luego volví a inclinar un poco la cabeza para ver con exactitud dónde estaba el siguiente punto.

—Oh, joder —refunfuñó, y se acercó hasta mi lado—. Para, antes de que te claves esa cosa. Iba a preguntarte qué estabas haciendo, pero puedo verlo, aunque no sé por qué. ¿No se suponía que debías ir al médico para que lo hiciera él?

Respondí con un gesto de asentimiento, y fui otra vez a por el punto.

Agarró mi mano con la suya.

—Dame eso a mí. Dios. Ya lo hago yo.

Dejé que se quedara con las tijeras, pero sonreí con suficiencia y negué con la cabeza.

—¿Crees que no puedo? —preguntó, sintiéndose desafiado.

Volví a negar con la cabeza, convencida de que no podía.

En cuestión de segundos se enteró, al percatarse de que era imposible meter sus grandes dedos por los pequeños agujeros del asa de las tijeras. Frustrado, se las quedó mirando, y yo se las quité con gesto triunfal y me puse a trabajar otra vez. Vale, ya sé que sólo era una victoria mínima, sin embargo me sentó muy bien. Últimamente no había tenido muchas victorias, y sentía la carencia.

Así que corté los puntos, y él usó las pinzas para retirar con delicadeza los trozos de hilo. Pequeñas gotas de sangre se formaron aquí y allá, de modo que cogí una gasa antiséptica del botiquín y las sequé. No volvieron a aparecer, y así quedó la cosa. Tras quitarme la goma que había usado para sostenerme el pelo, volví a menear la melena y sonreí radiante.

—No era para tanto —dijo él entre dientes. Luego se convirtió otra vez en poli y abrió la puerta de cada cubículo de golpe, uno a uno, hasta que hubo inspeccionado los seis. Supongo que no podía evitarlo.

Cerré puntualmente a las nueve, y JoAnn se quedó para conocer las cuestiones de seguridad que requería el cierre del lugar por la noche. Con su ayuda, todo fue, bien, el doble de rápido —vaya— y estuvimos listos para marcharnos a las nueve y veinte. Wyatt estudió el exterior antes de salir.

Seguí la ruta larga otra vez, con Wyatt siguiéndome de cerca. Pero no iba a casa, pensé con una punzada. Nunca volvería allí o al menos nunca volvería a ser mi hogar. Tendría que ir a ver la casa; algo en mí me exigía hacerlo. Supongo que es como ver un funeral de cuerpo presente, ver el cadáver para crearte un recuerdo final, una clausura. Aunque crees que tu cerebro va a entender la muerte y en el momento que llega no hace falta nada más, pues no es así. Hay que ver a esa persona muerta y reemplazar el recuerdo vivo por el recuerdo muerto. O algo parecido.

Si Wyatt y yo nos casábamos, su casa sería mi hogar desde ese mismo día. Pero, si no lo hacíamos, tenía que saberlo lo antes posible para poder organizar otras cosas. Cuando volviera a hablar, teníamos que mantener una buena conversación.

¡Dios, había que ponerse las pilas! Si nos casábamos, sería dentro de veintidós días. ¡Sólo tres semanas! ¡Y ni siquiera había escogido la tela para el vestido! Además, aún tenía que hablar con Monica Stevens y con Sally, y conseguir que Jazz y Sally volvieran a juntarse, y de algún modo buscar sustitutos a todas las cosas que había perdido. ¡No me quedaban semanas suficientes!

Como consejo de amiga, no recomiendo a nadie organizar una

boda mientras tengas que enfrentarte a un acosador homicida. Las cosas se complican demasiado, así de sencillo.

Wyatt me había dado instrucciones sobre cómo librarme de alguien que te sigue, por lo que antes de llegar a un lugar que ya habíamos acordado por adelantado —una gasolinera en un rincón a mano izquierda— él giró y me dejó sola. El corazón se me aceleró ante la noción repentina de vulnerabilidad, pero no vi ningún vehículo sospechoso detrás, y con eso me refería a algún Chevrolet blanco. No obstante, tenía coches detrás, lo cual quería decir que no estaba libre de peligro. Ella podría haber cambiado de coche y conducir ahora algo del todo diferente. MacInnes y Forester estaban inspeccionando el registro de alquiler de Malibus último modelo, pero no era exactamente una labor fácil y por el momento no habían dado con nada. Y mientras tanto, ella podría ir conduciendo un Mazda.

Tuve que detenerme en un semáforo, con el intermitente izquierdo encendido, y esperar a que pasara el tráfico que venía de cara. Cuando giré a la izquierda, también lo hicieron otros tres vehículos. Pero giré a la izquierda de inmediato una vez más para entrar en el aparcamiento de la gasolinera, tomé un atajo y volví a tomar la calle por la que habíamos girado, ahora bien, volviendo por donde había venido. Cualquiera que me siguiera tendría que hacer lo mismo si no quería perderme, y eso se notaría mucho.

Nadie me siguió. Respirando con más calma, continué conduciendo hasta donde me esperaba Wyatt.

Fuimos a casa —a su casa— después de eso.

En el momento en que entré en su garaje, el agotamiento se apoderó de mí. La noche anterior habría dormido tal vez un par de horas, y dudaba mucho que Wyatt hubiera conseguido dormir más. Aparte, los dos habíamos quemado mucha adrenalina. Me senté a la mesa y garabateé: *Si no te importa, llama a mamá y a papá y ponles al día de todo. Yo voy a darme una ducha.*

Wyatt asintió y me observó mientras yo me iba dando tumbos hacia la escalera. Al llegar arriba me volví de forma automática hacia el dormitorio principal, donde había dormido tantas veces con él.

De hecho, ya me encontraba en el baño de ese dormitorio cuando me percaté de mi error y di marcha atrás para volver al pasillo e ir a lo que ahora consideraba «mi» baño. Tras darme una ducha rápida, lavarme los dientes y ponerme crema hidratante —lo habitual—, cogí su albornoz y me envolví con él, casi literalmente, antes de atarme el cinturón lo mejor que pude para que me quedara bien ceñido. Tío, confiaba en que hubiera sábanas en la cama de la habitación de invitados, porque en caso contrario no tendría energías para hacer la cama y tendría que dormir encima de la colcha.

Pero Wyatt me estaba esperando cuando salí del baño, apoyado pacientemente contra la pared opuesta. Llevaba un par de calzoncillos bóxer azul marino y olía a agua y jabón, lo que me decía que su ducha había sido incluso más rápida que la mía, pero, claro, él no se aplicaba crema hidratante, de modo que en cierto sentido no era una comparación justa.

Levanté mi mano de inmediato, y él sencillamente la cogió y la usó para atraerme. Antes de darme cuenta, me había levantado en sus brazos y me estaba llevando al dormitorio principal.

—No vas a dormir sola —dijo con brusquedad cuando le di con el puño en el hombro y le empujé—. Esta noche no. Tendrás pesadillas.

Lo más probable era que llevara razón en eso, pero soy adulta y puedo aguantar yo solita mis propias pesadillas. Por otra parte, creo en la conveniencia de ponerme las cosas fáciles a mí misma. Paré de dar golpes y le permití que me depositara sobre la cama tamaño gigante.

Tiró de uno de los extremos del cinturón y la condenada cosa se desató. Albornoces... nunca puedes fiarte de ellos. Estaba desnuda debajo, eso no era ninguna sorpresa; como si fuera a ponérmelo si tuviera algún pijama por allí. Wyatt retiró el albornoz y lo arrojó a un lado, luego se bajó los calzoncillos y se los quitó. Pese a mi convencimiento de que no debíamos tener relaciones hasta que hubiéramos aclarado algunas cuestiones, pese a lo cansada que yo estaba, pese al hecho de que aún estaba enfadada con él por encerrarme dentro del coche patrulla —vale, ya no estaba tan furiosa como antes—, Wyatt desnudo era una delicia para los sentidos, todo hombros amplios y musculatura, y bien dotado.

Cuando se deslizó dentro de la cama, yo tuve que hacer lo mismo para no arrojarme por instinto en sus brazos. Bostezó y estiró su musculoso brazo para apagar la lámpara, sumiendo el dormitorio en la oscuridad. Me apresuré a taparme con las mantas, porque él había seguido su costumbre habitual de poner el aire acondicionado tan bajo como para que se formara permafrost sobre cualquier tejido vivo. Acurrucada bajo la manta y con su calor corporal extendiéndose por la cama para calentarme, me puse de costado y me dormí.

Tenía razón en lo de las pesadillas. Mi subconsciente siempre se ocupaba por mí de las malas situaciones, lo cual es algo práctico. Aunque normalmente, no tenía pesadillas de verdad, sólo ese tipo de sueños vívidos y perturbadores, aquella noche experimenté una pesadilla real.

No había ningún gran misterio que explicar, no había simbolismos, sólo una recreación directa de mi terror. Estaba atrapada entre el fuego y no conseguía encontrar la salida. Intentaba contener la respiración, pero el humo negro y grasiento se introducía en mi nariz y boca, en la garganta y los pulmones, y su peso sofocante me oprimía. No podía ver, no podía respirar, y el calor era cada vez más intenso, hasta que supe que eso era el fin, que las llamas estaban a punto de alcanzarme, y luego ardería...

—Blair, chis, te tengo aquí. No pasa nada. ¡Despierta!

Me tenía, como me percaté con los ojos nublados por las lágrimas. Me encontraba en sus brazos, acunada contra su cuerpo cálido, y el fantasma del fuego se desvanecía como algo irreal. La lámpara vertía su tenue luz sobre el dormitorio.

Me relajé con un suspiro, sintiéndome segura por primera vez en muchos días.

—Estoy bien —susurré. Un segundo después caí en la cuenta y le miré pestañeando—. ¡He susurrado!

—Ya te he oído. —Su boca formó una sonrisa—. La época tranquila ya ha terminado, supongo. Voy a buscarte un poco de agua; tosías un poco.

Desenredándose de las mantas y también de mí, fue al baño y regresó con un vaso de agua, que yo sorbí con cautela. Sí, tragar aún dolía. Tras beber un poco, le devolví el vaso y él lo vació de un trago mientras regresaba al baño.

Luego volvió a la cama, me cogió por las caderas y tiró de mí hasta el borde de la cama, justo sobre su voluminosa y poderosa erección.

Capítulo 24

Solté un jadeo y todo mi cuerpo experimentó una sacudida por la brusca intrusión. Me levantó e invirtió nuestras posiciones, sentándose él sobre el borde del colchón conmigo a horcajadas encima, aguantándome con los brazos mientras yo me arqueaba hacia atrás con absoluto e irresistible placer.

—¿Recuerdas lo del sexo tántrico que querías probar? —murmuró con voz grave y sombría—. Lo he consultado. Nada de moverse… ¿cuánto tiempo crees que podrías aguantar sin moverte? —Me levantó el torso para acercarlo a su boca y lamió con fuerza mis dos pezones, convirtiéndolos en puntas erectas antes de seguir ascendiendo con sus besos hasta pegar sus labios al lado de mi cuello.

Tal vez fuera porque hacía más de una semana que no habíamos hecho el amor, tal vez porque la muerte había estado a punto de separarnos para siempre. El por qué no importaba en realidad, no cuando la sensación de nuestros cuerpos juntos y su boca sobre mi cuello se apoderaban de mí de aquel modo. No me gusta particularmente que me toquen los pechos, resulta aburrido o doloroso. Pero algo en lo que acababa de hacer, esa única y fuerte succión en cada pezón, me provocó un cosquilleo en todo el cuerpo. Y mi cuello, oh, Dios, mi cuello… que me besaran ahí siempre desataba fuegos de artificio por detrás de mis párpados.

—¿Crees que puedo hacer que te corras sólo besándote el cuello?

—susurró, antes de dar un mordisquito justo donde el cuello se une al hombro, y pasando la lengua con rapidez contra la carne atrapada. Tenía la garganta demasiado irritada como para gritar, pero podía gemir, casi, aunque sonara como un gimoteo desgarrado. Mi cuerpo se flexionó bajo la oleada de placer intenso, arqueando las caderas hacia él para retener aún más longitud del pene dentro de mí.

Apartó los dientes de mi cuello y su respiración ondeó sobre la humedad mientras hablaba.

—Eh, eh, nada de moverse. Tenemos que estar quietos.

¿Estaba loco? Dios mío, ¿cómo iba a estarme quieta? Pero la idea me tentaba y seducía. Sentirle de este modo era increíblemente erótico. Nada de embestidas, ni de lanzarse de cabeza a por el clímax, sólo esto… su cuerpo duro y cálido contra mí, su pene una presencia dura y sólida presionando mi interior, la fluidez de mi cuerpo rodeándolo. Podía notar sus latidos atronadores contra mis pechos, mi propio pulso latiendo con fuerza por mi cuerpo. Me pregunté si él también podría sentir mi pulso desde dentro de mí, si su polla se sentiría rodeada y acariciada por el latir de mi sangre.

Dejé caer mi cabeza sobre su hombro y solté un jadeo contra su piel cálida y húmeda. De forma instintiva, volví la cabeza y le mordí levemente el lado del cuello, justo como había hecho él, y noté la palpitación de respuesta en su pene. Gruñó, fue un sonido áspero en la silenciosa habitación.

Mi mente quedó inundada de pensamientos, cosas que no había considerado antes cuando confeccionaba la lista de necesidades inmediatas. Mis píldoras anticonceptivas habían ardido entre las llamas esa madrugada. Había pocas posibilidades o ninguna de quedarme embarazada justo ahora, lo sabía; mi cuerpo necesitaba regresar primero al ciclo natural. Pero, de repente, el acto pareció cargado de posibilidades, tanto de poderío como de vulnerabilidad. Mi cuerpo estaba curiosamente exuberante, dotado de una mágica feminidad. Quería tener un hijo suyo, quería todo lo que nuestros cuerpos prometían.

Clavé mis uñas en sus hombros y levanté la boca lo suficiente como para morderle el lóbulo de la oreja.

—Sin píldoras anticonceptivas —le susurré al oído, las palabras eran poco más que un soplo.

Noté la respuesta en lo más profundo de mí, una flexión, una búsqueda. Me estrechó más entre sus brazos y hundió una mano en mi pelo, acunando mi cabeza mientras fundía nuestras bocas en una sola, moviendo la lengua, sondeando y conquistando. Y yo también conquistaba, tomaba su boca y su aliento, y en lo más hondo de mí apretaba y flexionaba los músculos que le retenían con fricciones y le arrastraban entre gruñidos al borde del clímax.

Dejó mi boca y se lanzó casi al ataque de mi cuello, sujetando con la mano hacia atrás mi cabeza arqueada, para así por acceder sin trabas. La fiera palpitación de placer que estremeció mi cuerpo casi me lanza hasta el final, casi, pues tan cerca estuvo que el primer destello ardiente se propagó por mis terminaciones nerviosas.

—No te muevas —gruñó contra mi cuello—. No te muevas.

Quería moverme, necesitaba moverme de un modo desesperado, elevarme y descender sobre su penetrante carne y acabar con esta exquisita tortura. Una sólo penetración sería suficiente, sólo una... y aun así no quería que acabara, así de exquisita era la tortura. Quería vibrar ahí, justo sobre el borde, y sentir las sacudidas a través de su gran cuerpo que pugnaba enfrentado a la misma necesidad.

—Nada de moverse —le susurré también, y me agarró el trasero con desesperación.

Nuestros cuerpos ardían, desprendían vapor, pero el frío del aire acondicionado recorría mi espalda como el aliento de la escarcha. Mientras Wyatt sobaba mi trasero con sus grandes manos, yo me dilataba con el movimiento, abriéndome hasta sentir que el frío tocaba lugares húmedos protegidos habitualmente. El contraste entre calor y frío me desorientaba, mis sentidos daban vueltas sin parar. Deslizó los dedos por mi trasero, hacia abajo, más abajo, hasta que acarició la piel estiradísima donde me penetraba.

Habría chillado, intenté chillar, pero mi garganta rehusó hacer ese esfuerzo y se negó a cooperar. Intentaba no moverme. Temblaba y me estremecía, con la cabeza caída a un lado mientras su boca operaba en mi cuello. Le agarré con fuerza, intentando retenerle para que entrara aún más, y él también tembló. Me encantaba sentir eso, sentir toda su dureza y fuerza reaccionando a mí. Me encantaba la expresión desgarradora en sus ojos verdes, la manera en que me observaba, el abandono absoluto de todas las defensas mientras los dos nos forzábamos al máximo.

Y entonces puse en movimiento todo mi cuerpo, entre estremecimientos y gritos, balanceándome contra él mientras sentía que me disolvía como nunca antes. Los espasmos parecían grandes olas propagándose por mi cuerpo. Le sentí gemir, sentí la vibración a través de todo su ser, y justo mientras me derrumbaba, mientras me desmontaba contra él, Wyatt cambió la posición y me sujetó debajo de él sobre el colchón para dejarse ir también.

Nos dormimos así, sin apagar la lámpara, sin ir a lavarnos. Y si soñé, no lo recuerdo.

Por la mañana, hicimos el amor en la ducha, algo que, sí, ambos necesitábamos. Prácticamente tuvimos que despegarnos con ayuda del agua caliente. Del mismo modo que las relaciones de la noche habían sido intensas, las de la mañana fueron juguetonas, al menos hasta el último minuto más o menos. Cuando bajé brincando a desayunar, yo estaba radiante.

Siempre tardo más que él en prepararme, por supuesto, por lo que ya había empezado a preparar el desayuno. Volvió la cabeza y me guiñó un ojo mientras yo me dirigía hacia la cafetera.

—¿Crees que hoy podrás tragar comida de verdad?

Di el primer sorbo al café, lo consideré y luego balanceé la mano con un movimiento «tal vez sí, tal vez no».

—Entonces, gachas de avena —dijo—. No intentes comer nada que te haga toser.

Yo había intentado hablar, por supuesto, y de hecho esta mañana conseguía emitir algún sonido. Pero por desgracia, los sonidos se parecían más al canto de un sapo moribundo. Sin embargo, sólo el hecho de poder susurrar ya era un enorme alivio, porque tenía un día complicado por delante.

Mientras estábamos desayunando, me dijo con el ceño fruncido:

—No puedo quedarme hoy contigo, así que tu primera parada será ir a buscar un nuevo móvil. ¿Entendido? Tienes que estar comunicada en todo momento.

Estuve del todo conforme con eso.

—De todos modos, tienes que contarme qué pasó con el teléfono viejo.

Sólo porque pudiera susurrar, no quería decir que debiera hacerlo. Cuanto menos usara mi voz, antes la recuperaría. De modo que representé el momento en que arrojé el teléfono contra la ventana.

—Eso pensaba —comentó Wyatt al cabo de un momento, con tono crispado.

Como si nadie hubiera roto un móvil antes.

—Bien. Lo que quiero que hagas hoy es mantenerte alejada del trabajo. No vayas a ninguno de los lugares habituales, a los sitios donde ella podría esperar encontrarte. No vayas a casa de tus padres. No vayas a casa de Siana. Tienes muchas compras que hacer, así que hazlas. Te llevaré a una agencia de alquiler de coches para que conduzcas algo completamente diferente a esa cosita llamativa que está en el garaje. —Ahora Wyatt era sólo el policía, ojos entrecerrados y mente en acción—. Mandaré a que recojan el Mercedes, y meteremos a una de nuestras agentes rubias en él y la haremos rondar: por Great Bods, por tu banco, por el lugar habitual adonde vas a almorzar. Esta mujer tal vez intente pasar inadvertida un rato, un día quizá, pero finalmente saldrá a por ti otra vez. Pero no serás tú. Eso no es negociable.

Busqué la libreta y garabateé: *No pongo pegas a eso*. Cierto, la noche del incendio, si hubiera podido seguir a la muy zorra, me habría lanzado por su culo como una paramilitar, así de furiosa estaba, pero a la luz del día mi cabeza estaba más serena, y una realidad se mostraba descaradamente: debía retomar el tema de la boda, no podía permitir ningún otro retraso. Esta misma noche, aunque tuviera que escribir cada palabra, Wyatt y yo mantendríamos esa conversación que habíamos estado posponiendo. No me sentía capaz de esperar ni siquiera hasta ese momento.

Gracias a las prometedoras cualidades de JoAnn tras el mostrador de recepción, ella y Lynn podrían ocuparse de las cosas hasta que esta chiflada estuviera bajo custodia. Entretanto, yo iba a ir a contrarreloj si quería lograr organizar la boda. ¿Cuántos días había perdido ya por culpa de esa mujer, suponiendo que fuera ella la que intentó atropellarme en el aparcamiento? Podría no serlo, pero, eh, se había ganado a pulso que le echáramos la culpa, de modo que yo la culpaba.

Me sentiría perfectamente a salvo conduciendo un anónimo coche de alquiler para ir a Sticks and Stones y plantar cara a Monica Stevens en su feudo, luego salir a comprar mi tela, a comprar ropa nueva —en un centro comercial diferente, claro— y después ir a ver a Sally. Nada de eso estaba incluido en mi rutina cotidiana, y el punto de partida iba a ser diferente por completo, un lugar seguro. La acosadora no sabía donde estaba yo o cómo encontrarme, y eso era una gozada.

Después de desayunar, Wyatt me acompañó a comprar otro móvil. Para sorpresa mía, no me llevó a mi proveedor habitual de telefonía móvil, sino al suyo, y me incluyó en su cuenta. Conservé mi número de siempre, por supuesto, pero el hecho de combinar nuestras cuentas producía una sensación asombrosa de… relación estable.

Eso me recordó otros detalles de los que tenía que ocuparme, tales como dar de baja los contadores de mi casa. Estaba casi convencida de que tanto la compañía de teléfono como la de cable seguirían facturando pese a que ahí ya no había ninguna casa. Y necesitaría hacer inventario para la compañía de seguros. Dios, pensaba que había planificado bien el día, pero cada vez surgían más cosas, que amenazaban con comerse mi tiempo.

Nuestra próxima parada quedaba cerca del aeropuerto, donde estaban todas las empresas de alquiler de coches. Escogí un Taurus —tienen buena suspensión—, pero ¿adivináis el color? Blanco. El blanco parecía ser el color predominante en los coches de alquiler. No estaba del todo contenta con él, pero Wyatt se opuso del todo al rojo manzana.

—Llama demasiado la atención —dijo.

Supongo que sí.

Luego me dio un beso y nos separamos para continuar con nuestra jornada.

Sólo eran las nueve de la mañana, demasiado temprano para que Sticks and Stones estuviera abierto. Decidí ir a otra tienda de telas para matar el rato. No hubo suerte. Qué desalentador, pero de todos modos, cuando acabé de recorrer la tienda de arriba abajo, ya había matado casi una hora, así que me fui en coche a Sticks and Stones.

La misma mujer flacucha de la otra vez salió a saludarme y su sonrisa se enfrió un poco al tomar nota de mis vaqueros y jersey ligero.

—Sí, ¿en qué puedo ayudarla?

No tenía otro remedio, tenía que hablar… susurrar más bien.

—Soy Blair Mallory. Dejé mi tarjeta anteayer, pero la señorita Stevens no ha llamado. —Vi su expresión mientras retrocedía un poco, como si pudiera contagiarla—. Sí, tengo una laringitis grave. No, no es contagiosa. Mi casa se quemó ayer de madrugada y esto es consecuencia de haber inhalado humo, lo cual significa que no estoy de muy buen humor, por lo que me gustaría de verdad ver a Monica. Ahora, a ser posible.

Eso era hablar mucho; incluso en susurros significaba un gran esfuerzo. Cuando terminé, ya tenía cara de pocos amigos. Y aquella mujer no me caía bien.

Por extraño que parezca, le alegró oír que mi casa se había quemado. Tardé un momento en percatarme de que ella sabía que una casa nueva y mobiliario nuevo significaba una nueva decoración. Me pregunté si rastrearía la prensa en busca de noticias de incendios en casas, de la misma manera que algunos abogados sospechosos buscaban accidentes de coche en los diarios.

Me guió a través de la tienda hasta la parte posterior donde tenían instaladas las oficinas. Aquí atrás, la sensación era del todo diferente: grandes muestrarios con trozos de telas amontonados de forma algo caótica, muebles diferentes mezclados confusamente, arte enmarcado apoyado contra las paredes. De hecho, esta zona me gustaba más; aquí era donde había el trabajo. Aquí es donde había energía, en vez de la fría impresión de refinamiento de la exposición de la entrada.

La mujer llamó a la puerta de un despacho y la abrió tras oírse una invitación desde dentro.

—Señorita Stevens, ésta es Blair Mallory —dijo—, como si me estuviera presentando a la reina Isabel—. Tiene laringitis porque ayer su casa se quemó, ya sabe, inhalación de humo. —Tras comentar ese chisme tan prometedor, regresó a la sala de exposición y nos dejó a solas.

Nunca antes había coincidido con Monica Stevens, aunque había oído hablar de ella. En cierto sentido era como yo esperaba, pero no del todo. Tenía cuarenta y pico años, y un corte asimétrico en su lacio pelo negro de lo más espectacular. Era delgada y con un estilo estudiado, y llevaba ruidosos brazaletes en ambas muñecas. Me gustan los brazaletes sólo cuando los llevo yo. A ver, no es lo mismo ser el que molesta que el molestado.

—Siento lo de su casa —dijo, y su voz reveló un tono cálido que hizo que pareciera más accesible. Lo que no había esperado de ella era la expresión amistosa en sus ojos.

—Gracias —contesté, más bien susurré, y saqué las facturas de Jazz de mi bolso, que coloqué delante de ella antes de sentarme.

Miró las facturas con desconcierto, luego leyó el nombre.

—El señor Arledge —dijo con su cálida voz—. Era un hombre encantador, tan ansioso por sorprender a su esposa. Me encantó trabajar con él.

No había habido ningún trabajo «con» Jazz, pues tenía un sentido nulo de la decoración o del estilo, y, de hecho, le había dado carta blanca, había firmado el talón y eso fue todo.

—Su matrimonio se ha roto por esto —dije sin rodeos.

Pareció asombrada.

—Pero... ¿por qué?

—A su esposa le gustaba el dormitorio tal y como era. Detesta el nuevo estilo y se niega incluso a dormir en esa habitación. Está tan furiosa con él por haberse deshecho de sus antigüedades que incluso intentó atropellarle con el coche.

—Oh, Dios mío. Está de broma. ¿No le gusta la habitación? Pero ¡si es preciosa!

Ni siquiera pestañeó al oír que Sally había intentado lisiar a Jazz, pero le costaba creer que a alguien no le gustaran sus creaciones; en eso era sincera.

Guau. Admiro la realidad alternativa como cualquier hijo de vecino, pero hay quien desconecta demasiado.

—Estoy intentando salvar este matrimonio —le expliqué. Tanto susurrar estaba empezando a ser agotador, de verdad, muy agotador—. Esto es lo que quiero que haga: vaya a recoger aquellos muebles y vuelva a ponerlos en la exposición como muebles usados o, ya que nunca se han estrenado, póngalos otra vez a la venta como nuevos. Técnicamente tal vez no lo sean, pero ya que nunca recibió la aprobación final por el trabajo, yo diría que aún no se ha cerrado la operación.

Se puso tensa.

—¿Qué quiere decir?

—Quiero decir que el cliente no está contento con el trabajo.

—Ya he recibido el pago completo, de modo que diría que sí lo está. —Se estaba poniendo colorada.

—Jazz Arledge está totalmente perdido en lo que a decoración se refiere. No sabe nada al respecto. Usted podría haber clavado pellejos de mofetas en las paredes y ni hubiera protestado. No creo que se haya aprovechado a posta de él, y sí creo que es una mujer de negocios lo bastante lista como para reconocer las ventajas de rehacer el dormitorio, pero esta vez trabajando con la señora Arledge, quien se siente de lo más desdichada.

Me observó con aire reflexivo.

—Explíquese, por favor.

Con un ademán, indiqué la exposición de la entrada.

—Vive de su reputación. A la gente a la que le gusta el estilo vanguardista moderno le encanta su trabajo, pero los clientes en potencia que buscan un estilo más tradicional no vienen aquí porque creen que no realiza ese tipo de trabajo.

—Por supuesto que lo hago —dijo automáticamente—. No es mi estilo preferido, no es la marca de la casa, pero mi objetivo final es complacer al cliente.

Le sonreí.

—Me encanta oír eso. Por cierto, creo que no he mencionado que mi madre es la mejor amiga de la señora Arledge. Trabaja en el negocio inmobiliario, tal vez haya oído hablar de ella. ¿Tina Mallory?

En sus ojos se vislumbraron los primeros indicios de comprensión. Mamá es una antigua miss Carolina del Norte, y vende muchas propiedades. Si mamá empezara a recomendar a Monica, el potencial de negocio sería enorme.

Fue a buscar un cuaderno de bosquejos y, haciendo gala de una memoria admirable, hizo en un momento un boceto del dormitorio de Sally. Trabajaba con rapidez, los lápices de colores volaban sobre la hoja.

—¿Qué le parece esto? —preguntó girando el cuaderno para que pudiera ver lo que había hecho.

El estilo era suntuosamente confortable, con color en los tejidos, y un mobiliario cálido gracias a la madera.

—Recuerdo esas antigüedades —dijo—, de una calidad maravillosa. No puedo sustituirlas, pero es probable que encuentre una o dos piezas más pequeñas, verdaderamente buenas, que crearán el mismo ambiente.

—A la señora Arledge le encantará —contesté—. Pero debo advertirle desde ahora mismo que su marido, Jazz, no está dispuesto a pagar ni un solo penique más. Toda esta experiencia le ha amargado mucho.

—Cuando haya acabado, cambiará de opinión —dijo sonriendo—. Y no voy a perder ni un céntimo con esto, se lo prometo.

Tras haber visto los márgenes de beneficio en sus facturas, tenía que creerla.

Dos tercios de mi misión se habían cumplido. Ahora la parte más complicada: Sally.

Capítulo 25

Pese a que por lógica mi acosadora no podía saber dónde me encontraba yo, cuando salí de Sticks and Stones seguí mirando a mi alrededor con suma atención. Todo despejado. Creía que no iba a ser capaz de ver un Chevrolet blanco sin sentir una punzada automática de pánico, algo que, si te paras a pensar, podía ser un verdadero coñazo. Como había mencionado Wyatt, hay miles y miles de Chevrolets blancos. Mi vida podía convertirse en una punzada permanente.

Necesitaba beber algo caliente para mi garganta y necesitaba tela para mi vestido. Y, mecachis, todavía tenía pendiente llamar a la compañía telefónica y la de cable; no, qué demonios, lo más probable era que tuviera que ir en persona para demostrar mi identidad, ya que no tenía los números de las cuentas. Además, tenía que ir de compras para agenciarme algo de ropa. ¡Y mis botas! ¡Mis botas azules! Las devolverían a Zappos por no poder entregarlas, pero yo las quería. Por desgracia, tampoco tenía el número del pedido porque se había quemado con la casa, o sea, que ni siquiera podía contactar con Zappos para indicarles otra dirección de envío.

Se me alegró la cara. Podía encargar otro par de botas desde el ordenador de Wyatt.

Siana llamó mientras iba de camino a mi segundo centro comercial favorito.

—Mamá me ha dicho que no podías decir ni una palabra. Da un golpe en el teléfono si es cierto.

—Era cierto ayer —susurré.

—¡Lo he oído! ¿Cómo te sientes?

—Mejor. —Buscaba un McDonalds. Una taza de café mejoraría las cosas aún más.

—¿Puedo ayudarte en algo?

—Todavía no. —En esos momentos aún me encontraba en esa fase en la que tenía que encargarme yo misma de todo.

—¿Tienes alguna idea de quién pegó fuego a la casa?

—Le vi la cara —conseguí responder con voz ronca— y me resulta familiar, pero no consigo ubicarla.

La lógica Siana dijo:

—Bien, ya que todo esto es reciente, tiene que tener algún tipo de relación con uno de los lugares donde has estado hace poco. Ponte a pensar y al final encajará en algo.

—Eso mismo creo yo, pero he repasado una y otra vez mis rutinas, y no puedo ubicarla en ningún sitio.

—Entonces es algún lugar que no forma parte de tu rutina normal.

Pensé en eso mientras recorría las tiendas del centro comercial. Todo esto había empezado en el otro centro comercial, y había estado en muchos comercios. ¿La habría visto allí? Intenté recordar si había sucedido algo inusual en alguna de las tiendas para que su rostro se me quedara grabado en la mente de ese modo. Esta idea me tenía distraída mientras me probaba zapatos, y eso no está bien, porque comprar zapatos es una de las grandes alegrías de la vida. Debería haber sido capaz de dedicar toda mi atención a ese ritual.

No intenté reemplazar todo mi ropero de una sola vez —eso habría sido imposible—, pero me propuse cubrir todas las necesidades posibles: ropa de trabajo, ropa informal, ropa de vestir. No escatimé en gastar a la hora de comprar nuevos conjuntos de ropa interior, decididamente no, porque es otra de mis debilidades. Entre la que me habían arrancado en los hospitales y la que había perdido en el incendio...

El aliento se me atragantó literalmente en el pecho.

El hospital. Era ahí donde la había visto.

Era la enfermera con el pelo mal teñido que había charlado tanto rato conmigo mientras se dedicaba a quitarme los vendajes de los rasponazos. En aquel momento me dolía tanto la cabeza a causa de la conmoción que no me di cuenta en su momento, pero ella había sido innecesariamente brusca con las vendas, como si intentara hacerme daño.

En el hospital llevaba el pelo teñido de aquel feo marrón, y cuando la vi entre el gentío que observaba el incendio lo llevaba muy rubio, pero era la misma mujer. Tal vez el rubio era su color normal, y el horrible tinte marrón era resultado de haberse teñido el pelo aquella misma mañana, como disfraz. ¿Un disfraz para ocultarse de qué? No la conocía de nada entonces. Pero por algún motivo no quería que la viera de rubia.

En tal caso, ¿por qué iba a decolorárselo después? ¿Por qué no dejarse aquel feo marrón uniforme?

Agarré mi móvil y comprobé si había cobertura: sólo aparecía una barra, de modo que recogí mis compras y me fui derecha hacia la salida más próxima. En cuanto salí al exterior, el número de barras subió a tres, y un segundo después a cuatro. Tecleé para llamar al móvil de Wyatt.

—¿Estás bien? —ladró como saludo, en medio del segundo tono de llamada.

—He recordado quién es —dije todo lo alto y claro que pude, porque había un montón de ruido a mi alrededor con todo aquel tráfico. Mi voz sonaba horriblemente ronca, se desgarraba en medio de las palabras hasta perder volumen al final—. Es una enfermera del hospital.

—Repítelo, no te he entendido. ¿Has dicho hospital?

Lo intenté de nuevo, esta vez todo lo alto que conseguí susurrar. Al menos mi voz no se desgarraba cuando susurraba.

—Es una enfermera del hospital.

—¿Una de las enfermeras? ¿Estás segura?

—Sí —susurré con énfasis—. No de urgencias, sino una de las enfermeras de planta. Vino a mi habitación, charlamos, me quitó las vendas…

—Blair, ¿dónde estás? —interrumpió.

—Centro comercial. Otro diferente. —Ahora tenía que considerar una casualidad el incidente del otro centro comercial, porque había tenido lugar antes de conocer a la Enfermera Chiflada.

—Ven a comisaría, ahora mismo. Necesitamos una descripción, algo más con lo que trabajar que lo que tenemos ahora mismo. Y casi no consigo entenderte; me reuniré contigo allí.

Tenía a las diosas de la fortuna en mi contra. No cabía duda, mi destino era no encontrar la tela para mi vestido de novia, no acabar los recados, ni conseguir que Sally y Jazz volvieran a juntarse. Por otro lado, estaba claro que evitar que me mataran tenía que ser una cuestión prioritaria.

En mi necesidad de conseguir cobertura, había salido por la puerta que me quedaba más cerca, en vez de ir hasta la que había utilizado para entrar, por lo que regresé al interior del centro y fui andando hasta la otra punta. Cuando entré en el aparcamiento, me encontré buscando Chevrolets blancos una vez más. Empezaba a estar enfadada conmigo misma, pero luego me percaté de que ella todavía andaba por ahí suelta, y no podía permitirme dar por sentado que fuera imposible que me encontrara. Siempre había una manera, si ella era lo bastante decidida.

Fui en coche hasta la comisaría y me metí en el ascensor. Wyatt estaba en su despacho con la puerta abierta. En esos momentos hablaba por teléfono, pero me vio al alzar la vista y me hizo un ademán para que entrara. También hizo una señal a Forester, que también entró, cerrando la puerta tras él. Wyatt dejó el teléfono, y luego me observó con esa mirada láser verde.

—Empieza por el principio.

Respiré hondo.

—Por fin la he ubicado. Es una enfermera de planta en el hospital. Entró en mi habitación, fue de lo más simpática, charlamos durante un rato, pero no paró de arrancarme vendas, y con bastante brusquedad, por cierto.

Wyatt pareció molestarse, movió un poco el mentón.

—¿Alguien más la vio?

—Siana estaba conmigo.

—Descríbela.

—Aproximadamente de mi edad, tal vez un poco mayor, me costaría determinarlo. Muy guapa, con ojos color avellana verdoso. Pelo marrón, pero lo llevaba muy mal teñido. Debió de decolorarse el pelo después, algo difícil de hacer, y eso me confundió cuando apareció en el incendio de rubia.

—¿Cómo de alta?

Tragué saliva para aliviar mi garganta.

—No lo sé. Yo estaba tumbada en la cama, por lo tanto no tengo una referencia. Pero era delgada, tenía una buena constitución. Y aparte... —Iba a decir que tenía unas pestañas muy largas, pero una imagen escurridiza empezó a formarse en mi mente, otro rostro quedó enfocado poco a poco con claridad. Solté un jadeo—. La vi en la tienda de telas, también, después de salir del hospital. Entonces pensé que me sonaba de algo, pero de nuevo llevaba el pelo diferente. Iba de pelirroja, creo, llevaba el pelo rojo oscuro. —Me había estado siguiendo, y no sólo con el Chevrolet. Dirigí una rápida mirada a Wyatt y, por su expresión seria, supe que se le había ocurrido lo mismo.

—Pelucas —dijo Forester.

Wyatt asintió.

—Suena a eso.

—El pelo rubio podría ser una peluca —dije—; lo llevaba tapado con la capucha, o sea, que no puedo asegurarlo. Pero el pelo marrón del hospital no era una peluca, era su cabello y lo llevaba teñido. Confía en mí. —Mi susurro se fue apagando, y empecé a toser al finalizar esa parrafada. La laringitis era una cosa más que recriminar a aquella mujer y, pese a tener menor importancia que el incendio de mi vivienda, el hecho de no poder hablar era una gran faena. Si me veía en la tesitura de necesitar gritar o algo por el estilo, lo iba a tener fatal. Si te paras a pensar en la cantidad de situaciones en las que puede hacerte falta chillar, de repente tu voz cobra gran importancia.

—Me pondré en contacto con el hospital —dijo Forester— para ver si puedo conseguir fotos de todos los que estaban trabajando... ¿cuándo?

—Primer turno, viernes pasado —apuntó Wyatt—. Cuarta planta, departamento de neurología.

—Tal vez no necesitemos una orden —dijo Forester, aunque poco convencido—, pero este hospital suele encabronarse bastante con las cuestiones de la privacidad.

—Y yo me encabrono bastante con los intentos de asesinato —dijo Wyatt con tono gélido.

Me pregunté qué podía hacer él si la administración del hospital ponía pegas y no le facilitaba las fotos si antes no presentaba una orden del juzgado, pero luego recordé que, gracias a su anterior estatus de celebridad del deporte, sólo tenía que coger el teléfono para hablar con el gobernador en el momento que quisiera. Varios aspectos que tenían que ver con los hospitales podían verse afectados por Wyatt, como la recaudación de fondos o las designaciones. Tal cual.

Forester salió para comunicarse por teléfono con el hospital y Wyatt volvió a concentrar su atención en mí.

—¿Era la primera vez que la veías, cuando estuviste en el hospital?

—Por lo que yo sé, sí.

—¿Se te ocurre alguna cosa que mencionaras que tal vez la alterara o recuerdas algo que ella dijera que pueda darnos una idea de lo que está pasando aquí?

Volví a pensar en la conversación y negué con la cabeza.

—Mencioné que iba a casarme en menos de un mes y que no tenía tiempo para sufrir una conmoción cerebral. Dijo algo sobre los preparativos de su boda, sobre la locura que fue el último mes. Me preguntó si me caía bien tu madre; dijo que eso de tener una suegra maja tenía que estar bien, de lo cual deduje que la suya le caía fatal.

Ella pensaba que yo había sufrido un accidente de moto, por el raspónazo contra el asfalto. Sólo fue... conversación. Le dije que tenía hambre, y ella contestó que pediría que me mandaran una bandeja con comida, pero no trajeron nada. Eso es todo. Fue muy simpática. —Tosí un poco más y miré a mi alrededor en busca de una libreta donde escribir. Ya había forzado bastante la garganta. Si seguía así, me quedaría otra vez como antes.

—No hay más preguntas —dijo, mientras se levantaba para venir al otro lado del escritorio y me rodeaba con sus brazos para ponerme en pie—. Descansa la garganta. Esta vez vamos a pillarla; tenemos la pista que necesitábamos.

—Pero no tiene ningún sentido —susurré—. No la conozco de nada.

—Los acosadores no tienen sentido, y punto. Se crean obsesiones ilógicas de repente, y muchas veces lo único que la víctima ha hecho es ser amable. No es culpa tuya, no podías hacer nada para impedirlo. Es un trastorno de la personalidad. Si cambia de aspecto con tanta frecuencia, es que busca algo, y probablemente tú seas todo lo que ella quiere ser y no es.

Era un análisis psicológico muy coherente. Estaba impresionada.

—Eh, no eres sólo un chico guapo —dije mirándole—. Y luego la gente dice que los jugadores de fútbol son tontos.

Se rió y me dio una palmada en el trasero, aunque dejó la mano ahí probablemente demasiado rato como para calificarlo de palmada. No obstante, al oír una rápida llamada a la puerta, la dejó caer y se apartó.

Forester asomó la cabeza con un ceño en la frente.

—He hablado con el supervisor de esa planta —informó—. Dice que no hay nadie que responda a esa descripción ahí.

Wyatt frunció el ceño y se frotó el labio inferior mientras pensaba.

—Podría ser alguien de Urgencias que vio ingresar a Blair y que luego se dio una pequeña vuelta para ir a verla. Debe de haber grabaciones de seguridad de los pasillos; casi todos los hospitales las tienen.

—Me pondré en contacto con el servicio de seguridad del hospital para ver qué puedo hacer.

—¿Será muy complicado todo eso? —pregunté a Wyatt cuando Forester volvió al teléfono.

Su sonrisa era poco convincente.

—Depende del día que tenga el jefe de seguridad. Depende de si las normas del hospital dicen que tiene que consultar al administrador antes de dejarnos ver la grabación. Depende de si el administrador es un gilipollas. Y de ser así, entonces depende de si podemos encontrar o no un juez que nos firme la orden, lo cual puede resultar un poco problemático un viernes por la tarde, sobre todo si el administrador del hospital juega al golf con unos cuantos jueces.

Santo cielo. Cómo se le había ocurrido meterse a policía.

—¿Hace falta que me quede?

—No, puedes seguir con tus cosas. Sé cómo ponerme en contacto contigo. Tú sólo ten cuidado.

Asentí para comunicarle que había entendido. Mientras bajaba en ascensor, suspiré. Estaba cansada de buscar Chevrolets blancos y, de todos modos, si ella era lista, lo cual parecía ser, ¿por qué no cambiar de vehículo? Alquilar un coche no era tan difícil. A esas alturas podría ir en un Chevrolet azul, y yo sin enterarme.

Un escalofrío me recorrió la espalda.

O un Buick beige.

O incluso un Taurus blanco.

Había dejado que me cegara la idea de que la reconocería por el coche que conducía. Pero ahora podía ir en cualquier cosa, y llevar toda la mañana detrás de mí, y yo ni me habría enterado porque habría estado fijándome en el color equivocado.

Podía estar en cualquier lugar.

Capítulo 26

Una de dos, o salía disparada hacia casa de Wyatt, aplicando la técnica que me había enseñado la noche anterior para librarme de cualquiera que me siguiera, y me refugiaba ahí como un conejo asustado, o usaba la misma técnica para librarme de perseguidores y luego ir a hacer mis cosas. Opté por continuar con mis cosas.

¿Por qué no? Tenía que montar una boda. ¿Qué otra cosa podía ir mal? ¿Qué otra complicación podía añadir a mi lista de cosas que hacer? No sólo tenía que ocuparme de los preparativos para casarme dentro de tres semanas —¡y ni siquiera tenía el vestido de novia!—, sino que había alguien por ahí que intentaba matarme, un incendio provocado acababa de arrasar mi casa, no podía hablar, tenía que decidir si el hombre a quien amaba me correspondía de verdad o si convenía suspender la boda cuyos preparativos me tenían ocupada, y tenía que encontrar la manera de arreglar el matrimonio de dos personas que ni sus propios hijos conseguían que volvieran a hablarse. Me sentía una abeja enloquecida, incapaz de dejar de ir de flor en flor pese al huracán que tumbaba los tallos y los arrancaba de cuajo en algunos casos.

Para rematar la faena, las tiendas habían puesto los adornos de Navidad, y, en medio de todo aquello, debía empezar a comprar los regalos, porque los adornos navideños son la señal para que todos esos chalados de las compras tempranas se lancen a los grandes almacenes como langostas y los vacíen de los mejores productos, dejando sólo restos para la gente cuerda que prefiere hacer las compras de Navidad en Acción de Gracias que, en realidad, ya sabéis, es cuando de hecho comienza la Navidad. Y aunque me pusiera ahora mismo a hacer las compras navideñas, la tensión estaba ahí, evidenciada por las bolas de colores y los arbolitos de fibra óptica que aparecían ya en los escaparates.

No podía jugar al gato y al ratón; tenía demasiadas cosas que hacer. Incluso podía racionalizarlo y decir que cualquier chalada un poco espabilada que anduviera por ahí esperaría de mí que tomara precauciones, por eso, en realidad, estaba más segura sin tomar medidas de seguridad, o algo así.

De modo que me fui a ver a Sally.

Cuando su hijo pequeño acabó el instituto, había empezado a trabajar en una casa de subastas de antigüedades. Básicamente acudía en coche a subastas públicas, a mercadillos particulares de objetos usados, a tiendas de viejo, en busca de antigüedades que pudiera conseguir a buen precio, que luego arreglaba la casa de subastas para sacar beneficio. Las subastas se celebraban todos los viernes por la noche, lo que significaba que ese día podías encontrarla en la casa de subastas ayudando con el etiquetado, la catalogación y otros preparativos. Los otros cuatro días de la semana, y a veces también los sábados, trabajaba fuera.

En el exterior del local había una mezcla de coches y furgonetas de reparto, además de un vehículo de tamaño mediano con la parte posterior pegada a un muelle de carga, aunque la puerta estaba cerrada, ya que aún no habían abierto al público. Me fui hasta el muelle de carga y encontré un tramo de escalera para acceder a él, y desde allí entré a través de la puerta abierta.

Un tío flacucho de mediana edad, con ojos saltones y gafas de culo de vaso, que empujaba una carretilla dijo:

—¿Necesita ayuda, señora?

Aunque probablemente me sacaba veinte años, estábamos en el sur, de modo que me trató de señora. Son los buenos modales.

Levanté la mano para indicarle que se detuviera, porque no era posible que me oyera desde donde se encontraba, y me apresuré a alcanzarle.

—Estoy buscado a Sally Arledge —susurré con voz ronca.

—Justo ahí dentro —contestó indicando una puerta situada en un extremo del pequeño muelle de carga—. Vaya faringitis más fea, si me permite decirlo. Necesita tomar un poco de miel y limón con un té caliente, y si no funciona, entonces póngase un poco de bálsamo Vicks Vaporub en la garganta y tápesela con una toalla, y tómese una cucharada de azúcar con una gota de queroseno. Suena a locos, pero eso es lo que siempre nos daba nuestra madre cuando éramos pequeños y nos dolía la garganta, y funcionaba. Y tampoco nos mató —dijo arrugando alegremente sus ojos saltones.

—¿De verdad tomaba queroseno? —pregunté. Vaya, vaya, parecía una de esas cosas que tenía que consultarle a la abuela. El remedio del bálsamo Vicks Vaporub y la toalla caliente de hecho tenía sentido, pero no estaba segura de quererle poner unas gotas de queroseno a nada.

—Por supuesto. No mucho, ojo. Demasiado la mataría como una mosca, o como mínimo acabaría echando las tripas por la boca. Pero una cantidad pequeña no nos hacía daño.

—Lo tendré en cuenta —prometí—. ¡Gracias!

Me apresuré hacia la puerta que había indicado, intentando imaginar cómo habría comenzado a usarse ese remedio. En algún lugar, alguien habría pensado: «¡Cómo me duele la garganta! Creo que voy a buscar un poco de queroseno y me lo voy a beber. Tiene que ir bien. Pondré azúcar de todos modos, para que sepa mejor».

El mundo no deja de asombrarme.

La primera persona que vi nada más cruzar la puerta fue a Sally, subida a una escalera mientras limpiaba la parte superior de un cabezal tallado que estaba apoyado contra la pared. Era una pieza preciosa, con la madera ennegrecida por los años, que si se caía encima de alguien era probable que lo matara. De ningún modo mantendría yo relaciones con esa cosa levantándose sobre mí, aunque supongo que tiene que estar bien montárselo de forma tan sonada.

No se volvió a mirar, por lo tanto tuve que acercarme y dar unos golpecitos en el cabezal para llamar su atención.

—¡Blair! —Su expresivo rostro mostró a la vez placer y preocupación, algo nada fácil de conseguir pensándolo bien. Dejó el trapo colgado en lo alto del cabezal y descendió por la escalera.

—Tina me ha contado lo de tu casa, y tu garganta, y todo. Pobrecita mía, qué semana tan horrible has tenido. —Una vez en el suelo, me abrazó con fuerza para expresar su apoyo.

Sally medía metro cincuenta y ocho y pesaba quizá cuarenta y cinco quilos; era una pequeña dinamo que nunca se estaba quieta. Tenía el pelo pelirrojo oscuro y lo llevaba enmarañado con mucho estilo y peinado de punta pero sin exagerar, y había añadido unas interesantes mechas rubias para enmarcar mejor su rostro. La nariz rota que le había quedado tras empotrarse contra un lado de la casa mientras intentaba atropellar a Jazz con el coche había dejado un pequeño bulto en el caballete de su nariz que en cierto sentido le quedaba bien. Antes llevaba gafas, pero de hecho habían sido las gafas las que le rompieron la nariz cuando se desplegó el *airbag*, y desde entonces se había pasado a las lentillas.

Le devolví el abrazo.

—¿Hay algún sitio donde podamos hablar? Tengo que enseñarte algo.

Parecía interesada.

—Desde luego. Vamos ahí a sentarnos.

Indicó una sillas plegadas y agrupadas sin orden ni concierto en medio de la sala de subastas. Más tarde las dispondrían en filas ordenadas para los postores. Abrimos dos, luego metí la mano en el gran bolso para sacar las facturas de Sticks and Stones y se las tendí.

Perpleja, las miró durante un par de segundos antes de caer en la cuenta de qué se trataba, luego abrió mucho los ojos con indignación y rabia.

—¡Veinte mil dólares! —aulló—. ¿Pagó... pagó veinte mil dólares por esa basura?

—No —contesté yo—, no los pagó por esa basura, los pagó por ti, porque te quiere.

—¿Te ha mandado él? —quiso saber, llena de furia.

Negué con la cabeza.

—Me estoy entrometiendo por iniciativa propia. Bueno, también porque Wyatt me ha obligado, pero eso es algo entre nosotros.

Sally se quedó mirando fijamente la factura, intentando que las cuentas le cuadraran de algún modo. Para ella, los muebles y las obras de arte que Monica Stevens había usado para sustituir sus preciadas antigüedades podían valer tal vez unos dos mil dólares, como mucho. Decir que las visiones estilísticas de las dos mujeres se situaban en extremos opuestos del espectro era subestimar el caso.

—Sabía cuánto adoraba mis antigüedades —dijo con voz un poco entrecortada—. Y si no lo sabía, ¡debería haberlo sabido! ¿Por qué si no iba a dedicar tanto tiempo a repararlas y restaurarlas? ¡Podía haberme permitido otra clase de mobiliario si hubiera querido!

—Pero la cuestión es que no lo sabía —recalqué—. Para empezar, no trabajabas en tus muebles cuando él estaba en casa. Y por otro lado, nunca en mi vida he conocido a un hombre tan negado para el estilo y el interiorismo como Jazz Arledge. Ese sofá naranja que tiene en la oficina... —Me detuve, con un estremecimiento.

Sally pestañeó, distraída.

—¿Has visto la oficina? ¿No es horrible ese sitio? —Luego sacudió la cabeza para librarse de aquella imagen inquietante—. Pero eso no importa. Si me hubiera escuchado un poco durante los treinta y cinco años que hemos estado casados, si hubiera prestado un mínimo de atención a la casa en la que vivimos, es imposible que se le hubiera ocurrido...

—Pero así es, literalmente no se entera de los diferentes estilos en decoración. No sabía que existieran estilos diferentes. Para él, los muebles son muebles y nada más, punto. Creo que ahora empieza a captar el concepto, pero sólo de un modo muy vago, como si supiera que existen estilos, pero sin tener idea de cuáles son o qué aspecto tienen. Es un idioma que no habla, por lo tanto no entiende lo que dices cuando hablas de antigüedades.

—Sin duda sabe que «antigüedad» significa viejo.

—Tal vez —contesté sin convicción—. A ver, ¿sabe Jazz cuál es la diferencia entre el azul marino y el negro?

Sally negó con la cabeza.

—La mayoría de los hombres no lo saben. No tienen suficientes bastoncillos en la retina como para distinguir la diferencia, así que aunque pongas un calcetín azul marino al lado de uno negro, para un hombre son parecidos. Es el mismo principio. No es que Jazz no esté interesado, ni que haya pasado por alto lo que a ti te gusta, es que su cerebro no funciona a la hora de ver estilos decorativos. No pides a un pájaro sin alas que vuele, ¿verdad que no?

Las lágrimas centellearon brillantes en sus ojos mientras bajaba la vista a las facturas que tenía en la mano.

—Estás diciendo que me equivoco.

—No estoy diciendo que te equivoques al enfadarte por lo de los muebles; yo me habría enfadado, desde luego. —Aquí me estaba quedando corta—. Pero con toda certeza te equivocabas al intentar atropellarle con el coche.

—Eso es lo que dijo Tina.

—¿Ah sí? —¡Mamá estaba conmigo! ¿Cuándo había sucedido eso?

—Cuando tú estabas en el hospital —añadió Sally, como si hubiera oído mis pensamientos— dijo que ver tu dolor, sin que tan siquiera te hubiera alcanzado el coche, le hizo cambiar de opinión. Dijo que una cosa era lastimar los sentimientos de alguien, pero otra muy diferente las lesiones físicas.

Suspiré. No soy de las que restan importancia a los sentimientos lastimados, pero considerando todo lo que había sucedido en el último par de meses, tenía que estar de acuerdo.

—Tiene razón. No le has pillado cometiendo adulterio, ya me entiendes. Sólo compró unos muebles que no te gustan.

—Así que hay que superarlo.

Asentí con la cabeza.

—Y disculparse.

Volví a asentir.

—¡Jolín, cómo detesto pedir disculpas! No es tan fácil. Desde que esto sucedió nos hemos dicho cosas que no deberíamos haber dicho...

—Hay que superarlo. —Ya casi no podía ni susurrar. Es asombroso lo mucho que se fuerza la garganta hablando en susurros.

—Y el colmo de esto es que no era mi intención atropellarle, en absoluto. Habíamos estado discutiendo y los dos estábamos alterados, pero yo tenía una cita y tenía que irme. Me siguió afuera, aún discutiendo. Ya conoces a Jazz, sabes lo cabezota que es, y tenía que dejar claro lo que quería decir, y que yo me enterara. Empecé a hacer la maniobra y él seguía ahí de pie, agitando los brazos y chillando, y yo estaba tan enfadada que di al cambio de marchas para dejarlo en punto muerto y poder gritarle a la cara, sólo que no la metí bien, y tenía el pie en el acelerador y, bien, justo en ese instante no me hubiera importado darle, pero no fue intencionado. Lo siguiente que supe es que tenía el *airbag* en el regazo, las gafas rotas y la nariz me sangraba. —Se frotó el pequeño bulto en la nariz con arrepentimiento—. Una nariz rota a mi edad. Y ahora tendré que vivir con esa basura.

Con una sonrisa, negué con la cabeza.

—He hablado con Monica. Volverá a llevarse los muebles y trabajará contigo para rehacer la habitación a tu gusto. También se dedica a otros estilos, ¿sabes? Creo que incluso te caerá bien. Además, le dije que mamá hará correr la voz entre su clientela inmobiliaria para que sepan que no hace siempre lo mismo, que puede hacer otras cosas aparte de sus trabajos en acero y vidrio.

—Pues yo nunca las he visto —replicó Sally algo escéptica.

—Es porque la mayoría de sus clientes son gente a la que le gusta esa marca de la casa. Quiere diversificar su trabajo y atraer a otra clientela. Redecorar tu dormitorio va a ser un buen negocio para ella.

—No estoy dispuesta a pagarle ni un céntimo más. ¡Veinte mil dólares!

—No pide más dinero. Ella no es la mala de la película. Nadie es el malo de la película.

—Cuanta gilipollez.

Si pudiera reírme, lo hubiera hecho. Nos miramos la una a la otra entendiéndonos a la perfección.

—Llamaré a Jazz esta noche —dijo y suspiró—. Me disculparé. Soy un águila y él es un pingüino. No puede volar. Ya está.

—Le llevé a ver una pieza que el señor Potts está restaurando, un gran armario de dos puertas. El señor Potts le dijo que ya había dedicado sesenta horas al mueble. Jazz nunca entenderá de muebles, pero ahora sabe apreciar mejor cuánto trabajo dedicaste a tu dormitorio.

—Oh, Dios, Blair, gracias —dijo cogiéndome para volver a abrazarme—. Confiaba en que lo solucionáramos finalmente nosotros solos, pero tú has acelerado las cosas.

—Sólo hacía falta la visión de alguien de fuera —dije con modestia.

Capítulo 27

Tanto hablar había dejado mi susurrante voz hecha polvo, así que paré en la farmacia para comprar un tarro de bálsamo Vicks Vaporub, con la intención de probar qué tal funcionaba. Iba a oler como una pastilla para la tos, pero si esa cosa iba bien para la garganta, no me importaba cómo oliera. Mi intención era mantener la Gran Charla con Wyatt aquella misma noche, por lo que sería de ayuda que, al menos, pudiera hablar.

Iba de camino a la tercera tienda de telas cuando él me llamó al móvil y me dijo que volviera a comisaría. Había pasado a modo teniente: su tono de voz hizo que aquello sonara como una orden, no una petición.

Frustrada, cambié de dirección. Me acordé de mirar para ver si alguno de los coches que venía detrás de mí también cambiaba, pero no, ninguno lo hizo.

No iba a poder montar esta boda a tiempo. Tenía a las diosas de la fortuna en mi contra. Eso tenía que aceptarlo. No sería capaz de encontrar la tela para el vestido, la pastelera no accedería a hacer la tarta nupcial, la empresa de servicios de *catering* se echaría atrás y todas las flores de seda que en teoría iban entrelazadas a la pérgola sufrirían alguna misteriosa podredumbre de fibra que acabaría con ellas. Wyatt ni siquiera había empezado a lijar y repintar el armazón. Bien podía ahorrarme el desgaste nervioso y tirar la toalla.

Ni por esas tiraría yo la toalla. Había mucho en juego: o bien organizaba la boda o me veía conduciendo hasta alguna capilla para ceremonias rápidas de Las Vegas, si es que nos casábamos.

Esto me estaba volviendo loca.

Cuando llegué a comisaría, el agente Forester vino a buscarme al aparcamiento. Debía de estar esperándome porque dijo:

—Se viene al hospital conmigo. Han dado permiso para mirar las fotos y para revisar la filmación, si aún existe. El jefe de seguridad del hospital está verificándolo ahora mismo.

El asiento del pasajero estaba lleno de libretas, carpetas, informes, una tablilla con sujetapapeles, una lata de Lysol y algunas otras cosas oficiales. Me pregunté para qué necesitaba el Lysol, pero no lo expresé en voz alta. Retiré las cosas del asiento, entré y lo sostuve todo sobre mi regazo mientras me ponía el cinturón. Los expedientes parecían interesantes, pero no tenía tiempo para leerlos. Tal vez hiciera falta parar a poner gasolina o algo así, y entonces podría echarles una rápida ojeada.

En el hospital, Forester dio el nombre del jefe de seguridad y al cabo de unos minutos se reunió con nosotros un hombre bajo y delgado de cuarenta y pico, con el pelo casi rapado y postura erguida, como si no llevara mucho tiempo fuera del ejército.

—Soy Doug Lawless, jefe de seguridad —dijo, estrechándonos la mano con un brioso y firme apretón cuando Forester nos presentó tanto a mí como a él—. Vayamos a mi despacho, señorita Mallory, para ver primero las fotografías en cuestión, y luego la grabación de seguridad si hace falta.

Seguimos a Lawless a una oficina que satisfacía todos los gustos: no era tan grande como para despertar envidias, pero tampoco tan pequeña como para que él pensara que no se le valoraba lo suficiente. He oído decir que la política hospitalaria puede ser feroz.

—Seleccioné yo mismo los expedientes —explicó— y he juntado sólo las fotografías para incluirlas en un archivo aparte y no comprometer de este modo las cuestiones de privacidad. Siéntese ahí, por favor. —Indicó su silla delante de un monitor de cristal líquido y me senté—. Aquí están todas las personas con quienes estuvo en contacto la noche de su accidente —dijo—. Incluye radiología y medicina nuclear, así como el personal de laboratorio. Y recepción, por supuesto.

Durante la estancia en el hospital había estado en contacto con más gente de la que había imaginado. Reconocí varios rostros, incluido el del doctor Tewanda Hardy, quien me dio el alta. Como el cabello es algo que puede cambiarse, no miraba el pelo, sólo las caras, y en concreto los ojos. Recordé que ella tenía unas pestañas muy largas, y que incluso sin una máscara sus ojos hubieran resultado llamativos.

No estaba ahí, estaba convencida de ello, pero volví a repasar las caras ante la insistencia de Forester. Luego negué con la cabeza con la misma firmeza que la primera vez.

—Pasaremos entonces a las grabaciones de seguridad de los pasillos —dijo Lawless—. Lamento que esta planta en particular no tenga vigilancia digital, todavía no, pero estoy trabajando en ello. Urgencias y las áreas de cuidados intensivos sí la tienen, y algunas otras plantas también, pero ésta no. No obstante, nuestra calidad de grabación es buena.

Bajó las persianas de las ventanas para que la habitación quedara a oscuras. La cinta ya estaba dentro del vídeo cassette, porque lo único que hizo fue apretar un botón y las imágenes en color aparecieron enfocadas en un segundo monitor.

—La grabación tiene reloj —explicó—. ¿Recuerda más o menos la hora en que esta enfermera entró en su habitación? —Indicó con un boli qué habitación era la mía. En la pantalla, la proporción de las cosas parecía perderse porque las cámaras estaban en el techo, pero las imágenes eran nítidas y claras.

Hice memoria. Siana había llegado a eso de las ocho y media de la mañana, pero aunque mamá tenía una cita, todavía no se había marchado, por lo tanto…

—Entre las ocho y media y las nueve —susurré.

—Bien, es una franja relativamente estrecha. Veamos qué encontramos ahí. —Adelantó la cinta, y la gente empezó a acelerarse pasillo arriba y abajo, entrando y saliendo de habitaciones como chihuahuas anfetamínicos. Detuvo la cinta en dos ocasiones para comprobar el reloj, luego se pasó un poco de la hora y tuvo que rebobinar—. Ahí estamos.

Las cintas de vigilancia son interesantes. Vi a Siana entrando en mi habitación, y les di un momento a Forester y a Lawless para recuperarse de su apreciación silenciosa.

—Aparecerá en cualquier instante a partir de ahora —susurré—. Llevaba una bata rosa.

Y entonces allí estaba, a las ocho y cuarenta y siete minutos.

—Ésa es —dije señalando. El corazón me latió acelerado y con fuerza. No había duda de que era ella, alta y delgada, caminando directa hacia mi habitación para entrar sin vacilar. Aquel cabello de color marrón uniforme; en la filmación se veía como una masa oscura poco natural cayendo sobre los hombros. Llevaba una tablilla sujetapapeles, en la que yo no me había fijado en su momento, pero, claro, tenía una conmoción. El ángulo de la cámara captaba su imagen desde atrás, de modo que no se veía nada bien su cara, sólo un apunte ocasional del ángulo de la barbilla.

Ambos hombres estaban inclinados cerca del monitor, observando la pantalla concentrados como dos gatos a la espera de que un ratón se aventure a salir de su ratonera.

Mamá salió de la habitación, y oí que sus respiraciones se aceleraban y entrecortaban.

—Es mi madre —dije antes de que alguno de los dos tuviera un desliz e hiciera algún comentario masculino que precisara mi intervención.

Luego, a las ocho cincuenta y nueve, la mujer salió de mi habitación, pero el ángulo tampoco facilitaba ver su cara en esta ocasión. O bien la tablilla estaba en medio o tenía la cabeza agachada o iba encorvada.

—Es consciente de las cámaras —dijo Lawless—. Oculta el rostro. No conozco a todos los empleados del hospital, por supuesto, pero no la reconozco. Ojalá recordara su nombre, señorita Mallory...

—No llevaba ninguna chapa identificativa —susurré—, al menos que yo pudiera ver. Recuerdo que pensé que tal vez la llevara enganchada en uno de los bolsillos o en la cinturilla del pantalón.

—Eso va en contra de las regulaciones del hospital —dijo de inmediato. —Las chapas de identificación tienen que estar en un lugar visible, incluida la foto, que puede ir sujeta con un prendedor o imperdible en la zona superior izquierda del pecho. Tendría que investigar más para poder afirmarlo con certeza, pero no creo que esa mujer esté empleada aquí. En primer lugar, no llamó a la puerta, se limitó a entrar; aquí todos los empleados llaman antes de entrar en la habitación de un paciente.

—¿Podrá conseguir algún otro ángulo de ella? ¿Qué opina? —preguntó Forester—. Tuvo que llegar de alguna manera a la cuarta planta; no se materializaría ahí sin más ni más.

—Tal vez —contestó Lawless—. Sucedió hace una semana. Algunas de las grabaciones, tanto las digitales como las cintas, ya habrán vuelto a regrabarse o se habrán borrado. Si no sucede nada que requiera la apertura de un expediente permanente, pues no lo abrimos. También cabe la posibilidad de que entrara en el hospital vestida con otra ropa bien distinta, con una bolsa, y que se cambiara en uno de los servicios públicos, de modo que aunque la grabáramos entrando o saliendo, no lo sabríamos.

También era posible que llevara el cabello recogido o que usara una gorra de béisbol. Me había hecho ilusiones, pero ahora se derrumbaban por el suelo. Era lista, espabilada, y todavía nos llevaba ventaja. Yo no tenía ni idea de quién era, y este visionado de la cinta no había aportado ninguna respuesta. Tendría que habérme percatado en su momento de que cualquiera que trabaje en un hospital tiene que llevar su chapa de identificación en un lugar bien visible, por cuestiones de seguridad.

—Lamento que no haya sido más productivo —dijo Lawless—. Revisaré lo que tenemos de ese día, pero no soy optimista.

—Al menos ahora podemos calcular su altura y peso —dijo Forester, tomando notas en una de las pequeñas libretas que todos los polis parecían llevar consigo—. Eso nos aporta algún dato más a la descripción. Altura... entre metro setenta y tres y metro setenta y ocho. Peso... entre cincuenta y siete y sesenta y tres quilos.

Dimos las gracias a Lawless y salimos del hospital. Mis pensamientos se aceleraron, porque la probabilidad de que no fuera una trabajadora del hospital no significaba nada... aparte de que trabajaba en otro lugar, por supuesto.

En cuanto me puse el cinturón de seguridad del coche de Forester, y con ese montón de cosas otra vez encima de las rodillas, cogí una de las libretas, la abrí por una página en blanco y empecé a escribir, porque me pareció que podía ser una buena idea compartir con el policía mis pensamientos sobre los coches alquilados, y porque quería protéger mi voz.

—¿No mejora la voz? —preguntó mientras se ponía también el cinturón.

Asentí y levanté la mano izquierda, con el pulgar y el índice separados entre sí un par de centímetros.

—Un poco, ¿ajá?

Volví a asentir y continué escribiendo. Cuando ya había acabado, arranqué la página y se la tendí. Leyó y condujo al mismo tiempo, mirando la nota con el ceño fruncido, y no entiendo por qué, pues había empleado una letra bien clara, sin una sola floritura ni un corazoncito de los que se usan como punto para la *i*. En fin, yo nunca empleaba esas cosas.

—Piensa que tal vez haya estado cambiando de coche de alquiler, ¿ajá? ¿Qué le hace pensar eso?

Escribí un poco más; luego le di la página.

Leyó lo que acababa de escribir, desplazando la mirada a toda velocidad de la calle a la hoja de papel.

—Mmm... —dijo.

Mi hipótesis consistía en que, si ella no trabajaba en el hospital, entonces por lógica la única manera de que supiera que yo estaba en un hospital era que hubiera llamado para preguntar si había ingresado. Pero, ¿por qué iba a ocurrírsele hacer eso a menos que hubiera sido la persona responsable de que yo estuviera ahí? Por lo tanto, por lógica, tenía que ser la conductora del Buick.

Le escribí otra nota. Recordaba con claridad haberle contado a esa enfermera que Wyatt era poli y que estaba repasando las grabaciones de seguridad del aparcamiento para intentar conseguir la matrícula del coche que casi me había atropellado. No, no le había dicho que era policía, no exactamente, pero ¿quién más iba a revisar cintas de seguridad y conseguir matrículas? Y cuando ella comentó que tenía que estar bien tener un novio policía, yo no la corregí, de modo que indirectamente se lo había confirmado.

En cualquier caso, Wyatt no había sido capaz de sacar ninguna información útil de la cinta, pero ella no lo sabía. Por lo tanto, había cambiado de coche, había cambiado a un Chevrolet blanco. Y ahora hacía un rato que no veía ningún Chevrolet blanco, o sea, que era posible que condujera otra cosa, lo que para mí significaba que o bien tenía acceso a un montón de coches usados o bien los alquilaba en una agencia.

Forester sonrió cuando acabó de leer mis notas.

—Piensa como un poli —dijo con aprobación, y yo me sentí tan orgullosa con el cumplido que me sonrojé.

Cuando regresamos a jefatura, insistió en que entrara con él, de modo que subimos en el ascensor hasta lo que yo pensaba que era la planta de los policías. Supongo que técnicamente todas las plantas lo eran, excepto aquellas en las que estaban las celdas, pero la planta a la que yo me refería era donde de hecho los polis realizaban su trabajo.

Me fui con toda naturalidad a la oficina de Wyatt, mientras Forester se acercaba a su escritorio. La puerta de Wyatt estaba abierta y él me indicó que entrara. Estaba hablando por teléfono, recorriendo el pequeño despacho de un lado a otro, sin la chaqueta y con las mangas de la camisa enrolladas como era habitual. Me detuve un momento en la puerta, admirando su culo mientras andaba, porque Wyatt tiene un culo de lo mejorcito, y yo aprecio el arte allí donde lo encuentro. En este caso, en sus pantalones.

Se le veía un poco sudoroso, pensé, como si no hubiera estado aquí en la oficina en todo ese rato. De hecho, parecía que acabara de volver. Hacía un buen día, lo bastante cálido como para que un hombre sudara con la chaqueta del traje puesta, por lo tanto había salido para presentarse en la escena de algún crimen, fuera donde fuera. Por eso Forester había venido conmigo al hospital en vez de él, porque estaba disponible y Wyatt no. De hecho, le habría tocado ir a Forester de cualquier manera, pero Wyatt se tomaba un interés especial por mis casos.

Advirtió que yo aún seguía en pie junto a la puerta y, para solventarlo, se sujetó el teléfono contra el hombro, sosteniéndolo con la cabeza inclinada, mientras me metía dentro de la oficina con una mano y cerraba la puerta con la otra. Yo podía oír la voz de un hombre que no paraba de rezongar al otro lado del teléfono. Sin soltar mi brazo, Wyatt cogió el teléfono con la mano derecha y lo sostuvo contra el muslo mientras inclinaba la cabeza y me daba un profundo beso.

Estaba claro que además olía un poco a sudor; desprendía un calor húmedo, y eso fue suficiente para que yo tuviera un recuerdo fugaz de nuestra sesión amorosa de la noche anterior y de la intensidad ardiente y sudorosa. Me agarré a sus costillas y puse un poco de mi parte en aquel beso. Vale, puse un mucho de mi parte: me fundí con su cuerpo, pegada a él, verificando de forma automática el estado del géiser Old Faithful. Se apartó de mí con un pequeño gruñido y los pantalones abultados. Su ardiente mirada verde prometió: *Mas tarde*. Luego me dio una palmadita en el trasero y volvió a ponerse el teléfono en el oído. Después de escuchar un segundo o dos, dijo:

—Sí, señor alcalde —mientras volvía a sentarse.

Yo estaba sentada recatadamente sobre un lado del escritorio y Wyatt permanecía recostado hacia atrás en su propia silla cuando Forester llamó a la puerta un momento después. Bien, no supe que era Forester hasta que me levanté a abrir la puerta, pero era él. Wyatt le hizo una ademán para que entrara también. Forester tenía los ojos muy brillantes y llenos de expectación.

Al final Wyatt fue capaz de librarse del teléfono y lo colgó con un golpe seco, con la atención ya centrada en Forester.

—¿Qué habéis encontrado?

—Ella aparece en la grabación, pero no entre las fotos de los empleados. Debido a ciertos comportamientos y a la falta de foto identificativa, Lawless, el jefe de seguridad, cree que no es una empleada del hospital. Por lo tanto, no tenemos su identidad, con lo cual volvemos a empezar de cero... casi. —Forester me dirigió una mirada fugaz—. Blair ha dado con una teoría que en mi opinión tiene sentido, aunque tenemos tan poca información que no creo que dispongamos de material suficiente para cotejarla. —Dejó mis notas sobre el escritorio de Wyatt.

Wyatt se apresuró a leerlas por encima, me dirigió una rápida ojeada y dijo:

—Estoy de acuerdo, lo más probable es que condujera el Buick, lo cual significa que aquel incidente no fue un repentino ataque de furor al volante, sino una tentativa intencionada de asesinato. Pero podemos verificar la información de las agencias por las fechas. Las agencias de alquiler coinciden en muchos de los modelos de coches que alquilan, pero no todas tendrán Buicks disponibles. Descubre cuáles los tienen. Si está usando coches de alquiler, tuvo que devolver el Buick beige el viernes pasado y haber alquilado el Chevrolet blanco el mismo día, pero dudo mucho que usara la misma agencia. Creo que iría a otra. Puñetas, hay un montón en el aeropuerto, una tras otra. Si es lista, habrá devuelto el Chevrolet blanco para alquilar otro modelo el miércoles, antes de provocar el incendio. Y puesto que Blair sobrevivió a eso, yo diría que también devolvió ese vehículo ayer. Por lo tanto, ahora ya estará conduciendo otro modelo, y nosotros no disponemos de la más mínima pista sobre lo que tenemos que buscar.

Forester estaba tomando notas, escribía con rapidez y se paró en una ocasión para rascarse la barbilla.

—Puedo conseguir que las agencias de alquiler me den los nombres de todas las mujeres que alquilaron vehículos en esas fechas concretas. Si alguna de ellas se presentó en dos ocasiones, yo diría que tendremos a la persona que nos interesa.

Wyatt hizo un gesto afirmativo.

—Ponte a ello. No nos queda mucho tiempo hoy si se diera el caso de que alguna de las agencias pusiera pegas y tuviéramos que pedir una orden judicial. —Para investigaciones rutinarias como ésa, la mayoría de jueces no se tomarían la molestia de firmar una orden durante el fin de semana. Habría que esperar hasta el lunes.

Forester dirigió una mirada a la puerta, y por ella apareció una de las agentes femeninas con los ojos muy excitados fijos en mí.

—Señorita Mallory —dijo efusiva, alzando la voz lo suficiente como para atraer la atención de todo el mundo en la planta—. ¡Qué emoción conocerla! ¿Me firmaría su autógrafo aquí, por favor? Quiero pegarlo en el vestuario de mujeres.

Me tendió una hoja de papel con los bordes irregulares, mientras un gentío se formaba tras ella, asomándose desde la puerta al interior de la oficina. Yo casi podía notar el regocijo general que se acumulaba ahí.

Cogí automáticamente la hoja de papel, la miré y la reconocí de inmediato. Era una de las notas que había escrito mientras permanecía encerrada en el coche patrulla de DeMarius Washington, una de las hojas que había pegado a la ventanilla con chicle. Pero ¿qué hacía ahí?

Recordé por un momento a DeMarius hojeando las notas y sonriendo, y a Forester haciendo lo mismo. Uno de ellos debió de birlar esta hoja en concreto en vez de meterla en mi bolso con las otras.

—Veamos eso —dijo Wyatt, resignado. Reconocía una encerrona nada más verla.

Forester, muy servicial, me quitó la nota de la mano y la puso encima del escritorio de Wyatt, mientras todo el mundo reunido al otro lado de la puerta estallaba en una risa escandalosa.

Escrito en letras mayúsculas muy grandes, que yo había repasado varias veces para que quedaran más resaltadas, aparecía lo que yo pretendía que fuera un *coup de grâce* asestado a todos los gilipollas que no me habían dejado salir de aquel apestoso coche patrulla:

EL TAMAÑO SÍ IMPORTA

Capítulo 28

—El tamaño sí importa, ¿ajá? —gruñó Wyatt cogiéndome por la cintura cuando aquella tarde entró en casa apenas cinco minutos más tarde que yo. Me había escapado de su oficina en medio de aullidos de risa y me había ido derecha a la tercera tienda de tejidos donde —tachán tachán— encontré mi tela. Me puse tan contenta y sentí tal alivio que ni siquiera había discutido el precio, que era excesivo, pero claro, no consigues tejidos de calidad a dólar noventa y nueve el metro. Mi botín descansaba ahora a salvo en el maletero del coche de alquiler, e iba a llevarlo a casa de Sally por la mañana. Ella tenía intención de trabajar en el vestido todo el fin de semana.

Ahora tenía que ocuparme de Wyatt.

—Pues claro —conseguí soltar jadeante entre besos voraces. ¿Qué? ¿Esperabas que mintiera?

—Entonces, qué bien que mis medidas sean las adecuadas para tenerte contenta. —Me desabrochó instantáneamente los vaqueros y ya me los estaba quitando.

Y lo dejó claro, oh, por supuesto que sí. Él lo sabía, también, y me lo demostró una y otra vez. Al menos en esta ocasión me llevó al sofá, en vez de clavarme sin más al suelo como en más de una ocasión.

Y luego se demoró, acariciándome aquí y allá, observando mi cuerpo mientras me sujetaba las caderas con sus fuertes manos.

—Se nota la diferencia —dijo con voz ronca—. Nada de control de natalidad. Esto es otra cosa.

Así era. No una diferencia física, sino mental. Puesto que el cerebro es la zona erógena más importante... guau. Todo quedaba realzado, intensificado, y eso que entre nosotros el sexo ya era bastante intenso por lo general.

Luego se quedó echado pesadamente sobre mí, acariciándome la cadera distraídamente como hacía a menudo. Aturdida, me percaté de que no se había desvestido, aunque se las había ingeniado para quitarme la ropa de cintura para abajo. Todavía llevaba la chapa enganchada al cinturón, que me rozaba muy cerca de donde yo no quería que me rozara; muchísimas gracias. Y noté también esa gran automática negra pegada de forma alarmante a mi muslo interior izquierdo.

Me retorcí debajo de él.

—Aún vas armado —protesté.

—Sí, pero no está cargada.

Le empujé los hombros.

—La placa... cuidado, ¡ay!

Deteniéndose varias veces para besarme, se apoyó en el cojín en el que yo estaba tendida y se apartó de mí con cuidado. Desde el punto de vista logístico, esto no había estado muy bien organizado, y ahora teníamos que ocuparnos de las cuestiones prácticas, ya sabéis a qué me refiero. Gracias a Dios el sofá no era de cuero.

Después de limpiar un poco, preparamos juntos la cena. Antes, él tenía costumbre de salir a cenar, pero desde que estábamos juntos yo llenaba su congelador de material precocinado que sólo había que calentar. Esa noche elegimos lasaña, a la que añadimos una ensalada. Los acompañamientos de ensalada eran algo que yo había introducido en su frigorífico. Le estaba dando clases sobre comida de chicas.

Tras la cena, había llegado el momento de hacer de tripas corazón. Había estado pensando y escurriendo el bulto, y pensando un poco más, desde el martes por la noche, y no podía posponerlo más. Estábamos manteniendo relaciones sin protección alguna, por el amor de Dios, y aunque prácticamente era imposible que me quedara embarazada, aun así...

—Eso que dijiste —empecé mientras cargábamos el lavaplatos.

—Estaba cachondo. Los hombres somos capaces de decir cualquier cosa a cambio de sexo.

Le fruncí el ceño.

—El martes por la noche, cuando te enfadaste tanto.

Se puso derecho y me prestó toda su atención.

—Has tenido tiempo de pensarlo bien, ¿ajá? Vale, adelante, y así podré disculparme una vez más y podremos pasar página.

No era exactamente el tono serio que yo quería. Mi ceño se transformó en una mirada iracunda.

—No es algo de lo que disculparse, es algo que tenemos que plantearnos, sin bromas, para tomar una decisión.

Se cruzó de brazos y esperó.

Confié en que mi voz aguantara toda la explicación. Después del descanso de la mañana, me había vuelto la voz con ese espantoso graznido, que como mínimo tenía sonido. Suspiré y comencé.

—Dijiste que utilizo triquiñuelas tontas, que espero que las pases canutas por mí y que me cabreo si no es así, y que te llamo con cualquier ocurrencia, confiando en que tú vas a ponerte a investigar. También dijiste que requiero muchas atenciones. Bah, todo lo demás queda incluido en la misma categoría. Exijo atenciones, siempre he exigido atenciones y siempre las exigiré. Eso nunca cambiará. No voy a cambiar.

—No quiero que cambies —empezó a decir, alargando el brazo para cogerme, pero yo retrocedí para que no me alcanzara e hice un ademán para que se callara.

—Déjame acabar, porque no sé cuánto me va a durar la voz. No considero que mis triquiñuelas sean tontas, de modo que en eso diferimos. Creo que no espero que las pases canutas por mí, pero yo te antepongo a cualquier cosa, y espero que tú también me antepongas... dentro de lo razonable, por supuesto, y eso nos atañe a ambos. Si te encuentras en la escena de un crimen, por ejemplo, no espero que vengas a ponerme en marcha el coche porque se me haya acabado la batería. Para eso tengo el Automóvil Club.

»Y no te llamo para que investigues cualquier cosilla. En serio. Pero desde luego espero que hagas cosas por mí, como arreglarme algún problema de multas de aparcamiento que haya tenido, aunque no te pediría que me apañaras una multa por exceso de velocidad o que falsificaras un informe ni nada por el estilo, por lo tanto creo que es razonable. Pero al fin y al cabo, es decisión tuya, si continúas o no con este matrimonio. Si tantas atenciones te molestan verdaderamente, y si yo no merezco tanta molestia, entonces deberías dejarlo, ahora. Es probable que sigamos juntos un tiempo, pero deberíamos cancelar la boda.

Me tapó la boca con la mano. Le relucían los ojos verdes.

—No sé si reírme o… reírme.

¿Reírse? Casi me había roto el corazón y finalmente yo había hecho acopio de valor para planteárselo todo, ¿y quería echarse a reír?

Es imposible que los hombres pertenezcan a la misma especie que las mujeres. No, así de sencillo.

Me rodeó la cintura con la otra mano y me aproximó a él.

—A veces me haces enfadar tanto que podría decir cualquier burrada, pero desde que estamos juntos no ha habido un solo día que no me haya despertado sonriendo. Puñetas, sí, merecen la pena todas las molestias. El sexo por sí solo merece la pena, pero si tienes en cuenta también la parte de diversión…

Intenté pellizcarle llena de furia, pero se rió y me cogió la manos, levantándolas para sostenerlas contra su pecho.

—Te quiero, Blair Mallory, pronto Blair Bloodsworth. Quiero todo lo que tiene que ver contigo, incluso todas las atenciones que requieres, incluso las notas que escribes que, por cierto, han calmado por completo el resentimiento hacia mí que mostraban los compañeros mayores. No sé cómo consiguió el hijoputa de Forester robar esa nota sin que yo me diera cuenta, pero ya lo descubriré —masculló.

—No pretendía que la nota fuera graciosa —solté con brusquedad, o eso intenté—. Quería dejar clara mi postura.

—Oh, lo entendí a la perfección, igual que todos nosotros. Estabas echa una furia, enfadada con todos nosotros, y cuando supimos el motivo, tuvimos que admitir que tenías razón. Pero volvería a hacerlo: ponerte a salvo. Haría cualquier cosa por ponerte a salvo. Y bien, ¿cómo se supone que debemos expresar esas cosas unos hombres tan machotes como nosotros? Bien, sí: sacrificaría mi vida para salvarte. La boda sigue en pie. ¿Responde eso a tus preguntas?

No sabía si darle un pellizco, un puñetazo o hacer un puchero. Al final decidí mostrarme enfurruñada. ¡Dios, qué alivio! Wyatt sabía que yo no iba a cambiar y, ¿aun así quería casarse conmigo? Qué bien.

—No obstante, aclárame un cosa —dijo.

Alcé la vista, con expresión inquisitiva, y lo aprovechó para darme un par de besos.

—¿Por qué quieres que te apañe una multa de aparcamiento y no una multa por exceso de velocidad? Una multa por exceso de velocidad es más cara, te resta puntos del carné de conducir y encarece la prima del seguro.

Me costaba creer que no fuera capaz de ver la diferencia.

—Una multa por exceso de velocidad responde a algo que yo he hecho. Pero ¿una multa de aparcamiento? Discúlpame, pero ¿quién es el dueño de la propiedad municipal? Los contribuyentes, ni más ni menos. ¿Acaso soy la única persona que piensa que no tiene sentido que se le cobre a alguien por aparcar en su propia propiedad, y que luego se le multe si está demasiado rato? Eso es poco americano. Es de lo más... de lo más fascista...

Esta vez no empleó la mano para callarme. Esta vez empleó la boca.

Capítulo 29

El tiempo volvió a enfriar por la noche y por la mañana se puso a llover. Un sábado normal habría ido a trabajar temprano, porque suele ser un día de ajetreo en Great Bods, pero cuando hablé con Lynn, me dijo que JoAnn se estaba adaptando genial al trabajo en recepción y sugirió ofrecerle un puesto a jornada completa. Yo estuve conforme, porque de otro modo las próximas semanas acabarían conmigo.

Wyatt durmió hasta tarde, despatarrado encima de la cama, y yo me entretuve esa mañana escribiendo la lista de sus transgresiones. Cómo iba a olvidar algo tan importante. Ni hablar. Me senté hecha un ovillo en el gran sillón, con un chal tapándome los pies y las piernas, de lo más satisfecha por poder pasar la mañana haciendo el vago. La lluvia parecía anular cualquier noción de urgencia; además, me encanta escuchar su repiqueteo, y rara vez tengo ocasión de hacerlo, ya que por lo habitual estoy demasiado ocupada. Me sentía segura y feliz, arropada por Wyatt, dejando que los detectives hicieran el trabajo preliminar en la búsqueda de mi acosadora. Seguían la pista correcta con lo de los coches de alquiler; era algo yo veía claro, así de sencillo.

Podía hablar. Para deleite mío, sí, podía hablar. Mi voz sonaba muy áspera pero al menos funcionaba. Estaba claro que yo no podría haber sido una de esas monjas que hacen votos de silencio. Aunque pensándolo bien, nunca podría haber sido una monja, y punto.

Llamé a mamá y charlamos un rato. Ella ya había hablado con Sally y sentía un gran alivio: Sally ya había llamado a Jazz y se había disculpado, y se suponía que iban a quedar esa misma mañana para hablar cara a cara. Me pregunté si no sería más conveniente esperar a mañana para llevarle la tela, y mamá dijo que sí. Podía imaginarme la escena, después de haber tenido una especie de reconciliación con Wyatt.

Luego llamé a Siana y hablé con ella. Tras colgar, me llevé arriba toda mi ropa nueva y la dejé encima de la cama del cuarto de invitados. Me probé otra vez todos los zapatos nuevos, andando con ellos para asegurarme de que no me rozaban. Para entonces Wyatt ya se había levantado; le oí bajar a por una taza de café, luego subió al piso de arriba y se apoyó en el umbral de la puerta mientras se lo bebía, observándome con una especie de media sonrisa adormilada en el rostro.

Mis zapatos le tenían perplejo por algún motivo. Había comprado lo que consideraba básico: zapatillas deportivas para el gimnasio —tres pares—, más unas botas de tacón alto, más unos zuecos, más unas manoletinas negras, un par de zapatos bajos negros y, bien, la lista seguía.

—¿Y cuántos pares de zapatos negros necesitas? —preguntó al final mientras los observaba alineados en el suelo.

Vale, los zapatos no eran algo de lo que reírse. Le dediqué una mirada fría.

—Un par más de los que tengo.

—Entonces, ¿por qué no te los has comprado ya?

—Porque seguiría necesitando un par más de los que tengo.

Fue lo bastante prudente como para soltar un «Mmm» y dejar el tema.

Durante el desayuno le expliqué que me parecía que la situación Sally/Jazz estaba resuelta. Me miró maravillado.

—¿Cómo lo has conseguido? Teniendo que esquivar a una acosadora homicida y escapar de tu casa en llamas, ¿cómo has podido encontrar tiempo para eso?

—Encontrándolo. La desesperación es una gran motivación.

—Yo también estaba un poco sorprendida. Él no tenía ni idea de lo desesperada que me había sentido.

Después del desayuno volví arriba y me entretuve con la ropa nueva, cortando etiquetas, lavando lo que hacía falta lavar antes de estrenarlo, planchando arrugas tozudas, y reordenando el armario de Wyatt para colgar allí mi ropa. Sólo que ahora ya no era el armario de Wyatt, era nuestro armario, y eso significaba que tres cuartas partes me pertenecían. Por ahora, con eso bastaría, dado mi escaso vestuario, justo para los próximos meses de otoño, pero para cuando comprara la ropa de invierno, y la ropa de primavera, y la ropa de verano... bien, habría que volver a reordenar las cosas.

También hacía falta limpiar y organizar los cajones del tocador. Y del armario del baño. Una vez más, Wyatt se apoyó en el umbral de la puerta mientras me observaba vaciar todos los cajones del tocador, apilando de momento todas las cosas sobre la cama. Siguió sonriendo un rato, como si verme tan ajetreada mientras él se limitaba a mirar le satisfaciera en cierto sentido. No sé por qué no le remordía la conciencia.

—¿Qué te hace tanta gracia? —le pregunté por fin, con cierta irritación.

—Nada.

—Estas sonriendo.

—Sí.

Puse las manos en jarras y le miré con el ceño fruncido.

—Entonces, ¿por qué estás sonriendo?

—Estoy observando como te estableces... en mi casa. —Me miró con los párpados caídos mientras sorbía el café—. Dios sabe cuánto tiempo he intentado que vinieras a vivir aquí.

—Dos meses —dije burlándome—. Fíjate cuánto tiempo.

—Setenta y cuatro días, para ser exactos; desde que dispararon a Nicole Goodwin y yo pensé que se trataba de ti. Setenta y cuatro largos y frustrantes días.

Entonces sí que me burlé.

—Es imposible que un hombre que ha disfrutado de tantas relaciones sexuales como tú pueda sentirse frustrado.

—No era cuestión de sexo. De acuerdo, en parte era sexo. Pero seguía siendo frustrante que vivieras en otro lugar.

—Bueno, pues ya estoy aquí. Disfrútalo. La vida, tal y como la conoces, se ha acabado.

Riéndose, se fue por más café. El teléfono sonó mientras estaba abajo y contestó, pero subió a los pocos minutos para coger su placa y su arma.

—Me tengo que ir —dijo. No era inusual, y no tenía nada que ver conmigo o me lo habría dicho. Tenía más que ver con la falta de personal en el distrito policial que con cualquier otra cosa, algo que se había convertido más bien en un problema crónico—. Ya sabes qué hacer. No dejes entrar a nadie.

—¿Y si alguien con una lata de gasolina se cuela en la propiedad.

—¿Sabes disparar una pistola? —me preguntó, y no hablaba en broma.

—No. —Era algo que lamentaba, pero imaginé que era mejor no dar rodeos al respecto.

—Para cuando acabe contigo la próxima semana, sabrás hacerlo —prometió.

Genial. Algo más de lo que ocuparme en mi tiempo libre. Suponiendo que me quedara tiempo libre. Debería haber mantenido la boca cerrada. Por otro lado, saber usar una pistola tenía que molar.

Me dio un beso y salió por la puerta. Escuché distraída el ruido sordo de la puerta del garaje al abrirse y cerrarse de nuevo un momento después, luego volví a continuar ordenando cosas.

Estaba claro que algunas de las cosas que estaban guardadas en el tocador podían meterse en cualquier otro sitio, como el guante de béisbol (¡¿?!), el estuche de limpiar los zapatos, una pila de libros de la academia de policía y una caja de zapatos llena de fotos. En cuanto la abrí y vi el contenido, me olvidé de las otras cosas y me quedé sentada con las piernas cruzadas en el suelo junto a la cama, mirando lo que había ahí dentro.

A los hombres no les preocupan demasiado las fotografías, y por eso éstas estaban metidas de cualquier manera en una caja olvidada en un cajón. Era obvio que algunas de ellas se las había dado su madre: fotos del colegio de él y su hermana Lisa, a distintas edades. El Wyatt de seis años consiguió derretirme el corazón. Parecía tan inocente y natural, para nada el hombre duro del que me había enamorado, a excepción de esos ojos centelleantes. Sin embargo, cuando cumplió los dieciséis ya estaba adoptando esa expresión fría y penetrante. Había imágenes de él vestido con el equipo de fútbol, tanto del instituto como de la universidad, y luego otras fotos de jugador profesional, y la diferencia era obvia. Para entonces, el fútbol ya había dejado de ser un juego, para pasar a ser un trabajo, un trabajo, de hecho, bastante duro.

Había una foto de Wyatt con su padre, fallecido hacía ya un tiempo. Él debía tener entonces unos diez años pues aún mostraba una mirada inocente. Su padre debió de morir poco después de que sacaran la foto, porque Roberta me había contado que Wyatt tenía diez años cuando sucedió. Entonces fue cuando su inocencia se esfumó, ya que todas las fotos sacadas después mostraban a alguien consciente de que la vida no siempre es segura y feliz.

Luego encontré la foto con su esposa.

Primero leí lo que había escrito en el reverso, porque la foto estaba boca abajo. La cogí. Con bonita caligrafía femenina, aparecía la inscripción: *Wyatt y yo, Liam y Kellian Greeson, Sandy Patrick y su última monada.*

Le di la vuelta y miré la cara de Wyatt. Reía a la cámara, cogiendo distraídamente por el hombro a una pelirroja muy guapa.

Noté una punzada de celos naturales. No quería verle con ninguna otra mujer, sobre todo con la que había estado casado. ¿Por qué no podía haber sido fea o desagradable, alguien que obviamente no encajara con él, en vez de ser tan guapa y...

...mi acosadora.

Me quedé mirando la fotografía sin creer lo que veían mis ojos. La fotografía debía tener fácilmente quince años, y ella parecía jovencísima, poco más que una adolescente, aunque yo sabía que sólo tenía un par de años menos que Wyatt. Llevaba el pelo muy diferente: un voluminoso peinado de los ochenta, adaptado a los noventa, y demasiado maquillaje, aunque mi intención no fuera criticar ni nada parecido. Y esas largas, largas pestañas que le quedaban como si llevara pestañas artificiales.

No cabía duda.

Me fui hacia el teléfono.

No había tono de llamada.

Esperé, porque a veces una unidad inalámbrica tarda unos segundos en dar el tono de llamada. No pasó nada.

Bien, no era la primera vez que no oía señal y no era algo tan importante, pero cuando una acosadora homicida anda detrás de ti y el teléfono no da tono de llamada, hay que asumir automáticamente lo peor. ¡Dios mío, estaba ahí! De algún modo había cortado la línea telefónica, y eso no podía ser tan fácil.

Entonces fue cuando me percaté de lo tranquila y silenciosa que estaba la casa. No se oía ningún zumbido de fondo de la caldera, ni de la luz, ni del frigorífico. Nada.

Miré el despertador digital. Estaba en blanco.

No había corriente. No lo había advertido antes porque el dormitorio tenía suficientes ventanas como para dejar entrar la luz necesaria para poder ver, incluso en un día lluvioso, y como había estado enfrascada en las fotos...

Pero había luz cuando Wyatt se fue, porque había oído la puerta del garaje. Y como no llevaba ni quince minutos fuera, no podía haberse ido hacía mucho rato. ¿Qué demostraba eso? ¿Alguna cosa? ¿Que había esperado a que él saliera de casa para entrar? Y ¿cómo sabía dónde vivía? Habíamos tenido mucho cuidado, nadie nos había seguido hasta allí.

Pero sabía dónde trabajaba él. Por lo tanto, no tendría más que haberle esperado ahí y seguirle a casa. Incluso era posible que lo hubiera hecho antes de que empezara a seguirme a mí. Seguirle a él era lo que la había conducido hasta mí.

Me puse de pie silenciosamente y cogí el móvil de donde lo había dejado, sobre la cama. Lo había subido al piso de arriba porque muchísima gente me llama al móvil si quiere hablar conmigo. La falta de corriente no le habría afectado, a menos que fuera un problema de toda la zona que dejara inutilizadas las torres de telefonía móvil, pero en tal caso no tendría nada de qué preocuparme. Era el hecho de que se limitara a la casa lo que me tenía cagada de miedo.

Estaba temblando cuando tecleé el número de Wyatt; notaba el pelo erizado sobre el cuero cabelludo. No tenía dudas al respecto, estaba espantada. Haciendo el menor ruido, me metí en el baño y cerré la puerta, y amortigüé el sonido de mi voz.

—¿Qué pasa? —me dijo al oído.

—Es Megan —solté—. Es Megan. Estaba mirando fotos antiguas y... es ella.

—¿Megan? —repitió. Sonaba estupefacto—. Eso no tiene...

—¡No me importa lo que no tenga! —susurré frenéticamente—. ¡Es ella! ¡Es la acosadora! Y se ha ido la luz. Y ¿si está aquí? Y ¿si está en casa...?

—Ahora vuelvo —dijo sin vacilar lo más mínimo—. Y voy a llamar a la patrulla más próxima. Si crees que está en la casa entonces sal de ahí como sea. ¿Entendido? Ya son demasiadas veces, ya has tenido demasiados avisos y te has salvado por los pelos en demasiadas ocasiones. Si tienes que volver a salir por la ventana, hazlo.

—Vale —contesté, pero ya había colgado y la línea se quedó muerta.

Wyatt venía hacia aquí. Llevaba fuera unos quince minutos, que es lo que tardaría en regresar, a menos que condujera como alma que lleva el diablo. También era posible que hubiera un coche patrulla más cerca.

Aunque suene raro, saber que confiaba en mi intuición me calmó un poco. Tal vez fuera porque no me sentía tan sola, porque la ayuda venía en camino.

Puse el móvil en modo silencioso y lo introduje en el bolsillo. Al menos esta vez no me pillaba con un pijama ligerísimo y sin zapatos. Una camiseta de manga larga y unos pantalones de chandal con bolsillos ofrecían mucha más protección. Bueno, aún no me había puesto los zapatos, pero como mínimo llevaba calcetines; y aunque hubiera llevado los zapatos puestos, me los habría quitado para no hacer ruido.

Lo más probable era que los nervios me estuvieran jugando una mala pasada, pero la última vez que me tranquilicé con este argumento, me quemó la casa. Yo parecía tener un sexto sentido que me permitía saber cuándo estaba cerca, y mi intención era seguir ese instinto.

Al menos ya no tenía que preguntarme por qué sucedía todo aquello, qué había hecho para que alguien quisiera matarme. Ahora lo sabía. Era Wyatt. Wyatt me quería e íbamos a casarnos, y ella no podía soportarlo.

Roberta me había dicho que cuando Megan solicitó el divorcio, Wyatt se largó sin más. No se había preocupado ni por intentar salvar su matrimonio ni por repensarse su decisión de hacerse policía. Ella no era lo bastante importante para él. Aquello tuvo que haberla corroído mucho durante todos esos años, el no haber sido suficiente mujer para el hombre que amaba. Yo podía entender cómo se sentía, pero no me daba lástima ni alguna otra estupidez por el estilo. Por favor, esa zorra psicópata había intentado matarme.

Se había vuelto a casar al cabo de un año más o menos, según me había contado Roberta. Su segundo matrimonio por lo visto tampoco había funcionado, ¿cómo podía, si estaba enamorada de Wyatt? Pero había esperado, porque él no había vuelto a casarse, y podía aferrarse a la idea de que, en lo más profundo, todavía la quería y tal vez un día volvieran a estar juntos; hasta que aparecí yo. Nuestro anuncio de matrimonio había salido en el periódico. ¿Tendría ella la costumbre de conectarse a internet y leer el diario local, o de introducir en Google el nombre de Wyatt de vez en cuando? Tal vez algún conocido de la ciudad se lo había dicho. Cómo lo había descubierto no importaba, pero su reacción a las noticias sí, y mucho.

Intenté pensar en lo que tenía a mi disposición para defenderme. Cuchillos, por supuesto, abajo en la cocina. Si estuviera en mi casa, bajaría segura a por uno, porque mi sistema de alarma me diría si alguien había entrado, pero Wyatt no tenía sistema de alarma. Tenía cerraduras, cerraduras con candados, y ventanas de panel triple que sólo permitían entrar a alguien que estuviera muy decidido a hacerlo. Por desgracia, ella lo estaba.

No tenía nada aquí arriba para protegerme, excepto la gran y pesada linterna que Wyatt guardaba en la mesilla. Salí del baño muy despacio, convencida de que iba a encontrarme cara a cara con una demente con un hacha en la mano, pero el dormitorio estaba vacío y en silencio. Cogí la linterna y la agarré con la mano derecha. Tal vez tuviera ocasión de arrearle en la cabeza. Una buena conmoción cerebral era lo que se merecía.

Entonces me dirigí al pasillo con cautela. También estaba vacío. Me quedé escuchando un momento, pero no se oían sonidos dentro de la casa. Fuera, oí los neumáticos de un coche al pasar sobre el pavimento mojado, aquel sonido mundano y reconfortante, pero no tanto como si el coche hubiera aminorado la marcha y hubiera entrado en el jardín. Wyatt no había tenido tiempo de llegar todavía, pero el coche patrulla también sería bien recibido.

Todas las puertas del pasillo estaban cerradas, a excepción de la puerta de la habitación principal, detrás de mí. No podía recordar haber cerrado la puerta al salir de la habitación de invitados donde había estado probándome los zapatos. No es algo que normalmente recuerdes. Pero nadie abrió de golpe una de esas puertas y saltó al pasillo para atacarme con un hacha, de modo que me adelanté poco a poco en dirección a la escalera.

Lo sé, lo sé. En todas las pelis de terror, al menos en algún momento la rubia tonta baja por la escalera después de haber oído un ruido, o se mete en el sótano oscuro. Algo. Bueno, ¿sabéis qué? Si estás arriba, lo normal es que estés atrapado. No son tantas las casas que tienen dos escaleras, una en cada lado de la casa. Al menos si estás en la planta baja hay más de una salida. Acababa de estar atrapada en un segundo piso durante un incendio y no quería repetir la experiencia. Quería estar en la planta baja.

Di otro paso. Podía ver parte de la sala de estar ahora, y la entrada a la cocina. Ni rastro de la maniaca. Un paso más. Un destello azul en la parte inferior de la escalera llamó mi atención. La cosa azul, fuera lo que fuera, no se estaba moviendo, sólo estaba ahí quieta. Y no había nada azul ahí cuando subí la escalera.

No obstante, me resultó familiar. Fuera lo que fuera, lo había visto antes. Pero, lo juro, parecían dos tubos azules sobresaliendo, con diseños peculiares.

Mis botas. Mis botas azules, las que no habían llegado antes del incendio.

Ella las tenía; había recogido mi paquete. Y ahora estaba aquí, en esta casa. No eran imaginaciones mías.

No iba a bajar la escalera, de ningún modo. Iba a seguir el consejo de Wyatt y escapar por la ventana…

Entonces salió de la cocina sosteniendo con firmeza una pistola con ambas manos, apuntándola directamente hacia mí. Llevaba unos zapatos de suela blanda que no hacían más ruido que mis calcetines. Apuntando sin vacilar, inclinó la cabeza en dirección a las botas.

—¿En qué pensabas? ¿En largarte con los del rodeo o algo así?

—Hola, Megan —dije.

La sorpresa brilló en sus ojos. No contaba con eso. Esperaba matarme y largarse a continuación, porque, ¿quién iba a sospechar de ella? No vivía aquí; hacía muchos años que no vivía por estos barrios, y no había contactado con nadie que conociera aquí. Nadie debería poder relacionarla con esto.

—Ya se lo he dicho a Wyatt —le expliqué.

Una mirada desdeñosa apareció en su rostro.

—Sí, de acuerdo. No hay luz. No funciona ninguno de esos inalámbricos.

—No, pero el móvil que llevo en el bolsillo sí. —Indiqué el bulto—. Hay una caja de zapatos llena de fotos ahí arriba. Las estaba repasando y me topé con esa instantánea tuya con Wyatt y otras dos parejas. Con un tipo llamado Sandy y su última monada —añadí, para que supiera que no me lo estaba inventando. Escaparse sin que la acusaran de asesinato era una parte primordial de su plan, sospeché. Saber que no iba a conseguirlo, por mucho que se empeñara, podría hacerle repensarse toda la cuestión de mi asesinato.

Vi dolor parpadeando en su expresión mientras recordaba la fotografía.

—¿La guardaba?

—No sé si la guardaba o si nunca se ha tomado la molestia de tirarla. En cuanto te reconocí, le he llamado. —Me encogí de hombros—. De cualquier modo, ya estaban trabajando desde el enfoque de los coches de alquiler. Wyatt habría reconocido tu nombre.

—Dudo que tan siquiera sepa mi apellido —dijo con amargura.

—Bueno, mira, eso no es culpa mía —comenté.

—No me importa si es culpa tuya o no. No tiene que ver contigo, tiene que ver con él, y con que él descubra lo que es querer tanto a alguien como para que duela, y no ser capaz de retener a esa persona. Tiene que ver con sufrir en vida eternamente, un dolor del que no puedes escapar.

—Ajá. Suena a que tendrías que poner fin de una vez a todo este sufrimiento. Detesto a los lloricas, ¿tú no? A todo el mundo le suceden cosas malas. Una relación fallida no es lo mismo que ver morir a alguien, de modo que supéralo.

—¡Cállate! —Se acercó al pie de la escalera sin dejar de apuntar la pistola con ambas manos igual de firmes—. Tú no sabes qué es eso. Cuando nos casamos, yo ya sabía que no me quería igual que yo a él, pero pensé que al menos tenía una oportunidad, pero nunca llegué a aprovecharla. Un atleta profesional pasa mucho tiempo fuera, y tenía que compartirle con el equipo, tanto antes de la temporada como después. Tenía que compartirle con la familia, porque venía aquí siempre que podía. Incluso tenía que compartirle con Sandy Patrick y sus monadas, porque era el mejor amigo de Wyatt. ¿Tienes idea de cuántas veces pudimos disfrutar los dos a solas?

Me encogí de hombros.

—¿Dos? Sólo es una suposición. No sé cuánto tiempo estuvisteis casados. Nunca habla de ti. —No, no me caía bien, no sentía lástima por aquella mujer; ella me importaba un bledo, lo único que quería era mantenerla hablando el rato suficiente como para que Wyatt regresara.

—¿Cómo te sentirías compartiéndole con todo el mundo? —empezó a acalorarse.

—Mira, ésa es la diferencia entre nosotras —dije, apoyándome en el poste de arranque—. Creo que todo el concepto de compartir está sobrevalorado. No es natural. A mí no me gusta compartir. No comparto y no voy a compartir. —No llegué a pronunciar las palabras, *Pedazo de sabandija*. ¿Creéis que yo aguantaría que no me hicieran caso un solo minuto?

Parecía un poco nerviosa, como si esperara que a esas alturas yo tuviera que estar histérica, llorando y suplicando. Perder la calma no era bueno, provocaba cosas estúpidas, como apretar el gatillo. Para apartar su atención de mi conducta poco natural, le pregunté:

—Y dime, ¿cómo has entrado aquí?

—Llevo tiempo vigilando esta casa. Os he visto a los dos salir del garaje montones de veces. Y ninguno de los dos os detenéis nunca a comprobar que la puerta esté cerrada del todo. De hecho, tú sueles salir y desaparecer cuando la puerta todavía está a medio bajar. Antes, cuando se ha marchado, simplemente he hecho rodar una pelota hasta dentro del garaje. El sensor automático ha detenido la puerta, que ha vuelto a subir. Y adentro. ¿Te parece difícil?

Así que llevaba en la casa desde que Wyatt había salido. Podría haberme cogido desprevenida, podría haberme matado y haberse marchado, pero quería jugar un poco con las botas, quería verme aterrorizada.

Le contesté.

—No demasiado, supongo. —Me encogí de hombros. Si sobrevivía a esto, en esta casa iba a instalarse de inmediato un sistema de seguridad, de los que pitan cada vez que se abre una puerta—. Supongo que también has desconectado la electricidad.

Hizo un gesto de asentimiento.

—Está en el garaje, ¿por qué no iba a hacerlo?

—Y has estado jugando a las sillitas con los coches de alquiler, ¿correcto? ¿Y poniéndote pelucas? A excepción de aquel horrible tinte que llevabas en el hospital.

—No lo he planeado todo lo bien que podía haber hecho. Ni siquiera había pensado en las cámaras de seguridad del aparcamiento del centro comercial, gracias por decírmelo. Pensé en las pelucas después de que un estilista pasara horas quitándome esa mierda del pelo.

—Podías haberte ahorrado las molestias, ya que las cintas de vídeo estaban gastadas. Wyatt no pudo sacar ningún detalle útil de eso.

Ahora sí que parecía enojada, porque sin duda se había tomado muchas molestias cambiando de coche. Y tenía razón: quitarse un color artificial del pelo es un trabajo largo y tedioso. Yo también me habría hartado de eso.

—No acertaste cuando quisiste atropellarme con el coche en el aparcamiento; aunque no me parece una manera demasiado eficaz de matar a alguien.

Se encogió de hombros.

—Lo decidí sin pensar. Te había estado siguiendo y de repente ahí estabas, dándote aires en aquel aparcamiento como si fuera de tu propiedad. Eras un blanco perfecto y había que aprovecharlo.

—¿Dándome aires? Disculpa, yo no me doy aires. —Indignada, me puse derecha y me aparté del poste.

—Dejémoslo en presumiendo. Te odié nada más verte; te habría estrangulado en el hospital si hubieras estado sola.

—Vaya, no se te da nada bien toda esta mierda de matar, ¿verdad que no?

—Es mi primera vez, estoy aprendiendo sobre la marcha. Debería haber sido más directa. Acercarme a ti, meterte un tiro, largarme.

Sólo que todavía no había aprendido la lección.

Aún no habían pasado quince minutos, de eso estaba convencida, y no había oído llegar ningún coche. ¿Vendría Wyatt en coche? ¿O lo aparcaría calle abajo y se introduciría sigilosamente en la casa?

En cuanto se me cruzó esa idea por la cabeza, Wyatt medio salió de detrás de la puerta de la cocina a espaldas de Megan, aunque mantenía parte de su cuerpo a cubierto. Tenía la automática en la mano derecha y le apuntaba a la cabeza.

—Megan...

Sorprendida, ésta se giró en redondo. Tal vez fuera una buena tiradora; de hecho, después nos enteramos de que sí lo era, que disparaba con regularidad en un campo de tiro, pero que nunca había practicado en una situación de fuego real. Se volvió apretando ya el gatillo y disparando a lo loco.

Wyatt no falló.

Pero tampoco ella falló su último disparo.

Mi corazón se detuvo, literalmente, durante un par de segundos de angustia. No recuerdo haberme movido, pero de repente me vi en el rellano de las escaleras, saltando por encima de Megan, que yacía gimiendo. Si no hubiera estado tirada en el suelo, yo la habría derribado para llegar al lado de Wyatt.

Hasta el día en que me muera, veré la expresión en su rostro, veré la manera en que la bala le arrojó hacia atrás con una sacudida, veré la rociada roja de sangre saliendo de su pecho, formando un arco casi a cámara lenta. Retrocedió unos pasos y luego cayó sobre una rodilla. Intentó levantarse con gran esfuerzo, ponerse en pie otra vez y luego se desplomó hacia un lado. Y siguió intentando levantarse.

Yo gritaba su nombre, eso sí lo sé, gritaba su nombre una y otra vez. Me resbalé con su sangre, pues ya se había formado un charco en el suelo, y me agaché junto a él.

Su respiración era superficial y convulsa.

—Mierda —masculló con voz cada vez más apagada—. Joder, cómo duele.

—¡Wyatt, serás capullo! —chillé, deslizando el brazo debajo de su cabeza para acunársela—. Lo de sacrificar tu vida debía ser sólo una metáfora. ¡Nada más que una metáfora! ¡No es algo que tengas que hacer!

—Y ahora me lo dices —contestó y cerró los ojos.

Me avergüenzo de lo que hice. O casi. Supongo que debería avergonzarme de ello.

Me fui corriendo hasta esa zorra y me puse a darle patadas.

Capítulo 30

A los veintiún días

Miré por la ventana de la maravillosa casa victoriana de Roberta y observé a Wyatt delante de la pérgola situada abajo en el soberbio jardín.

—Debería sentarse —dije con cierta ansiedad—. Lleva de pie demasiado rato.

—Toma —dijo mamá obligándome a volverme y tendiéndome los pendientes—. Póntelos.

Me di media vuelta otra vez para mirar por la ventana mientras me metía los pendientes por los agujeros del lóbulo y los cerraba.

—Se le ve pálido.

—Va a casarse contigo —murmuró Siana—, cómo no va a estar pálido.

Roberta y Jenni se echaron a reír a la vez. Lancé una mirada de indignación a Siana y ella estalló en carcajadas también. Durante las tres últimas semanas, lo único que había oído eran chistes sobre cómo me ensañaba a patadas con alguien que ya yacía en el suelo, sobre lo sanguinaria que era, y cosas por el estilo. Incluso Wyatt se había apuntado a las bromas, diciendo que nunca en su vida se había sentido tan seguro como cuando yo le protegí. En un momento dado, papá me dijo, aparentemente serio, que la Liga Nacional de Fútbol había oído hablar de mis cualidades y que había llamado porque quería saber si estaría dispuesta a hacer una prueba como lanzadora en parado. La única que no había hecho bromas era mamá, pero, en mi opinión, eso tenía que ver seguramente con que ella misma habría molido a patadas a cualquiera que hubiera disparado a papá delante de sus narices.

Wyatt había pasado tres días en el hospital. Creo que deberían haberle retenido ahí más tiempo, pero las compañías de seguros dictan los plazos que un paciente puede estar hospitalizado, y al cabo de tres días se fue para casa. El cirujano que le había remendado me dijo que se estaba curando más deprisa de lo que era habitual en el resto de la gente, pero, de cualquier modo, ya me entendéis, cuando a alguien le han hecho un agujero en el pecho, la verdad es que esperas que esté hospitalizado al menos cuatro días, por decir algo. Tres era ridículo. Tres era casi criminal.

Apenas podía arrastrarse por sus propios medios cuando le llevé a casa. Tenía que hacer ejercicios respiratorios, jadeando y resoplando con esa especie de tubo que medía su capacidad pulmonar. Lo estaba pasando mal, y yo lo sabía porque ni siquiera protestaba cuando tenía que darle los analgésicos.

Una semana después del tiroteo, empezó a negarse a tomar la medicación, excepto por la noche, para poder dormir. Al cabo de diez días se negó incluso a eso. El día decimocuarto empezó con la preparación física. Exactamente a las tres semanas de que le dispararan íbamos a casarnos.

No cumplimos con la fecha límite marcada para la boda; no llegamos por dos días, pero fue culpa suya por recibir un disparo, o sea, que tuvo que aceptarlo.

Megan tuvo que permanecer en el hospital más tiempo que Wyatt. ¿A quién le importaba? Todavía no había conseguido que le impusieran una fianza, por lo que había ido a parar del hospital a la cárcel, y ahí estaba. Y por lo que a mí respectaba, podía pudrirse ahí. No me importaba su desdicha o su ruina de vida o su trastorno de personalidad o cualquier otra cosa que su abogado pudiera alegar cuando empezara el juicio. Había disparado a Wyatt y yo todavía soñaba, con satisfacción, que la despedazaba miembro a miembro y luego arrojaba los trozos a una manada de hienas.

Pero, hoy, nada de eso importaba. Hacía un precioso día de octubre, con una temperatura perfecta que se mantenía en torno a los veintiún grados, e íbamos a casarnos. Nuestra tarta nupcial, que nos esperaba en el comedor de Roberta, era una obra de arte. La comida, bien, la comida no era lo que habíamos planeado, porque el servicio de *catering* nos falló del todo, pero todos los hombres parecían aliviados. Era evidente que el grupo de la testosterona prefería los bocaditos de pollo a los rollitos de espinacas con delicado aderezo. Las flores cortaban la respiración: Roberta se había superado.

Y mi vestido... ah, mi vestido. Era justo lo que había imaginado. La gruesa seda fluía a mi alrededor como el agua, pero sin pegárseme. El blanco cremoso incluía tan sólo un toque de suntuosidad champán en el color, de modo que no acababas de decidir si era color hueso o el más pálido de los dorados. Sin caer de modo alguno en lo vulgar, creo que era el vestido más sexy que había visto en mi vida. Lo único que no tenía claro era si Wyatt estaría en condiciones de apreciarlo de forma adecuada. No habíamos hecho el amor desde el tiroteo, para gran malestar suyo, porque yo no quería someter su cuerpo a tal tensión, pues aún estaba en proceso de recuperación y aquello podía provocar una recaída. Eso hizo que se enfadara mucho; bien, para ser más exactos, le cogió un cabreo de tomo y lomo.

Confiaba en que este vestido le llevara directamente a la locura producto de la lujuria. Y confiaba en que no se viniera abajo con tanta tensión.

Mis preciosos zapatos me dolían sólo un poco. Mientras mantuviera inmovilizado el pie roto, podía andar prácticamente sin dolor alguno. Aun así, estaba decidida a no cojear. El vendaje era transparente y daba la casualidad de que las tiras coincidían casi con total exactitud con sus bordes, así que a menos que alguien se pusiera de rodillas y se quedara mirando mi pie, ni siquiera se veía el vendaje.

La lista de invitados era un poco más larga de lo pretendido. Casi todos los polis que no estaban de servicio —más sus cónyuges o personas importantes— se encontraban abajo en el jardín. También estaban Sally y Jazz, cogidos de la mano, y sus hijos y parejas, a excepción de Luke que se había negado a traer a una novia a la boda, sencillamente por cuestión de principios. La hermana de Wyatt, Lisa, su marido y sus dos niños estaban presentes. Great Bods cerró para esta fecha, porque todos mis empleados estaban invitados. Siana y Jenni habían optado las dos por venir sin pareja porque decían que les daría demasiado trabajo hacer caso a un acompañante. No habíamos dispuesto un lado para los invitados de la novia ni otro para los invitados del novio, sólo se trataba de una gran reunión de amigos que podían sentarse donde quisieran.

—Ya suena la música —dijo mamá. También estaba mirando por la ventana—. Y Wyatt acaba de mirar el reloj por segunda vez.

Antes de que se pusiera impaciente, todas bajamos en tropel al vestíbulo, donde Siana y Jenni me ayudaron a sostener la corta cola del vestido para que no me la pisara y me cayera por la escalera. Mi última tanda de rasguños y rozaduras justo había acabado de curarse, y no queríamos empezar con otra.

Entonces me dieron un beso, las cuatro —mi mamá, mi casi suegra y mis hermanas—, y salieron al jardín para ocupar sus asientos. Nadie iba a acompañarme por el pasillo, ni nadie iba a entregarme al novio. Papá ya había cumplido en una ocasión con su obligación, y eso era suficiente para cualquier hombre. Iba a juntarme con Wyatt por mis propios medios, caminando sola. Y él me estaba esperando, solo.

La música subió de volumen, se volvió más alegre, y yo salí. El vestido ondeaba a mí alrededor y dejaba ver la forma de mi pierna por aquí, la curva de mi cadera por allí, durante un brevísimo instante, antes de volver a ocultarlo todo. El canesú se ceñía a mis pechos como una capa de caramelo a una chocolatina M&M. No cojeé. En absoluto. Para ser sinceros, me olvidé por completo del pie roto, porque Wyatt se había vuelto para observarme caminando hacia él, y sus ojos verdes centelleaban con fuego y luz.

Después de la ceremonia, cuando estábamos los dos juntos de pie cogidos de la mano, mamá se acercó a abrazarnos y darnos un beso. Wyatt le cogió la mano derecha y se la llevó a los labios.

—Si es verdad que dentro de treinta años la novia tendrá el mismo aspecto que su madre... creo que no voy a poder esperar.

Es un hombre listo, mi marido, tal vez demasiado. Con esa sola frase, se había metido a mi madre en el bolsillo, para el resto de su vida.

Y yo la quería en mi bando.

A los treinta y ocho días

—¡No puedo creer que hayas hecho esto! —me ladró Wyatt al oído.

—¿No puedes creer que haya hecho el qué? —pregunté con aire inocente. Él estaba en el trabajo, igual que yo. Nuestra vida de casados iba viento en popa, gracias; a excepción de unos pequeños detalles.

—¡Está certificada por un notario!

Esperé, pero no añadió nada más.

—¿Y? —apunté al final.

—¡Que sólo los documentos legales tendrían que pasar por el notario! ¡Esto es una lista!

—Pero no le prestabas la menor atención. —Después de que la lista de sus transgresiones llevara tirada encima de la mesa toda una semana sin que le hiciera el menor caso, pues ¿qué se supone que debía hacer?

Que la certificara el notario y se la enviaran por correo certificado, eso mismo.

Budín de donuts Krispy Kreme de Blair

Hay como un centenar de versiones diferentes de esta receta. Sólo lo preparo en ocasiones especiales o cuando quiero hacerle la pelota a alguien, porque es tan dulce que va fatal para la dentadura. Y yo no pongo pasas en el budín, las pasas son algo yanqui, y a mí me parecen bichos.

Para empezar, emplead una fuente de cristal de 32 x 22 cms. El cristal es para que el budín no se pegue. Si queréis usar una fuente de aluminio desechable, entonces supongo que no importa que el budín se pegue.

Sea como fuere, precalentad el horno a 175 grados. Eso es Fahrenheit. No uso Kelvin ni centígrados, porque son demasiado raros, y ya está.

He aquí lo que necesitáis:

2 docenas de donuts glaseados Krispy Kreme, desmenuzados en pequeños pedazos. De hecho, yo prefiero los donuts en forma de rosquilla a los donuts glaseados, porque tienen una textura más parecida al budín de pan de toda la vida, pero que cada cual use sus favoritos. Poned los pedazos en un gran cuenco.

3 huevos batidos. A mí me gustan bien batidos, pero tal vez vosotros prefiráis no batirlos. No los añadáis a los donuts todavía.

1 lata de leche condensada. Añadidla a los huevos y a continuación batidlo todo.
Aromatizante de vainilla al gusto. Añadidlo a la mezcla de leche condensada y huevos. Poned sólo una cucharadita si no queréis que sepa mucho a vainilla. Si os gusta, añadid más. La idea general es hacer el budín a vuestro gusto.
½ barra de mantequilla fundida.
Canela al gusto. Necesita más canela de lo que probablemente penséis, pero empezar con un poco e id añadiendo hasta que sepa bien.

Verter todo esto en el cuenco con los pedazos de donuts y removedlo. Como la mezcla quedará demasiado seca, ahora tenéis que escoger: podéis añadir un lata de macedonia de frutas con el almíbar, que dará suficiente cremosidad al budín —y aunque parezca raro, la macedonia reduce el dulzor— o, si os da repelús la idea de echar macedonia, añadid sólo leche, un poco cada vez, y removedlo, hasta que la textura os parezca bien, no cremosa como un caldo, pero sí lo bastante para que quede tipo masa de pastel con grumos.

Ahora tenéis que elegir otra vez: con nueces pecanas picadas o sin nueces pecanas picadas. A mí me encanta con pecanas. Si decidís usarlas, añadid una taza a la mezcla y removedla bien.

También podéis añadir un poco de nuez moscada, una cucharadita más o menos, si os gusta. Yo normalmente no la uso.

Verter en la fuente y hornear durante 30 minutos. Pinchad con un palillo para ver si está hecho. Si aún no lo está, dejad que se cueza otros cinco minutos y repetid la operación con el palillo. Los hornos son raros; lo que en el mío son 175 grados pueden ser 170 en el del vecino. Y nunca acierto con lo de la altura.

Sacadlo y dejadlo enfriar. Añadid un glaseado si os apetece, luego, ¡al ataque! Si no queréis liaros con un glaseado, pero encontráis el budín desnudo sin nada por encima, entonces comprad unas latas de glaseado precocinado y ponedlo encima. ¿Quién hablaba de sobredosis de azúcar? ¡Anda ya, mamita! Si queréis hacer un glaseado, aquí hay dos recetas:

Glaseado sencillo de Azúcar

2 tazas de azúcar glas
de 3 a 4 cucharadas de leche o agua

Mezclar y batir hasta que quede suave y pueda verterse. Salpicar suavemente sobre el budín. Si no hay suficiente, preparad más.

Glaseado de Suero de Mantequilla

¼ de taza de suero de mantequilla
½ taza de azúcar
¼ cucharadita de soda
1 ½ cucharaditas de maicena
¼ taza de margarina
1 ½ cucharaditas de extracto de vainilla

Combinar los cinco primeros ingredientes en una cacerola, llevar a ebullición, retirar del fuego. Enfriar un poco, luego añadir la vainilla sin dejar de remover. Verter sobre el budín.

Ya está. ¡Disfrutadlo! —Blair

Agradecimientos

Blair Mallory no se hubiera escrito sin la ayuda involuntaria de algunos de mis amigos y familiares, a quienes he usado con todo descaro en su creación. Sí, mucho de lo que Blair piensa y dice salió primero de sus bocas. Qué miedo, ¿eh?

Quiero expresar mi amor y agradecimiento, sin seguir un orden determinado, a: Brandy Wiemann, Beverly Barton, Linda Winstead Jones, Joyce Farley, Catherine Coulter, y Kelley St. John. Vuestras mentes son lugares extraños y maravillosos.

Y a los niños: Andrea, Danniele, Kim, Kira y Marilyn. Sois los mejores.